Jörn Petersen

Überdosis Mord

Originalausgabe – Erstdruck

Jörn Petersen

Überdosis Mord

Bremen-Krimi

Schardt Verlag Oldenburg

Bibliographische Information der Deutschen Bibliothek:

Die Deutsche Bibliothek verzeichnet diese Publikation in *Der Deutschen Nationalbibliografie*; detaillierte bibliographische Daten sind im Internet über *http://dnb.ddb.de* abrufbar.

Umschlaggestaltung unter Verwendung eines Bildes von Armsrock, Bremen 2006. Das Photo des Bildes stammt ebenfalls vom Armsrock.

1. Auflage 2006

Schardt Verlag
Uhlhornsweg 99a
26129 Oldenburg
Tel.: 0441-21779287
Fax: 0441-21779286
Email: schardtverlag@t-online.de
Herstellung: Fuldaer Verlagsanstalt

ISBN 3-89841-262-8

Almut Grabow
gewidmet (07.10.1960 bis 06.10.1997),
für die es keinen Platz zum Ausruhen gab.

Geleit

Die Handlung spielt irgendwann Mitte der neunziger Jahre. Es noch die alte Währung, Handys sind gerade erst erfunden. Die Vertreibung der Drogenszene aus dem Ostertor- und Steintorviertel ist lange beschlossene Sache, wurde bisher aber noch nicht konsequent umgesetzt. Es gibt noch Reste einer Szene, die sich im Viertel seit langer Zeit herumtreibt und zu Hause fühlt.

Beginn

Tilman Klinner war Kommissar. Er hatte einen Bauch angesetzt. Nachts wurde er zum Träumer. Das machte es nicht unbedingt leichter.

Im Traum fragte er sich, wo er war. Seine Ohren waren entzündet, mit Sekreten verstopft. In seinem Magen rumorte es, und das beunruhigte ihn. Ein dunkler Gang, der sich mit Wasser gefüllt hatte. Er watete in die eine Richtung, die ihm nicht bekannter vorkam als die andere, vielleicht etwas heller. Zur Mitte hin fiel der Gang ab, und so stieg das Wasser bis über seinen Bauchnabel. Er war nackt. Schon wieder. Nackt und dabei draußen, mitten unter Menschen. Hinter ihm ging einer, dicht an seine Fersen geheftet. Tilman Klinner blieb stehen und sah sich um, er wollte niemanden im Rücken haben. Der Mann hatte eine Glatze, hervorgereckt wie eine Kanonenkugel, blankgeputzt. Das Gesicht war voller knorpeliger Einsprengsel und vernarbter Flecken. Sie waren auf Augenhöhe und starrten sich an.

„Was wollen Sie?" Dumpf drang die eigene Stimme durch die Sekrete seiner Ohren, fremd und leblos.

Der Mann verneigte sich und drohte mit dem Kugelkopf. Ein Rammbock war das. Er schien etwas zu sagen, aber Klinner konnte ihn nicht hören. Nach einer Weile wandte sich der nackte Kommissar um und ging den Gang weiter. Das Wasser wirbelte um seine Beine und trug den Dreck mit sich. Sein Schwanz trieb auf und ab im Rhythmus der Schritte. Er erreichte rechts eine verrostete Eisentür, die nur angelehnt war. Klinner erkannte die Tür, wußte mit einem Mal, er befand sich auf bekanntem Terrain, dem Landweg zwischen Contrescarpe und Rutenstraße. Er wollte die Tür aufziehen, vielleicht würde das lästige Wasser dann abfließen. Die Tür ließ sich nicht bewegen. Statt dessen drängte der Mann an ihm vorbei, er war ihm weiter gefolgt. Ihre Bäuche berührten sich für einen Moment, als er sich in dem engen Gang an Klinner vorbeizwängte. Klinners eigener Bauch fühlte sich seltsam fremd an, aufgeblasen. Die Tür war versperrt, also folgte er dem Mann, obwohl er ihn fürchtete.

Am Ende der dunklen Gasse angekommen, blieb er geblendet stehen. Er schämte sich für seinen unmöglichen Aufzug. Ein Herr auf einem Fahrrad fuhr an ihm vorbei, er klingelte in regelmäßigen Abständen. Hochaufgerichtet saß er da, mit einem riesigen Kehlkopf, der auf und ab tanzte, die Hosen schlackerten um seine dürren Beine. Er sah ihn nicht an und rief dennoch: „Unverschämtheit!“

„Ich kann nichts dafür, daß ich nackt bin, ich habe es mir nicht ausgesucht!“ rief Klinner hastig dem Mann hinterher, um sich zu entschuldigen.

Das mahnende Klingeln blieb in seinen entzündeten Ohren hängen, wies hin auf sein Fehlverhalten. Das klingelnde Geräusch wiederholte sich. Ihm war schwindlig. Klingeln, Pause, Klingeln. Klinner drehte sich um und wälzte sich feucht aus den Laken, in die er sich verwickelt hatte. Verschwitzt und benommen tastete er nach dem Hörer: „Ja ... hier Klinner.“

„Mensch Tille, du schläfst ja wie ein Murmeltier. Ich wollte gerade wieder auflegen“, quakte es aus dem Hörer. Werner Blochner, dieser Trampel. Klinner erkannte die Stimme seines Kollegen.

„Mann, du klingst ja verschlafen, oder warst du beschäftigt?“

„Beschäftigt? Womit soll ich denn beschäftigt sein?“

„Naja, könnt ja sein, du bist nicht allein.“

„Jetzt ist aber genug, du wolltest hoffentlich nicht über Frauen mit mir reden, oder?“

„Nein. Schwing dich aus dem Bett, es gibt Arbeit.“

„Wie spät ist es denn eigentlich?“

„Kurz vor sechs, sowieso bald Zeit, aufzustehen. Ich bin hier in der Friedrich-Ebert-Straße 47, weißt du, dieses abgewrackte Drogenhotel. Irgend so ein gottverdammter Junkie hat sich den goldenen Schuß gesetzt, und die Ambulanz findet daran was verdächtig. Keine Ahnung, was die wollen, aber wir sollen uns das mal ansehen.“

„Okay, du Großmaul, gib mir ne Stunde, und ich bin da.“

„Ne Stunde? Hier rollt schon die ganze Maschinerie an: Gerichtsmedizin, Leichenphotos, Spurensicherung und so. Und Elke Prestel ist auch schon da, die ist ganz begierig, endlich mal ne Leiche gezeigt zu bekommen. Gib mal ein bißchen Gas, deine Berufsehre steht auf dem Spiel. Ich erwarte dich in einer guten halben Stunde, kapiert?!“

„Leck mich.“ Klinner legte auf.

Er ließ sich auf die Matratze zurückfallen. Noch einmal die Augen schließen, nur für drei Minuten entspannen. Gleich würde er aufstehen und die Zeit beim Zähneputzen wieder rausholen. Langsam dämmerte er weg. Als ihn der Schlaf schon fast umschlossen hatte, schreckte er hoch. Mist, das war ein Einsatz. Er wälzte sich an den Bettrand und stellte die Beine auf den Boden. Sein Bauch quoll aus dem Bett, legte sich auf die Oberschenkel. Er suchte nach dem Lichtschalter, wagte einen Blick auf den Wecker. Fünf nach sechs.

Tilman Klinner war seit vierzehn Jahren bei der Kriminalpolizei. Der Morgen aber war ein harter Brocken, ein täglicher Kampf gegen die Bettwärme und die Trägheit des halbschlafenden, betrügerischen Geistes.

Zwei Stunden früher, so gegen vier, wäre alles ganz einfach gewesen. Ohne Schwierigkeiten konnte er sich da aus dem Bett schwingen. Dann wäre es nicht früh gewesen, sondern mitten in der Nacht. Unglaublich, absurd und unwirklich, deshalb aber einfach.

Er liebte die schlafende Stadt. Keine Klospülung- und Radiogeräusche aus den angrenzenden Wohnungen, keine Autos und keine Schritte auf der Straße.

Um sechs jedoch begann bereits der Alltagsmotor der Stadt zu arbeiten, Geräusche, bleiche Gesichter. Überall Hektik, Trott und schlechte Laune, das erstickte seine Lebensenergie. Er erhob sich mühsam und fand den Weg ins Badezimmer. Dort angekommen, ging ihm sein Traum durch den Kopf. „Schon wieder nackt. Was soll das eigentlich“, fragte er sich mit Blick in den Spiegel.

Er rauchte eine Zigarette, während die Kaffeemaschine vor sich hin röchelte. Sein Morgenritual. Eine Tasse Kaffee im Stehen mit Blick aus dem Fenster. Klinner hatte sich im Lauf der Jahre an den Hinterhof gewöhnt, an die grünspanigen Schuppen mit den Pappdächern, den vor sich hingammelnden Sperrmüll und die Satellitenschüsseln, die an den gegenüberliegenden Wänden angebracht waren. Die Katzen, die geschmeidig auf den Dächern umherschlichen und sich gegenseitig die Reviere streitig machten. Sein Blick ruhte auf dem fauligen Herbstlaub, das langsam zu einer dunklen konturlosen Masse zusammenschmolz. Der Ahorn war schon fast blattlos, überragte mit seinen kräftigen Ästen das Haus. Klinner stürzte die zweite Tasse Kaffee hinunter und machte sich auf den Weg.

In der Straßenbahn sah er aus dem Fenster, um den bleichen Gesichtern zu entgehen. Es hatte begonnen zu regnen, ein ungemütlicher Novembertag würde das werden.

Der Weg von der Haltestelle Wilhelm-Kaisen-Brücke reichte aus, um ihn naßgeregnet und fröstelnd in der Friedrich-Ebert-Straße 47 ankommen zu lassen. Er stand vor dem Haus und zögerte. Den Beginn eines weiteren Mordfalles verschieben, keine Toten sehen, keine Kollegen. Niemanden. Er rechtfertigte dieses Zögern mit der Notwendigkeit, sich den Tatort von außen anschauen zu müssen. Das Haus war in eine Reihe fünfstöckiger Altbauten gesetzt, die direkt an der Friedrich-Ebert-Straße standen. Der Verkehrslärm in den Wohnungen mußte unerträglich sein. Das Haus war von weitem unauffällig. Es dürfte um 1930 gebaut worden sein. Schlichte Erker und Sandsteinfassade. Es war heruntergekommener als die Nachbarhäuser, mit einer von Asphalt und Reifenabrieb dunkelgrau gefärbten Fassade. Bräunliche Gardinen hinter einfach verglasten Fenstern. Im Erdgeschoß ein Zeitungs- und Tabakwarenladen, der schon geöffnet hatte. Die Eingangstür zur Pension war nur angelehnt, das Schloß kaputt. Die drei Briefkästen waren übersät mit Namen, viele durchgestrichen oder vom vielen Überschreiben unleserlich, das Blech vom mehrfachen Aufbiegen verbeult.

Er öffnete die Tür. Sofort schlug ihm der Gestank aus drei überquellenden Mülltonnen entgegen, die im engen Hausflur standen. Die rechte Wand war voller Schleifspuren von all den Menschen, die sich in den letzten Jahren an den Tonnen vorbeigedrückt hatten.

Auf der Treppe stand breitbeinig ein Streifenpolizist mit angewidertem Gesicht. Sie kannten sich vom Sehen, aber nicht persönlich. Er sah auf Klinner herab und gab sich erst gar keine Mühe, freundlich zu sein. „Morgen“, nuschelte er in seinen Bart.

„Guten Morgen, da haben Sie sich echt einen tollen Platz ausgesucht.“

„Ich hab mir überhaupt nichts ausgesucht. Soll ich mich etwa draußen in den Regen stellen oder was?“

„Schon gut. Wo sind die anderen?“

„Oben im zweiten Stock.“ Klinner zwängte sich an dem Mann vorbei, der sich keinen Zentimeter zur Seite bewegte. Er ging kopfschüttelnd die Treppe hoch. Uniformträger, die waren echt hoffnungslos.

Das Treppenhaus lag im Dämmerlicht, einige Glühbirnen fehlten. Auf dem Fußboden sah er Wollmäuse und Sandhäufchen, Zigarettenkippen und Schmierspuren. Auf jeder Etage drei numerierte Türen, die wahrscheinlich in Hotelzimmer führten, außerdem ein Badezimmer und eine Küche. Vom ersten Stock aus konnte Klinner die Stimmen unterscheiden. Eine davon war Blochners. Da war dieser leicht gelangweilt klingende Unterton, diese kurz angebundene, schroffe Art. Außer ihm war noch eine hektische, nervöse Männerstimme auszumachen, vermutlich die Stimme des Besitzers oder Hausmeisters.

Auf dem Treppenabsatz des zweiten Stocks erblickte er die beiden. Werner Blochner, der in klassischer Haltung da stand, mit offenem Trenchcoat, an die Wand gelehnt, Notizblock und Bleistift gezückt. Er nickte Klinner zu, während er dem Mann zuhörte. Klinner hatte sich nicht geirrt. Der etwa 45jährige, bärtige Mann war der Hausmeister. Er hatte ein dickes Schlüsselbund in der Hand und trug ausgelatschte Sandalen.

„Ich hab Ihnen ja schon gesagt, wenn man die Droge ins Haus läßt, hat man nur Ärger. Dealer, Schlägereien, eingetretene Türen, überall liegen Pumpen herum, und nun auch noch das hier. Wir haben die Droge eigentlich schon lange hier raus. Wenn ich merke, daß die was nehmen und so, gehen die gleich ab, das kann ich Ihnen sagen. Ist was anderes, wenn die Methadon kriegen und was aus sich machen wollen, dann kann man drüber reden, aber die meisten wollen ja nur rumhängen, klauen dir die Haare vom Kopf für den nächsten Schuß und denken nur an die Drogen ..."

„Halten Sie mal kurz den Mund, bitte, ja."

Der Mann murrte, ließ sich aber in seinem Redefluß unterbrechen. Er kramte schnaufend in der Tasche seiner zerbeulten Jeanshose nach einem Päckchen Zigaretten.

„Hey Tilman, schön, daß du da bist. Ich rede gerade mit Herrn Kolzyk, er ist hier Hausmeister. Elke ist mit Manuela Lassen nach oben gegangen. Die hat den Toten gefunden und war ganz aufgebracht. Herr Kolzyk und sie verstehen sich nicht so gut." Blochner drehte sich zu dem Hausmeister um und nickte ihm zu.

Kolzyk ergriff sofort das Wort. „Ich komm hier mit allen gut klar, man kann über alles reden, aber wenn die so unverschämt wird, ich laß mich nicht beschimpfen. Außerdem war die voll wie ne Haubitze."

„Da haben Sie recht. Hat wenig Sinn, mit der jetzt zu reden, die müssen wir noch mal wann anders verhören", sagte Blochner mit einem Seitenblick auf Klinner. „Kannst dir in Ruhe den Toten ansehen, die

Photographen waren schon da, Spurensicherung kommt noch. Er liegt in der 23." Blochner wies mit der Hand hinter sich.

Klinner nickte den beiden zu und ging zu der Tür. Er hörte noch, wie Blochner den Hausmeister fragte: „Wie lange hat Peter Kracht denn hier gewohnt?" und war dankbar, das Gespräch nicht führen zu müssen.

Er öffnete die Tür zu Zimmer Nr. 23 und betrat einen kleinen Raum. Vergeblich betätigte er den Lichtschalter. Von der Decke baumelte eine Fassung ohne Glühlampe. Auf einem kleinen Tisch in der Ecke des Raumes stand eine Nachttischlampe. Sie verströmte ein blasses, gelbliches Licht. Er zündete sich eine Zigarette an und begann, sich umzusehen.

Das Zimmer war spärlich möbliert. Zwei Metallspinde mit offenstehenden Türen, vollgestopft mit Kleidung und bescheidenen Habseligkeiten. Ein Tisch, auf dem außer der Lampe noch leere Bierdosen, Tabakpackungen, volle Aschenbecher und gebrauchte Spritzen lagen.

Auch auf dem Fußboden lag überall Müll verstreut. In einer Ecke des Zimmers stand auf einem Pappkarton eine aufgeschnittene umgedrehte Bierdose, die eine gewisse Ähnlichkeit mit einem Gefäß für chemische Experimente hatte. Nur, daß sie zum Aufkochen von Heroin oder Tabletten mit einer Kerze als Hitzequelle versehen worden war. Die Bezüge der beiden Betten waren voller Flecken und Brandlöcher.

Nicht gerade das, was man ein gemütliches Zuhause nennen würde, dachte Klinner. Er drückte seine Zigarette an der Schuhsohle aus und steckte sie in die Schachtel zurück. Er wandte sich dem linken Bett zu, dem mit der Leiche.

Der Tote lag ausgestreckt auf dem Rücken und war nur mit T-Shirt und Unterhose bekleidet. Kein Wunder bei der Hitze, Klinner fing schon an zu schwitzen. Der Raum war überheizt und stickig.

Ein Blick auf Arme und Beine genügte, um zu erkennen, daß der Tote kein Gelegenheitsjunkie gewesen war. Die Beine waren dürr, voller knotiger Vernarbungen entlang der Venenverläufe. Das linke Bein war vom Kniegelenk abwärts geschwollen. Neben dem Kopf lag eine leere, gebrauchte Einwegspritze. Der Mann hatte eine frische Einstichstelle am Hals. Sie war rotgerändert, ein Blutstropfen hatte eine rote verkrustete Spur hinterlassen.

Er war mal von sportlicher Statur gewesen, das konnte Klinner in Ansätzen noch erkennen. Jetzt war sein Körper abgemagert, die hellblonden Haare fielen ungekämmt in Strähnen auf das Bett. An den Armen hatte er Tätowierungen, die amateurhaft ausgeführt waren. Das Gesicht wirkte entspannt. Keine verkrampften Kieferknochen, kein entsetzter Blick. Das war zu erwarten beim Tod durch eine Überdosis stimmungsaufhellender Substanzen.

Die Wangenknochen traten scharf hervor und gaben dem Gesicht einen harten Zug. Der Mund hingegen war weich und wirkte durch die geschwungenen Lippen sinnlich. Die Augen waren hellblau. Durch die helle Farbe wirkten sie noch stechender als die anderer Leichen. Das Schließen der Augen wurde üblicherweise von der Spurensicherung nach Abschluß ihrer Arbeiten übernommen. Klinner hatte sich mittlerweile an den Anblick gewöhnt.

Er schätzte den Toten auf Ende zwanzig. Das Gesicht hatte einerseits einen sehr harten und verlebten Ausdruck, andererseits wirkte es durchaus jungenhaft und unschuldig, interessant und attraktiv.

Wie endet jemand in so einem Loch, fragte sich der Kommissar.

Direkt neben dem Bett lagen die Utensilien für eine Injektion, wahrscheinlich die letzte: ein Löffel, schwarz von unten, daneben stand ein Kerzenstummel auf dem Boden, drei aufgerissene Plastikpäckchen, ein Fünfer-Riegel Diazepam – drei Tabletten fehlten –, die aufgerissenen Verpackungen von Spritze und Kanüle, ein Feuerzeug und eine halbe Zitrone, verschrumpelt, trockenes Fruchtfleisch. Klinner war nicht klar, warum er gerufen worden war, alles sah nach einer Überdosis aus, es waren keine Anzeichen von Fremdeinwirkung erkennbar.

Die Augen des Kommissars durchstreiften den Raum nochmals, hatte er etwas übersehen? Er hörte Schritte die Treppe heraufkommen. Nach einem kurzen Wortwechsel öffnete sich die Tür, und zwei Männer von der Spurensicherung betraten langsam den Raum.

„Hey, da seid ihr ja. Ich hab mich schon umgesehen. Nicht besonders anheimelnd hier. Mir ist nichts Besonderes aufgefallen. Also, das übliche Programm, okay?“

„Alles klar.“

Klinner ging wieder ins Treppenhaus, wo Elke Prestel und Werner Blochner auf ihn warteten.

„Laßt uns einen Kaffee trinken gehen.“

Erstes Kapitel

Beim Bäcker gegenüber standen sie zwischen Kühlschrank und Schokoladenregal um einen Stehtisch.

Elke Prestel, die Praktikantin, redete. Sie war im dritten Semester ihrer Kripoausbildung und machte unter Blochners und Klinners Fittichen ihre ersten Praxiserfahrungen in der Mordkommission. Sie war jung, ehrgeizig und ein wenig unbeholfen. Das machte sie sympathisch. Sie suchte durch ihre Brillengläser ständig Blickkontakt, nickte oft ausladend, auch wenn sie nicht gefragt war und beteiligte sich mit Gesten und Geräuschen an der Kommunikation. Das war mangelnde Impulskontrolle, die gewöhnungsbedürftig war. Sie war seit einer Woche da, und Blochner hatte die Anleitung übernommen.

„Die Manuela Lassen war so breit, da war nicht viel zu machen. Die müssen wir noch mal vorladen. Aber ein paar Dinge konnte ich herausfinden.“ Prestel blätterte in ihren Notizen. „Hier: zirka dreißig Jahre alt, drogenabhängig, stark geschminkt, aufreizend gekleidet, vermutlich Drogenprostitution, stark angetrunken, gegebenenfalls andere Drogen. Ist anfangs aufgeregt, später wird sie so müde, daß das Gespräch abgebrochen werden muß. Hat den Toten gegen 4.30 Uhr morgens gefunden. Gibt an, die Polizei alarmiert zu haben, weil sie den Toten – Kracht – schon lange kennt und weiß, daß er sich – Originalzitat – selber keinen Druck in den Hals machen kann, weil er davor zu viel Angst hat. Das habe sonst immer sein Zimmernachbar erledigt, der sei aber gerade nicht da. Sie heulte und beklagte den Verlust des guten Freundes, der auf der Szene der Boß gewesen sei. Immer hilfsbereit und ein Beschützer. Auf die Frage, was sie bei ihm gewollt habe, gibt sie an, frühmorgens öfters bei ihm vorbeigeschaut zu haben.“

„Bißchen seltsame Uhrzeit, um mal so vorbeizuschauen“, bemerkte Blochner.

„Das habe ich sie auch gefragt. Sie gab an, Licht gesehen zu haben, und außerdem wäre Kracht auch oft spät wach gewesen, und sie hätten dann noch ein Bier getrunken. Sie habe sich zu Tode erschrocken und sofort mit ihrem Mobiltelephon die Polizei angerufen. Viel mehr habe ich nicht aus ihr herausbekommen.“

Blochner erläuterte den weiteren Verlauf kurz, damit Klinner Bescheid wußte: „Der Rettungssanitäter kam und stellte den Tod des Mannes fest. Er war offensichtlich erfahren, was Drogennotfälle anging. Er hatte dem Polizisten erklärt, man brauche einen Spiegel, wenn man sich selbst eine Injektion in die Halsvene setzen wolle, weil man sonst blind arbeiten müsse, was sehr schwierig sei. Da kein Spiegel in der Nähe des Toten zu finden war, sei davon auszugehen, daß der Druck von jemand anderem gesetzt wurde. Als ein anderer Hausbewohner dann auch noch aussagte, er hätte um elf Uhr abends mehrere Personen hektisch aus dem Haus laufen hören, entschloß sich der Kollege von der Streife, die Mordkommission zu verständigen."

Werner Blochner bekam einen Hustenanfall und fluchte. Er wurde rot, und seine Augen tränten, er winkte ab, um zu erklären, daß es nichts mehr zu sagen gäbe. Während er sich beruhigte, standen Elke Prestel und Tilman Klinner schweigend da und rührten in ihrem Kaffee. Der Zucker war aufgelöst, und der Inhalt des Bechers war von gleichmäßigem Hellbraun, es machte keinen Sinn, weiter zu rühren. Dennoch blickte Klinner konzentriert auf den kleinen Plastikstab, um sich in bemühter Geschäftigkeit einen Freiraum zu verschaffen. Es entstand eine angespannte Situation voller Unsicherheit, zumindest auf Seiten von Elke Prestel, deren Blick unauffällig vom hustenden Blochner zum rührenden Klinner hin und her glitt. Die Praktikantin wirbelte durch ihre Anwesenheit Selbstverständlichkeiten auf. Unbewußt sich vollziehende Handlungen kamen plötzlich ans Licht der Aufmerksamkeit. Sie erinnerte Klinner daran, wie sehr sein Verhältnis zu Blochner Ergebnis eines lang erarbeiteten Arrangements war. Die Gegenwart einer Frau mit der konzentrierten, kurzsichtigen Präsenz war uneinschätzbar. Er erwartete jederzeit Fragen wie: Warum seht ihr euch eigentlich nie in die Augen? oder: Redet ihr nur in Sprüchen miteinander oder auch mal ernst?

„Okay, da ist kein Spiegel in dem Zimmer, und die Manuela Lassen behauptet, er habe sich selbst nie einen Schuß in den Hals gesetzt." Blochners Hustenanfall war vorbei. „Dazu kann ich nur sagen, sag niemals nie, besonders bei nem Junkie nicht. Der war eben auf Entzug, da hat er es halt selber gemacht. Vielleicht hatte er schon vorher zuviel drin, oder er hat ausnahmsweise sauberen Stoff erwischt, vielleicht wollte er auch Schluß machen, wundern tät es mich nicht. Wenn ich so aussehen würde wie der und in so ner Bude hausen würde, würde ich mich auch umbringen. Und die Typen, die aus dem Haus gerannt sind, können aus jedem Zimmer im dritten oder vierten Stock gekommen sein. Vielleicht haben die sich auch zu viert einen Druck gemacht, er ist an einer Überdosis gestorben, und die drei anderen haben es mit der Angst gekriegt und sind raus. Für mich gibt es da keinen *Fall.* Hier sterben doch andauernd Junkies, letztes Jahr waren es so um die fünfzig, das ist jede Woche einer. Laß uns die Sache zu den Akten legen. Da gibt es nichts rauszufinden."

„Was denken Sie denn, Frau Prestel?" Klinner hatte endlich seinen Kaffeelöffel losgelassen.

„Äh, ich, ja. Ich würde wohl die Ergebnisse der Spurensicherung und der Obduktion abwarten und dann entscheiden, was weiter zu tun ist."

„Richtig geantwortet. So werden wir es machen." Blochner hatte sich schon eingefunden in die Rolle des Anleiters, der um keinen Witz verlegen ist.

„Gut, dann schlage ich vor, ich übernehme die Sache. Vielleicht gehe ich an diesen abgekratzten Junkie unvoreingenommener heran als du. Für mich sind da schon noch Fragen offen. Warum war die Tür unverschlossen? Warum sind keine Spuren von anderen Personen vorhanden, wenn die sich den Druck mit mehreren gesetzt haben? Wo ist der Spiegel, wenn er es allein gemacht hat? Ich will mindestens abwarten, was bei der Obduktion herauskommt, wenn wir die Todesursache wissen, sehen wir weiter."

„Eins müssen Sie sich merken, wenn Sie mit Kommissar Klinner zusammenarbeiten. Er versteht keinen Spaß", bemerkte Blochner in Richtung von Elke Prestel.

„Ich war mir, ehrlich gesagt, auch nicht sicher, ob Sie das eben nicht ernst gemeint haben, Herr Blochner."

„Ernst schon, aber ich würde mir natürlich trotzdem die Ergebnisse der Obduktion ansehen."

Klinner machte sich keine Hoffnungen, was Blochner anging, also war dieses Gespräch überflüssig. Er verließ die beiden mit der Äußerung: „Ich zahl das mal."

***

Das Blut an ihrem Bein war getrocknet, schwarze Kruste, Sekret des verhaßten Körpers, Abfallessenz. Muß raus, weg alles, dachte sie und kratzte erneut an der entzündeten Wunde. Deine Schuld, kleines Mädchen, was spielst du mit den Rosen. Gehänseltes Ungeheuer, ene mene mu, weg bist du. Mach dich klein, raus durch die Wunde und weg. Weg, schnell weg hier, kein guter Ort, die wollen nur ficken hier, raus und weg. Auf die Straße, Menschenblicke beißen durch die Luft, keiner sieht dich. Spiegelfrau, Glasmensch, muß schreien, keiner hört. Der Mund ist so trocken, klebriges Stück Trockenfleisch, Riesenlappen klebt fest, kommt kein Laut. Wattefrau, geht durch alles, keiner kommt ran. Tauber Riesenkörper, fühlt nicht, weich verpackt. Hinsetzen und kotzen, endlich leer sein, all den Dreck rauswerfen und alle. Die Haare, das Schlimmste. Überall haben sie Haare, die Typen, beim Reiben knistern die, wenn sie sich an dir reiben, kratzen die und knistern wie Strommasten, aufgeladen von schlechter Strahlung. Zwischen den Haaren, schwarze Haare, Gewucher, buschige Borsten auf rauhem Gelände, wegschrumpfen und da wohnen, durchkrabbeln zwischen den Haarbäumen, zerklüftete, raue Männerhaut.

„Verpiß dich, du Schlampe, hier is keine Parkbank zum Pennen!“

Treten und treten, immer treten, wegtreten, zutreten, austreten. „Mann Alter, beruhig dich mal, ich hau ja schon ab.“ Auf die Beine kommen, schwarz wird alles, wer ist das überhaupt, wo ist der?

„Pennen kannst du auch woanders, das hier ist ein Hauseingang.“

„Ja ja, beruhig dich mal, Opa.“

Erst mal Zigarette drehen. Schmerzen, schon wieder, die Beine, wieder Affen, scheiße. Dunkel, Abend. Geschäftszeit, mach dich hin da. Beine breit, Humboldtstraße, Freier machen.

***

Tilman Klinner saß in seinem Büro und hatte vor sich die Polizeiakte Peter Kracht liegen, Milieuname Piet. Peter Kracht war Jahrgang 1970, bei seinem Tod also keine dreißig Jahre alt. Das kam dem nahe, was Klinner vermutet hatte. Die Akte hatte einen bemerkenswerten Umfang. Sie begann 1984 mit Ladendiebstählen und setzte sich fort mit Raubüberfällen, Einbrüchen, Körperverletzungen und Rauschgiftdelikten. Es gab einen Aktenvermerk über ein Verfahren aus dem Jahr 1981. Da war er als Zeuge aufgetreten. Kracht war seit seinem neunten Lebensjahr in einem Heim untergebracht gewesen, war dort mehrmals abgehauen. Seit er sechzehn war, ließ er sich da nicht mehr blicken. Seitdem hatte er in verschiedenen Unterkünften der Stadt und teilweise in eigenen Wohnungen gewohnt, immer wieder von Gefängnisaufenthalten unterbrochen. Viel mehr gab die Polizeiakte nicht her. Klinner forderte telephonisch die Gerichtsakte des Verfahrens an, in dem Kracht als Zeuge aufgetreten war.

Blochner war meistens unmotiviert. So ging es ihm auch in diesem Fall. „Wenn du Lust hast, dann wühl doch in dem Sumpf rum. Ich hab echt Besseres zu tun. Der ganze Schreibkram für den Überseehafen-Fall liegt noch an."

Den Überseehafen-Fall hatten sie gerade abgeschlossen. Ein türkischer Hafenarbeiter war in einer Lagerhalle erschlagen worden, in der Güter der Firma Import Export International lagerten. Wie sich herausstellte, ging es bei der Sache um 400 geschmuggelte Videorecorder, die der Mann beim Saubermachen gefunden hatte. Die Täter, zwei LKW-Fahrer, hatten ihn kurzerhand erschlagen. Aus Versehen, wie sie im Nachhinein zu erklären versuchten.

„Okay, du schließt mit Frau Prestel den Übersee-Fall ab, und ich gehe der Sache in der Friedrich-Ebert-Straße nach. In ein paar Tagen weiß ich da vielleicht mehr, und dann können wir immer noch entscheiden, ob was dran ist oder nicht." Klinner zog seine Jacke an, um noch einmal zum Tatort zu gehen.

„Okay, mir solls recht sein." Damit wandte sich Blochner dem Aktenberg vor seiner Nase zu.

Als Klinner das Haus der Kripo am Wall verließ, wehte ihm der Novemberwind den Nieselregen ins Gesicht. Er schlug den Kragen hoch und schloß den obersten Knopf seiner Jacke. Die Ergebnisse der Spurensicherung und der Leichenobduktion würden frühestens in ein, zwei Tagen fertig sein. Bis dahin war er auf sich allein gestellt.

Auf der Brücke über die Weser blieb er stehen und betrachtete den Fluß. Die graugrüne Masse floß träge vorbei, an einigen Stellen verwirbelte sich das Wasser und bäumte sich auf, nach oben getrieben von einer Kraft, die sich unter Wasser verbarg.

Klinner dachte an Sabine. An guten Tagen schaffte er es, sich einzureden, sie sei ihm egal und spiele keine Rolle mehr in seinem Leben, aber an Tagen wie diesem meldete sich prompt der dumpfe Schmerz in der Magengegend. Er stützte die Ellbogen auf das Brückengeländer und rauchte. Sie waren getrennt. „Ist besser so, hast schon recht", war der letzte Satz, den er zu ihr gesagt hatte. Das war jetzt zwei Jahre her. „Besser so" war gelogen. Besser war gar nichts. Nicht mal mehr in die Arbeit konnte er sich stürzen, so wie früher. Ging einfach nicht. Statt dessen starrte er in die Gegend hinaus. Klinner fragte sich, was daran besser sein sollte. Es mußte so sein, anders ging es nicht. Aber besser? Alleinsein heißt immerhin: nicht mit einem Wesen zu leben, das du nicht verstehst. Hatte jemals was funktioniert? Klinner verstand nicht, wie das gehen sollte: zwei miteinander. Damit stehst du alleine da. Wen fragt man, sag mal, wie kommst du eigentlich mit den Ekelgefühlen klar, die deine Frau bei dir auslöst? Deren Körper dir bis ins letzte Detail vertraut ist, der Geschmack ihrer Haare, die kleinen Vertiefungen und Beulen ihres Körpers, die du liebst, und die dich anekeln. Wen fragt man so was? Es hat nicht funktioniert. So einfach war das. Klinner sagte unhörbar zu sich: „Sie kommt nicht mehr wieder, weinerlicher Bock, denk lieber an den Ekel." Er schnippte die Zigarette über die Brüstung und sah zu, wie sie in die Tiefe trudelte.

Klinner wandte sich ab und ging über die Brücke. Am Tatort machte er sich auf die Suche nach Zeugen.

Zwei Stunden später war er kaum schlauer als vorher. Viele der Hausbewohner waren nicht aufzutreiben, zwei hatten sich geweigert, überhaupt etwas zu sagen. Den beiden hatte er angekündigt, daß er sie ins Revier vorladen würde. Das hatte sie nicht im geringsten beeindruckt.

Zwei andere waren als einzige bereit gewesen, etwas zu dem Fall zu sagen. Beide hatten nichts Verdächtiges gehört oder gesehen in der Tatnacht. Sie gaben an, den Toten zwar vom Sehen, aber nicht näher gekannt zu haben. Sie waren mindestens zwanzig Jahre älter als Peter Kracht und hatten eine Fahne. Die kamen aus einer anderen Szene, dachte er sich und ließ sie in Ruhe. Da sonst niemand zu Hause war, beschloß er, sich das Zimmer Nr. 23 noch einmal bei Tageslicht anzusehen.

Die Leiche fehlte, und die Spurensicherung hatte einige Dinge mitgenommen. Ansonsten war sein allgemeiner Eindruck genau so wie am Tag davor. Das Zimmer blieb ein unaufgeräumtes Loch. Klinner wandte sich dem Spind des Verstorbenen zu. Nach einigem Suchen fand er ein Adreßbuch und einige Photos, auf denen verschiedene Personen abgebildet waren. Er schaute sich die Rückseiten der Photos an. Auf einem stand: Mit Nicole, Amsterdam 95.

Als er den Spind weiter durchsuchte, fand er einen Taschenspiegel bei den Rasierutensilien. Klinner grinste zufrieden. Wenn Peter Kracht sich den Druck allein gesetzt hätte, hätte er den Spiegel benutzen können. Vor allem, wenn er, wie Manuela Lassen ausgesagt hatte, normalerweise nicht in der Lage war, sich in die Halsvene zu injizieren, wäre ihm jedes Hilfsmittel willkommen gewesen.

Tilman Klinner nahm sich vor, bei der Obduktion zu fragen, ob Kracht Rechts- oder Linkshänder war. Die tödliche Dosis war in die rechte Halsvene injiziert worden. Nur ein Linkshänder könnte die rechte Halsvene bequem erreichen. Langsam wurde es interessant.

Auf dem Weg zum Hausmeisterbüro im Erdgeschoß fragte Klinner sich, ob der Zimmergenosse von Peter Kracht wohl inzwischen aufgetaucht war und sich über die versiegelte Tür beschwert hatte.

Der Mann im Büro war zunächst nicht zu sehen. Klinner sah beim Hereinkommen nur seine Füße, die in blitzenden Nike-Turnschuhen steckten und auf dem Schreibtisch lagen. Er lag in dem Bürostuhl, mit rechtwinklig abgeknicktem Rückgrat und blickte den Kommissar gelangweilt an. Er mochte vielleicht Anfang zwanzig sein und an nichts, was um ihn herum geschah, interessiert.

Um ihn aus der trägen Erstarrung zu bringen, hielt Klinner ihm seine Dienstmarke unter die Nase. Der junge Mann zeigte sich immerhin so weit beeindruckt, daß er die Augenbrauen etwas hochzog.

Kolzyk hatte frei. Er arbeitete nur in der Nachtschicht. Klinner fragte, ob sich der Zimmernachbar von Peter Kracht schon beschwert hätte, daß er nicht in sein Zimmer konnte.

„Ist noch nicht aufgetaucht", war alles, was er dazu zu sagen hatte.

Auf Klinners Verlangen hin kramte der Mann mit gelangweilter Geste die Beleglisten der letzten Monate heraus und legte sie auf den Tisch.

Klinner ließ sich noch die Telephonnummer von Kolzyk geben, er hätte auch gerne die des Besitzers gehabt, aber der junge Mann hatte angeblich keine Ahnung, wer der Besitzer des Hauses war.

Klinner wollte gerade das Hotel verlassen, als sich ein vollbärtiger, stinkender Mann unsanft an ihm vorbeidrängte und dabei etwas Unverständliches vor sich hin murmelte.

***

Einen kurzen Augenblick zögerte Klinner, er dachte an starken, duftenden Espresso und den Topfkuchen von seiner Nachbarin, der zu Hause auf ihn wartete. Statt dessen hing der intensive Geruch dieses Mannes in der Luft. „Die Sache zu den Akten legen“, hatte Blochner gesagt, aber Klinner gab sich einen Ruck. Er folgte dem Mann die Treppen hinauf.

Der war schon ein ganzes Stück voraus, hatte ein erstaunliches Tempo und murmelte beständig Unverständliches vor sich hin. Er ging die Treppe hinauf bis zum obersten Absatz. Vor einer schmalen Tür blieb er stehen. Klinner hatte bisher gedacht, sie führte auf den Dachboden. Als der Alte fluchend in seinen Taschen kramte, nutzte Klinner die Gelegenheit und sprach ihn an: „Guten Tag, mein Name ist Klinner, ich arbeite für die Bremer Kriminalpolizei, kann ich Ihnen bitte ein paar Fragen zum Tod von Peter Kracht stellen?“

„Is klar, Schnüffler, braucht sich nicht vorzustellen, riecht gegen jeden Wind, keine Zeit, keine Zeit.“

„Es dauert nur ein paar Minuten, ich will Ihnen einige Fragen zur Tatnacht stellen, und ob Sie mit dem Toten näher bekannt waren, für die Bearbeitung des Falles ist jede Information wichtig. Ich wäre Ihnen sehr dankbar, wenn Sie mir behilflich sein könnten.“ Klinner fragte sich, ob er zu defensiv war; manchmal kam er sich vor wie ein Hausierer, der unterwürfig und lustlos seine Floskeln abspult. Er haßte die Situation, in das Privatleben von Menschen einzudringen, obwohl er es seit langem regelmäßig tat. Prompt entlarvte ihn der Kauz, während er weiter in seinen Taschen nestelte.

„Fall Nr. 41, Bearbeitung heimlich wichtig, Informationen speichern, Einsatzzentrale, vorschnüfflern, Vorsicht mit dem Leichengift, vielen Dank.“ Nach dieser Äußerung zog der Alte einen Schlüssel aus der Manteltasche und wandte sich der Tür zu. Klinner sah ihm verwundert zu. Dieser kleine Penner war offensichtlich nicht nur verwahrlost, sondern auch noch verrückt. Innerlich stöhnte Klinner auf. Ein Gespräch mit einem Durchgedrehten, das war zu viel.

„Ich wäre Ihnen wirklich dankbar, wenn ich ein paar Minuten mit hineinkommen könnte, bisher tappe ich in diesem Fall völlig im Dunkeln."

„War ein feiner Kerl, der Piet, hat ihn früh erwischt. Müssen jetzt zu Ferdinand, hoch-erfreut-tut-mir-leid." Damit wandte er sich um und ging die Treppe hinauf. Er ließ die Tür offen stehen, was Klinner als Einladung wertete und die enge Treppe hinauf folgte. Oben erwartete ihn eine Kammer mit kleinen Dachluken, durch die diffuses Licht einfiel. Sie war vollgestopft mit allem möglichen Krempel. In einer Ecke stand eine gesprungene chinesische Vase, in der verschiedene Regenschirme, ein Gehstock und ein vertrockneter Tannenzweig steckten. Davor stapelten sich alte Zeitungen. Ein Stück weiter hingen mehrere leere Vogelbauer von der Decke herab, während auf dem Fußboden alte Schuhe verstreut herumlagen. Dazwischen stapelten sich plattgetretene Bierdosen. Der Alte führte mit einer nicht sichtbaren Gestalt namens Ferdinand Gespräche und schälte sich umständlich aus seinem Mantel. Klinner schien für ihn nicht mehr zu existieren. Der Mann kramte in einer Kiste und beförderte eine zerknitterte Tüte hervor. Damit ging er zu einer Ecke, in der sich eine aus Kisten improvisierte Kochnische befand. Er setzte einen verbeulten Kessel auf die tragbare elektrische Herdplatte und goß aus einem Kanister Wasser in den Kessel, um danach weiter herumzukramen und mit dem immer noch unsichtbaren Ferdinand zu reden. Klinner konnte in dieser überfüllten Enge niemanden entdecken, es war eng und miefig, er wurde nervös. Der Typ stank und lebte in einer vor Staub und Dreck starrenden Ansammlung von Schrott. Wahrscheinlich würde er hier nichts erfahren.

Ein Blick auf die Belegliste des Hotels verriet ihm, wer in dem einzigen Zimmer im fünften Stock wohnen müßte. Hier wohnte kein Ferdinand, sondern Wilfried Hauckner und Rüdiger Bensch. Auf dem Boden lag jedoch nur eine Matratze, und die befand sich in Auflösung. Hatte Klinner es mit Rüdiger Bensch oder mit Wilfried Hauckner zu tun?

Er wollte gerade zu einer Frage ansetzen, als der Alte zu kichern anfing. Er servierte zwei dampfende Tassen. Klinner nahm auf einem Lehnstuhl von erstaunlichem Ausmaß Platz, vor ihm stand eine Kiste mit den beiden Tassen. Der Alte streute ein paar Nüsse auf die Kiste, setzte sich in einen alten Sessel und kicherte weiter vor sich hin. Plötzlich kroch aus seinem Halsausschnitt ein pelziges Tier hervor. „Na Ferdinand, willst du unseren Schnüfflergast nicht begrüßen, ist ein feiner Herr, weiß, was sich gehört." Ferdinand war also eine Maus. Sie krabbelte, immer wieder in die Luft schnüffelnd, behende den Arm ihres Besitzers hinunter und kletterte von seinem Knie aus auf die Kiste, um sich an den Nüssen zu bedienen. Der Mann hatte nur noch Augen für seine Maus und redete ununterbrochen mit ihr. Sein Alter war bei genauerem Hinsehen schwer zu schätzen. Klinner tippte auf etwa fünfzig Jahre, es konnten aber auch siebzig sein. Er hatte keine Zähne. Das machte seinen Mund formlos und breit. Sein buschiger grauer Bart war über der Oberlippe gelblich verfärbt. Kleidung und Haare waren schmutzig, er stank nach Schweiß und Exkrementen. Er war klein, höchstens einen Meter sechzig groß, hatte leuchtende, braune Augen und jede Menge Falten im Gesicht. Die Maus saß inzwischen auf den Hinterbeinen, knabberte an einer Haselnuß und äugte wachsam mit zitternden Schnurrhaaren zu dem unbekannten Gast hinüber.

„Einen hübschen kleinen Freund haben Sie da, haben Sie sich den gegen die Einsamkeit besorgt, weil Ihr Zimmergenosse so selten da ist?"

„Gibt keine Zimmergenossen, wir sind allein, was Ferdinand?"

„Hier auf der Belegliste stehen Rüdiger Bensch und Wilfried Hauckner, wer von beiden sind denn Sie?"

„Rudi ist immer unterwegs, kann nicht in Häusern, muß Luft um die Nase haben."

Also war der Mann Wilfried Hauckner, und Rüdiger Bensch wohnte tatsächlich nicht hier. „Aber warum steht Herr Bensch dann hier auf der Liste?"

„Listeliste, Belegzentrale, wohnen bitte sehr, auf Papier wohnt es sich geduldig, gute Unterlage und ein Dach sowieso. Wohnen auf Papier, einmal Belegzentrale und fertig, ab in die Laube. Wollen unbedingt die Miete zahlen, sei nett zur Belegzentrale. Tu ein gutes Werk, teil das Geld mit dem Frauenhändler."

„Wer ist denn der Frauenhändler?“

„Der hochwohlgeborene Arschlochbesitzer von dieser Palastlaube hier.“

Für diese Informationen hatte sich das Gespräch schon gelohnt. Klinner nippte der Höflichkeit halber an seiner Tasse, innerlich auf das Schlimmste vorbereitet und war überrascht, einen gut aufgebrühten schwarzen Tee zu kosten. In Gedanken den weiteren Verlauf des Gesprächs vorbereitend, ließ er den Blick noch einmal durch den Raum schweifen. Neben dem Sessel, auf dem Hauckner saß, lag ein Aufnahmegerät und ein Karton, in dem sich viele Kassetten befanden. Klinner schätzte, daß es etwa hundert Stück waren. Er beugte sich ein wenig vor und las ein paar Beschriftungen: Gruppengespräch Station 3 vom 22.3.71, Aufnahmegespräch E. Seiker 3.12.72, Therapiegespräch B. Gruber 3.6.70. Auf den anderen Kassetten, die er sehen konnte, waren ähnliche Beschriftungen. „Herr Hauckner, wo waren Sie in der Nacht vom 12. auf den 13. November?“

„Richtiger Spürhund, Tatnacht-Beschnüffelung, ganz genau wissen, allgegenwärtige Tatverdächtigung, Ferdinand Maustäter, sollen wir ihm sagen, wo wir waren? Haben Piet nicht umgebracht, Alfons Alibi. Eine Hand wäscht die andere, muß was erzählen, der feine Mann, muß er. Und wir wollen sie zuerst hören, seine Geschichte, sonst sagen wir gar nichts. Prima Schnüffelgeschichte, aus der Tattruhe im Kopfarchiv.“

Die Maus saß inzwischen auf einem Oberschenkel von Hauckner, knabberte an einer Nuß und blickte den Kommissar aus ihren Knopfaugen an. Einen Moment lang hatte er das Gefühl, sie warte tatsächlich darauf, daß er zu erzählen begänne. Was für ein Quatsch! Wilfried Hauckner nahm die Sache offensichtlich ernst; er war schon dabei, seinen Kassettenrecorder aufzubauen, stellte das Mikrophon vor Klinner hin, legte die Hand auf die Aufnahmetaste und blickte ihn an. Der alte Spinner wollte aufnehmen. Wer war hier der Ermittler?

„Ich weiß nicht, was Sie von mir wollen, Herr Hauckner.“

„Willi. Willi, das ist mein Name zur Tatverdächtigung; jetzt eine Geschichte mit Leben. Sind ein bißchen schwer von Begriff, die Bullen, was sagst du, Ferdinand? Wird es schon begreifen, wollen ja nur einen kleinen Fleck aus dem Leben.“

Tilman Klinner schlug die Augen nieder. Er dachte an die Geschichte, die einzige, die er erzählen könnte. Die Situation war absurd.

Wenn ihn sein Kollege Werner Blochner so sehen könnte, würde er ihn auslachen. Der würde es niemals so weit kommen lassen, er ließ sich die Kontrolle über Gesprächsverläufe nicht aus der Hand nehmen, blieb unnahbar und bestimmend, ließ keine Zweifel aufkommen, wer das Gespräch bestimmte. Klinner war anders, ließ sich von seinen Zweifeln leiten, wollte verstehen, den Menschen gerecht werden. Mittlerweile war er die Hälfte der Zeit damit beschäftigt, Dialoge mit sich selbst zu führen, die Absurditäten seines Alltags innerlich zu kommentieren. Was hat das denn jetzt für einen Sinn? Wem soll das nützen? Das waren die Lieblingsfragen seines Alter Ego. Ihm stand die entschiedene, gradlinige Rolle seines Kollegen nicht zur Verfügung, er fand sie primitiv. Trotzdem beneidete er Blochners Distanz, denn diese Situation hier fing an, zu einem Problem zu werden. Das ging entschieden zu weit, war einfach lächerlich.

„Was wollen Sie von mir, Herr Hauckner? Ich verstehe nicht, wovon Sie sprechen."

„Klitzekleine Geschichte aus dem Leben wird er wohl erzählen können, weg vom Schnüfflerklump, selber erzählen, auf und weg." Die Maus blickte ihn an, als wollte sie sagen, na los, erzähl schon, es wird langweilig. Wilfried Hauckner war ein Spinner, das war klar.

„Was wollen Sie mit einer Geschichte von mir? Ich bin ein miserabler Erzähler, mir fällt nie etwas ein." Das war gelogen, er hatte eine Geschichte, einen Traum, der immer wiederkehrte, seit er sechzehn war, seit dieser Wanderung.

Wilfried Hauckner blickte Klinner an und sagte nichts, er hatte den Finger auf der Aufnahmetaste, und das Mikrophon war aufgebaut. Klinner war es, von dem etwas erwartet wurde. Jetzt konnte er nur noch mitspielen oder gehen. Er gab dem Alten ein Zeichen, das Gerät einzuschalten und dachte: Was bin ich für ein Idiot.

„Wir waren den ganzen Tag gewandert, und unsere Füße waren müde. Die Rucksäcke drückten schwer auf die Schultern, alle Gedanken waren darauf gerichtet, einen Platz für das Nachtlager zu finden, endlich die schwere Last abzulegen und etwas zu essen. Ein alter Bauer hatte uns eine Hand voll Eier verkauft, etwas Ziegenkäse und einen Laib Brot. Als er hörte, daß wir aus Deutschland kamen, zeigte er grinsend seine braunen Zahnstümpfe und verfiel in ein fremdartig klingendes Deutsch.

Er lebte seit Ende des Zweiten Weltkrieges dort in den Cevennen als Bauer, war wahrscheinlich desertiert, hatte geheiratet und hier gelebt, ohne jemals nach Deutschland zurückzukehren. Er sah mit seinem sonnengegerbten, faltigen Gesicht und seinem abgearbeiteten Körper nicht viel gesünder aus, als die struppigen zerfransten Hühner, die um seine Beine herumliefen und gackerten. Er empfahl uns das Mühltal als Nachtlager, wir müßten nur um den vor uns liegenden Hügel herumgehen. Dort wären wir ungestört, wir hätten von dort einen weiten Blick über die Ebene. Die Alten im Dorf erzählten, dort ginge ein Spuk um. Wir sollten aber nicht viel auf dieses Geschwätz geben, es sei ein wunderschöner Platz. Wir bedankten uns bei ihm für den Tip und machten uns auf den Weg.

Nach einer halben Stunde erreichten wir den oberen Eingang des Tals. Es war sehr klein und öffnete sich an der Südseite zu einer tieferliegenden Ebene hin. Etwa in der Mitte des Tals stand die Ruine der Mühle. Nur noch die Grundmauern aus Schiefergestein waren erhalten. Ein kleiner Bach floß am Haus vorbei. Er hatte runde Becken in den Fels gewaschen, die wir für ein erfrischendes Bad nutzten.

Wir wählten für unser Lager einen freistehenden Hügel, von dem aus wir das Tal überblicken konnten. Die angelegten Terrassen verfielen langsam und waren von Bodengestrüpp überwuchert. An den Hängen standen große abgestorbene Bäume, deren Stämme und Äste knochenweiß gewaschen waren. Gespenstisch und majestätisch wachten sie über das Tal. Später, angestrahlt vom Licht des aufgehenden Vollmondes, leuchteten sie wunderschön. Wir brieten die frischen Eier und stellten unsere Zelte auf, aßen im Schein des Feuers die bescheidene Mahlzeit und tranken den köstlichen Rotwein. Kurze Zeit später verkrochen sich meine Kameraden in ihre Zelte. Ich blieb allein am Feuer sitzen, eingehüllt in meinen Schlafsack. Der Vollmond stand hoch am Himmel und tauchte das Tal in gleißendes, grellweißes Licht, die Konturen der Landschaft stachen hervor. Scharfkantige Schatten zeichneten sich auf den Felsen ab.

Ich saß an diesem Abend noch lange allein am erloschenen Feuer, der Wein war längst getrunken, und der Vollmond stand so hoch am Himmel, daß er sich in einem kleinen Teich spiegelte, den der Bach aus den Felsen herausgewaschen hatte. Es war schon spät in der Nacht, als eine Gruppe weißer Gestalten aus der Ruine kam und in einer Reihe zu einem der runden Becken hinüberging. Sie sangen gemeinsam ein melancholisches Lied. Die Strophen sang jeweils einer von ihnen allein vor, während sie den Refrain gemeinsam anstimmten. Ohne zu unterbrechen, stellten sie sich im Halbkreis an einem der ausgewaschenen Becken auf wie bei einer genau festgelegten Prozession. Sie waren weiß vom Mehl aus der Mühle, in der sie gearbeitet hatten. Einer nach dem anderen zogen sie sich aus und wuschen sich in dem Becken mit dem frischen, kalten Wasser, befreiten sich von dem Mehlstaub, der sie vollständig bedeckt hatte. Nach dem Bad stellten sie sich zurück in den Halbkreis. Ohne Hast und ohne mit dem Singen aufzuhören, ergriffen sie einen der ihren und trugen ihn an das Becken. Der Getragene sang die letzte Strophe des Liedes mit klarer, trauriger Stimme. Als die übrigen den Refrain anstimmten, ertränkten sie ihren Bruder im Wasser. Sie wiederholten den Refrain mehrmals, und der Sterbende wehrte sich nicht, er zuckte nur einige Male. Als der Junge sich nicht mehr rührte, verklang das Lied, die Burschen zogen sich wieder an und trugen den Toten hoch über ihren Köpfen zurück zu der Mühlenruine, aus der sie gekommen waren. Dort verschwanden sie.

Der Mond stand in der Mitte des Sternenhimmels und war so hell wie noch nie. Im Tal herrschte Totenstille, ich hörte nicht einmal mehr meine Freunde atmen, das Feuer war erloschen, kein Wind regte sich. Die toten Bäume standen weiß und knochig um das Mühlhaus herum. Ich rollte mich in den Schlafsack und glaubte, mich nie wieder rühren zu können.

Im Morgengrauen wurde ich vom Regen geweckt, der den ganzen Tag nicht aufhören wollte."

Klinner nahm die Umgebung erst wieder wahr, als Hauckner das Aufnahmegerät ausschaltete. Er hatte sich hinreißen lassen, einem verwahrlosten Mann und einer Maus einen alten Traum zu erzählen. Es war ihm peinlich, am liebsten wäre er aufgesprungen und weggelaufen. Klinner ermahnte sich: Jetzt bleibst du hier und machst weiter, du Idiot. Noch mehr blamieren kannst du dich sowieso nicht. Er lehnte sich zurück und zündete eine Zigarette an.

Der Alte ließ ihn nicht lange warten, verstaute das Aufnahmegerät, nahm Ferdinand in seine schmutzigen Hände und blinzelte dem Kommissar zu: „Überraschungsschnüfflerbonbon, danke sehr am Abend.

Schöne Geschichte, kleine traurige Bildergeschichte, müssen wir sicher weinen, wenn wir sie wieder anhören, was Ferdinand?"

Klinner registrierte irritiert seinen Stolz darüber, daß er die Prüfung bestanden hatte. Jetzt könnte er Hauckner ein paar Fragen stellen. Etwa: Was machen Sie mit der Geschichte? Haben Ihnen noch andere Leute etwas erzählt? Welche Leute waren es? Sind all die Bänder mit Erinnerungen bespielt? Hauckner war ein seltsamer Kauz.

„Wenn ich den Deal richtig verstanden habe, dann bin ich jetzt dran, Ihnen Fragen zu stellen, Herr Hauckner. Welches Verhältnis hatten Sie zu Peter Kracht? Kannten Sie ihn gut?"

„Der verstorbene Peter Kracht, der lacht, ist jetzt raus aus dem Leidwesen, Beziehungsmüll, keine Not mehr in den Verhältnissen. Piet, der arme Kerl, hat sich zuviel getraut, den Weg verbaut, sich dem Teufel verkauft und dann die Haare gerauft. Erst reingefallen auf den glänzenden Mann, hat sich blenden lassen und dann hilflos gestrampelt, hing an der Leine wie an der Nadel."

„Ich verstehe Sie nicht, Herr Hauckner."

Wilfried Hauckner schüttelte sich, als wollte er ein lästiges Insekt loswerden. Ferdinand erstarrte und witterte mit zitternden Schnurrhaaren in alle Richtungen. Automatisiert redete er weiter: „Der psychopathische Charaktertyp ist nicht zuletzt deshalb so vielschichtig, weil es zwei Methoden gibt, mit denen er Macht über andere erlangen kann. Die eine Methode besteht darin, andere Menschen einzuschüchtern oder zu tyrannisieren. Wenn sie sich nicht gegen die Einschüchterung wehren, werden sie in gewisser Beziehung zu Opfern. Die zweite Methode besteht darin, andere Menschen zu bezwingen, indem man sich in ihr Vertrauen einschleicht, sie gewissermaßen verführt. Sie wirkt besonders bei naiven oder leichtgläubigen Menschen, die dem Psychopathen begegnen."

Langsam verlor Klinner die Geduld. Er hatte sich kooperativ gezeigt, hatte das seltsame Spiel mitgespielt, sich Zeit genommen, und nun tischte ihm dieser Kauz einen Haufen Rätsel auf. Der Alte hatte mit keinem Wort auf seine Frage geantwortet, ihm statt dessen seine Interpretation von Peter Krachts angeblichem Lebensthema erzählt und psychologisches Zeug dahergeredet.

„Das hört sich so an, als wenn Sie Kracht recht gut gekannt haben?"

„Dem oralen Charakter fällt es im wörtlichen und übertragenen Sinne schwer, auf eigenen Füßen zu stehen. Er neigt dazu, sich an andere zu klammern oder anzulehnen. Er leidet unter einem inneren Gefühl der Leere."

Diese Aussage war offensichtlich alles, was Wilfried Hauckner zu äußern bereit war. Er stand auf und räumte die Tassen ab. Er verhielt sich so, als wenn es nichts weiter zu sagen gäbe. Klinner hatte keine Lust, sich zum Narren halten zu lassen.

„Hören Sie zu, Herr Hauckner, so geht es nicht, Sie können mir nicht Ihre orakelhaften Äußerungen hinwerfen und meinen, damit wäre alles gesagt, ich erwarte von Ihnen, daß Sie mir Rede und Antwort stehen."

Wilfried Hauckner machte sich nicht einmal die Mühe, ihn anzusehen, als er weiterfaselte: „Keine Zeit, keine Zeit, wir haben noch viel zu tun mit Huhn, komm Ferdinand." Er ging in die Küchennische und öffnete sich eine Dose.

Klinner verließ den Raum mit der Bemerkung: „Herr Hauckner, wir werden das Gespräch an einem anderen Tag fortsetzen. Sie wissen, daß ich Sie bei mangelnder Kooperationsbereitschaft auch ins Präsidium vorladen kann?" Hauckner reagierte nicht, er fing wieder an, mit Ferdinand zu reden.

***

Klinner fuhr mit der Linie sechs. Beim Anblick des Flusses verebbte seine Wut auf den alten Kauz langsam. Eine blasse Sonne schien, die Weser war vom Wind in lauter kleine Wellen separiert. Ein schöner Moment, das Wasser zu kreuzen. Ein Heimatgefühl kam in ihm auf. An der Domsheide verpaßte er knapp die Linie zwei und entschied sich gegen das Warten. Als er zwischen Gericht und Polizei in Richtung seiner Wohnung lief, verspürte er einen drängenden Hunger. So lief er an der Wulwestraße vorbei, um sich beim Türken eine Mahlzeit zu besorgen. Er ging fast bis zum Ziegenmarkt, zum Kismet drei, wo er sich seit Jahren gelegentlich blicken ließ. Diesmal wählte er aus der Auslage Reis mit Gemüse, Auberginen und das übliche. Der Besitzer des Ladens ließ ihn durch ein kurzes Nicken und Hochziehen der Augenbrauen wissen, daß er ihn kannte. Diese Geste war alles, was von ihm ausging. Sie hatten noch nie länger miteinander gesprochen, vermutlich deshalb, weil eine Gruppe von türkischen Männern immer an demselben Tisch saß und sich mit dem Besitzer unterhielt. Meistens kam Klinner diese Diskretion sehr entgegen, und er war dankbar, sich nicht übers Wetter oder ähnliche Alltäglichkeiten unterhalten zu müssen. Heute würde er ihm gern erzählen, was er gerade erlebt hatte. Sie kannten sich schon so lange, man konnte Vertrautheit voraussetzen. Er könnte sich mit an den Tisch setzen und sagen: „Heute hab ich was erlebt, das glaubt ihr nicht. Wollt ihr hören, was es war?" Dann müßte er nicht allein in seiner Küche sitzen und Reis löffeln. Manchmal war er sich nicht mehr sicher, ob das Hochziehen der Augenbrauen und das Nicken nur für ihn bestimmt war oder ob es einfach nur das Ritual zur Begrüßung aller nichttürkischen Kunden war. Begrüßte er andere auch so? Sicher, das Nikken war immer gleich, aber bei ihm zog er die Augenbrauen hoch. Das war etwas anderes. Immerhin komme ich seit mehr als zehn Jahren regelmäßig hierher, dachte Klinner. Ich drücke meine Wertschätzung dadurch aus, daß ich seit Jahren die von dir zubereiteten Speisen kaufe, du kennst mich gut genug, um mich an deinem Stammtisch Platz nehmen zu lassen. Klinner hielt die weiße Plastiktüte in der Hand über der Theke. Der Türke stand ihm gegenüber, er hob den Kopf ein wenig in die Höhe, öffnete die Augen ein Stück weiter als üblich und sah ihn erwartungsvoll an.

„Ich würde gern mit dir reden, weißt du."

Eine Kundin betrat den Laden und weckte Klinner aus seiner Starre.

„Danke." Er verließ den Laden und ging nach Hause.

Nach dem Reisteller spülte er mit einem Glas Milch die letzten drei Stücke des Topfkuchens herunter, ein Geschenk seiner Nachbarin Iphigenie, selbstgemacht. Er ließ sich ein Bad einlaufen, legte sich ins Wasser und schloß den Hahn erst, als der Wasserspiegel bis über seine Ohren gestiegen war. Nach einer Weile ließ er Wasser ablaufen und füllte heißes nach. Der Strahl brannte an seinem Bein. Unter Wasser hörte sich das Plätschern an wie Steinschlag. Er drehte ab, horchte weiter, machte Blasen mit dem Mund, lauschte auf das gelegentliche Tropfen des Wasserhahns und die dumpfen Quietsch- und Blubbergeräusche, die entstanden, wenn er sich bewegte.

Er lag ganz still, hörte nur noch seinen Puls im Ohr und die Geräusche seines Atems. Er brauchte die Augen nicht zu öffnen, um zu wissen, was er sehen würde. Risse im Putz. Hinter seinen geschlossenen Lidern baute sich eine Szene auf, die er häufig erlebt hatte, aber jetzt nicht sehen wollte. Sabine stand vor dem Waschbecken und wusch sich. Sie war nackt, er lag in der Wanne. Er sah ihr dabei zu, wie sie sich wusch, beim Abtrocknen und Anziehen. Sie verhielt sich, als wenn sie seine Anwesenheit nicht bemerkte, trocknete sich voller Konzentration am ganzen Körper ab, zwischen den Zehen, hinter den Ohren. War ganz auf sich bezogen, bewegte sich harmonisch und fließend. Ihre Bewegungen waren ritualisiert und zärtlich, von einer gelebten Einheit mit dem eigenen Körper geprägt.

Er öffnete die Augen, sah den Staub auf der Parfümflasche. Das Wasser war kalt geworden. Er erhob sich mit einem Seufzer, genoß den Schwindel, der ihn überkam. In der Wanne spürte er sich wenigstens. Er sah an seinem triefenden Körper herab. Meistens war der nur Werkzeug, ein Funktionsträger, der funktionieren sollte, bekleidet werden mußte, dessen Eigenleben ihn nervte. Seine Gedanken und Gefühle waren von diesem Wesen getrennt, fanden in einer anderen Dimension statt. „Ein unberührbarer Klotz bist du geworden, dick und einsam, Klinner“, sagte er zu seinem Spiegelbild.

***

„Na, bist du dem geheimnisvollen Spritzenmörder schon auf der Spur?“

„Gib mir zehn Minuten, dann lach ich über jeden Witz.“ Blochner war einfach unerträglich, besonders morgens.

„Ist okay, Schatz, soll ich dir einen Kaffee machen?“

„Das wäre wirklich reizend, laß dir ruhig Zeit.“ Er konnte das Maul nicht halten. Das war grauenhaft.

Klinner ließ sich vom Amt für soziale Dienste, Abteilung Wohnungslose, die Beleglisten der Friedrich-Ebert-Straße 47 faxen, um sie mit der Liste aus dem Hotel zu überprüfen. Aus der selben Abteilung erfuhr er auch den Namen des Besitzers, Bernd Schaumann. Er sah sich dessen Polizeiakte auf dem Computer an. Hauckner schien recht zu haben. Schaumann war vorbestraft wegen Anstiftung zur Prostitution, Körperverletzung, schwerem Betrug. Klinner bat Elke Prestel, für ihn herauszufinden, ob Schaumann noch weitere Häuser besaß. Sie war so dankbar für den Arbeitsauftrag, daß er sie mit einer weiteren Aufgabe betraute: Sie sollte versuchen, den Aufenthaltsort von Paul Friese herauszubekommen. Er war der Zimmernachbar von Peter Kracht. Er hatte sich immer noch nicht beschwert, daß sein Zimmer verrammelt war.

Klinner sah die Beleglisten des Hotels durch. Die meisten Leute wohnten seit Monaten dort. Hinter den Namen war vermerkt, welche Abteilung im Amt für soziale Dienste für die betreffende Person zuständig war. Zehn Personen hatten über das Ausländeramt ihre Zuweisung erhalten. Fünf waren bei der Abteilung Wohnungslose in der Kartei, zwölf bezogen ihre Sozialhilfe aus der Abteilung für Drogenabhängige. Das war schön aufgeteilt.

Auf seinem Schreibtisch lag inzwischen die Gerichtsakte eines Falles, in dem Kracht als Zeuge ausgesagt hatte.

In dem Verfahren aus dem Jahr 1981 ging es um eine Anklage, die gegen zwei pädagogische Mitarbeiter des Heims, in dem Kracht damals gewohnt hatte, erhoben worden war. Sie waren des sexuellen Mißbrauchs Schutzbefohlener beschuldigt worden. Sie sollten einen Zimmergenossen von Peter Kracht wiederholt zum Oralsex gezwungen haben. Kracht war als Zeuge vernommen worden, weil die Taten zum Teil in seinem Beisein verübt worden sein sollten. Ein weiterer Zimmergenosse, Pierre Dunker, war ebenfalls als Zeuge verhört worden. Er sei laut Aussagen des Jungen sogar zweimal an den Vergewaltigungen beteiligt gewesen, war zu dem Zeitpunkt der Taten allerdings erst elf Jahre alt und damit nicht strafmündig. Deshalb wurde er als Zeuge verhört und war nicht angeklagt. Sowohl Peter Kracht als auch Pierre Dunker hatten abgestritten, von der Tat etwas mitbekommen zu haben, und schließlich war das Verfahren aus Mangel an Beweisen eingestellt worden. In der Akte war vermerkt, daß der Nebenkläger, der Vater des Jungen, die Anzeige auf Wunsch seines Sohnes zurückgezogen hatte.

Klinner saß vor der Akte und dachte nach, irgend etwas machte ihn stutzig. Er blieb an dem Namen Pierre Dunker hängen, den kannte er von irgendwoher. Er kramte die Belegliste der Pension noch einmal raus und fand den Namen: Pierre Dunker wohnte in Zimmer 33 der Pension. Die beiden kannten sich seit zwanzig Jahren.

Er rief Dunkers Polizeiakte auf seinen Bildschirm: Sie begann etwas früher als die von Kracht, 1982, ebenso mit Ladendiebstählen, ging genauso weiter, nur, daß er wegen versuchten Totschlags angeklagt worden war. Die Strafe für einen Einbruch war zur Bewährung ausgesetzt; weitere offene Verfahren gab es nicht.

Auf einmal bemerkte Klinner Unruhe in seiner Nähe. Elke Prestel stand vor seinem Schreibtisch. Er wollte zuerst noch seine Notizen zu Ende führen, dann erschien es ihm allerdings zu schulmeisterlich, sie vor seinem Schreibtisch warten zu lassen. Sie mußte etwas Interessantes herausgefunden haben, war gespannt und nervös, begierig zu sprechen. Er hob den Blick, sagte „im Verhör müssen Sie Ihre Regungen besser im Griff haben, Frau Prestel. Ich spüre, wie gern Sie sprechen wollen, ohne daß ich Sie ansehen muß."

„Was? Ja, ich ...", stotterte sie los. „Das weiß ich. Jetzt sind aber nur Sie hier. Da muß ich mich nicht verstellen, oder?"

„Da haben Sie recht. Was gibts denn?"

Sie hatte herausgefunden, daß Schaumann noch ein Haus im Landkreis Osterholz-Scharmbeck, zwischen Worpswede und Überhamm besaß. Das Haus, so hatte sie bei der örtlichen Polizeidienststelle ausfindig gemacht, war als Bordell bekannt. Klinner pfiff durch die Zähne: „Hat der alte Spinner ja doch recht gehabt, der Typ hat etwas mit Prostitution zu tun."

„Ja, und dann hatten Sie sich nach Paul Friese erkundigt. Die Geschichte ist ein echter Witz. Der Typ heißt beim Drogendezernat nur Pillen-Paule und sitzt in Frankfurt in Erzwingungshaft. Und wissen Sie warum?"

„Sie werden es mir erzählen."

„Er ist mit einem Taxi von Bremen nach Frankfurt gefahren. Dort angekommen, stellte sich heraus, das er kein Geld bei sich hatte. Er wollte den Taxifahrer überzeugen, auf ihn zu warten, bis er etwas Dringendes erledigt hatte. Darauf wollte sich der Fahrer nicht einlassen. Er rief die Polizei. Jetzt sitzt er in Haft, wegen unerlaubten Besitzes von Betäubungsmitteln und Betrugs."

„Seit wann?"

„Seit letzte Woche Dienstag."

„Damit kommt er als Täter nicht in Frage. Vielen Dank, Sie sind Gold wert, ich werd es mir merken."

„Oh, das war doch nicht der Rede wert ...", sie klang verlegen.

Klinner gab seiner Stimme einen hintergründig vertraulichen Ton. „Ich werde mich revanchieren, verlassen Sie sich drauf.“ Er bereute sofort, so gesprochen zu haben.

„Es reicht schon, wenn Sie gelegentlich einen Arbeitsauftrag hätten“, sagte Elke Prestel und drehte sich auf dem Absatz um. Ihr Gang hinaus verriet, daß sie beleidigt war. Die Tür klappte zu.

***

Der beißende Geruch von Desinfektionsmitteln brannte Klinner in der Nase, als er das Gebäude der Pathologischen Abteilung des Sankt-Jürgen-Krankenhauses betrat. Im Zimmer Nummer 12 befand sich der Behandlungsraum von Doktor Brusmann. Er klopfte an die Tür und trat ein. Brusmann war Pathologe und obduzierte in der Regel die Leichen für die Kripo. Er notierte gerade etwas an seinem Stehpult und sah auf, als der Kommissar eintrat. „Guten Tag, Herr Klinner, wie immer kommen Sie zu früh.“

„Tag, Herr Brusmann, ist das meine Leiche?“ fragte er und wies mit der Hand auf den Obduktionstisch in der Mitte des Raumes, auf dem ein Körper unter einem weißen Laken lag.

„Das ist jemand anders. Aber ein interessanter Fall, den Sie mir da vorgelegt haben“, murmelte Brusmann.

„Na, dann lassen Sie mal hören.“

„Die genauen Daten und Analyse-Ergebnisse kann ich Ihnen erst in etwa zwei Tagen schicken, sie liegen mir derzeit nicht vor. Insofern beruht alles, was ich Ihnen jetzt sage, auf den Untersuchungen, die ich direkt an der Leiche vornehmen konnte.“

Brusmann nahm einen Hefter zur Hand, der auf seinem Schreibtisch gelegen hatte und setzte eine bedeutungsvolle Miene auf. „Der Tod ist zwischen 22.00 und 1.00 Uhr eingetreten, und zwar durch Atemstillstand. Infolgedessen liegt ein Herz-Kreislaufversagen vor, hervorgerufen durch eine Überdosis Morphin. Die Menge, die der Tote im Blut hat, spricht für eine extrem hohe Dosis, die mit absoluter Sicherheit eine tödliche Wirkung hatte. Er hatte 0,03 Promille Heroin im Blut, was bei seinem Körpergewicht auf eine Dosis von mindestens 1,5 Gramm reinem Heroin schließen läßt. Er hatte auch noch andere Stoffe in der Blutbahn: Spuren von THC, Benzodiazepinen, Kokain und Alkohol, allerdings in so geringer Konzentration, daß sie zu vernachlässigen sind. Das Heroin wurde auf einmal injiziert, es war noch in der Blutbahn und kaum abgebaut, das heißt, es hat den Tod direkt nach der Injektion herbeigeführt. Die Einstichstelle befindet sich an der rechten Halsschlagader. Ist die Spritze noch vorhanden, mit der die Injektion vorgenommen wurde?“

„Ja, das war so eine kleine Einmalspritze, ich glaube zwei Milliliter, die ist noch bei der Spurensicherung.“

„Erstaunlich. Das Heroin muß hochgradig konzentriert gewesen sein, sonst hätte eine so kleine Spritze gar nicht ausgereicht, eine solche Menge gelöstes Heroin aufzunehmen. Nach allem, was ich weiß, kann der Mann sich so eine Menge nicht in dem Glauben gespritzt haben, er würde sie vertragen. So eine Menge wirkt selbst bei Menschen, die eine hohe Morphintoleranz aufgebaut haben, absolut tödlich.“

„Gab es Spuren eines Kampfes?“

„Nein, keine Schürfungen oder Verletzungen, jedenfalls keine neu entstandenen. Unter den Fingernägeln haben wir nichts gefunden. Weder fremde Hautpartikel, die auf einen Kampf hinweisen könnten, noch Spuren von Heroin mit hohem Reinheitsgehalt. Der Einstich am Hals ist sauber gesetzt, es kann also kaum gegen seinen Willen geschehen sein.“

„Warum wurde in den Hals gespritzt, gab es keine andere Stelle?“

„Der Körper dieses Mannes ist gezeichnet, er trägt nahezu alle typischen Folgen langjähriger Drogenabhängigkeit. Er war HIV positiv, hatte Hepatitis B und C, die Venen an Armen und Beinen sowie am Schlüsselbein, Bauch, Leisten und Brustkorb sind komplett vernarbt, voller Knoten, undurchlässig und teilweise verstopft. Im rechten Bein hatte er starke Durchblutungsstörungen und Ödeme, oberflächliche Hautgeschwüre sowie mehrere Abszesse über den Körper verteilt. Dennoch kann man nicht sagen, daß sein Körper insgesamt völlig ruiniert ist. Er hätte es durchaus noch ein paar Jahre machen können, da gibt es noch weitaus schlimmere Fälle. Der HIV war noch nicht ausgebrochen und die Hepatitis-Infektionen ausgeheilt beziehungsweise ruhend.

Um Ihre Frage zu beantworten: Er hatte tatsächlich kaum noch intakte Venen, die sich zum Injizieren geeignet hätten. Der Hals ist in der Regel eine der letzten Stationen. Erstens, weil man dort kaum allein injizieren kann, zweitens, weil Thrombosen direkt ins Gehirn getragen werden und dort sofort zum Tode führen, und letztlich auch aus psychologischen Gründen."

„War er Rechts- oder Linkshänder?" fragte Klinner weiter.

„Rechtshänder, an der Muskulatur der Arme eindeutig erkennbar", erklärte Brusmann.

Der dozierende Tonfall ging Klinner auf die Nerven. Natürlich konnte man an der Muskulatur erkennen, ob der Tote Rechts- oder Linkshänder war, das war sein Job. „Ich versuch mal, die für mich relevanten Schlüsse zu ziehen. Wenn ich was falsch mache, verbessern Sie mich bitte. Der Tote ist an einer Überdosis Heroin gestorben, und zwar überdurchschnittlich reinem Heroin. Diese Dosis ist gespritzt worden, ohne daß vorher oder währenddessen ein Kampf stattgefunden hätte. Also ist es entweder freiwillig geschehen, oder während der Tote schlief, oder er hat es selbst getan. Er ist allerdings Rechtshänder, die Spritze wurde in die rechte Seite des Halses injiziert, es wurde kein Spiegel bei dem Toten gefunden, und deshalb ist es relativ unwahrscheinlich, daß der Tote die Injektion selbst vorgenommen hat. Da fällt mir auf, hätte er sie auch links setzen können?"

„Ohne weiteres, die hintere oberflächliche Drosselvene auf der linken Halsseite ist in demselben Zustand wie die rechte. Zur Sache gibt es noch etwas anderes zu bemerken, Herr Klinner. Die Spritze wurde von schräg hinten eingeführt. Das ist nur möglich, wenn der Kopf seitlich weggeneigt und nach hinten überstreckt ist. Sonst ist die Drosselvene gar nicht erreichbar. Das deutet nicht darauf hin, daß der Tote die Spritze selbst geführt hat."

„Ah ja, das ist interessant. Kann er schon vorher tot gewesen sein?"

„Das halte ich für unwahrscheinlich."

„Er ist also umgebracht worden! Sie schicken mir dann den Bericht schnellstmöglich zu, danke."

Im Büro rief Klinner einen Kollegen vom Drogendezernat an, der ein guter Bekannter von ihm war.

Die meisten Typen, die dort arbeiteten, waren ihm zuwider, weil sie aussahen und sich benahmen, als wäre das Ostertorviertel Miami. Don Johnson stand bei ihnen hoch im Kurs, obwohl er schon lange aus der Mode war. Sie selbst kamen langsam in die Jahre und bemerkten es nicht. Sie trugen hochgeschobene Jackettärmel und Handschuhe beim

Einsatz oder Blue Jeans und Jacke aus demselben Stoff, dazu weiße Turnschuhe. Das war in Klinners Augen voll daneben. Sein Kumpel dagegen war ein behäbiger Mittfünfziger, der seiner Arbeit angenehm entspannt gegenüberstand.

Nachdem Klinner ihm den Fall geschildert hatte, stieß dieser einen Pfiff aus. „Mann, das ist ja ein Hammer, Tilman, so eine Dosis haut einen Elefanten um. Die hat der nicht aus Versehen genommen, das kann ich dir sagen. Kracht war ein schlauer Fuchs, der hat keine Scheiße gebaut mit seinen Drogen, der war ein echter Experte, was Rauschmittel angeht."

„Habt ihr in der letzten Zeit was von sehr reinem Heroin gehört, das hier im Umlauf war?"

„Nee, seit diesem Fake in der Presse Anfang letzten Jahres, wo bundesweit die Medien verrückt gespielt haben, nicht mehr. Da ist ein Typ an einer Überdosis von sechzigprozentigem Heroin gestorben, und weitere vier Drogenabhängige sind an demselben Wochenende draufgegangen. Einige Tage lang wurde vermutet, alle seien an hochkonzentriertem Heroin gestorben. Wir sind mit Lautsprecherdurchsagen durchs Ostertorviertel gefahren und haben die Junkies gewarnt, und die Politik hat völlig verrückt gespielt. Das Ganze hat sich dann aber als Falschmeldung herausgestellt, von den vier sind zwei erfroren, die anderen beiden hatten sich totgesoffen. Seitdem ist wieder Ruhe, und sie verkaufen auf der Straße den üblichen Dreck mit drei bis maximal fünfzehn Prozent Reinheitsgrad. Laß doch mal im Labor die Spritze untersuchen, was da für Rückstände drin sind."

„Ich bin ja nicht ganz doof. Wenn ich weiß, was das für ein Zeug war, geb ich dir Bescheid, und du hörst dich mal um, ja?"

***

Nur ein paar Gehminuten vom Drogendezernat stand Sigrid Kretschmer bei einem Mann und redete auf ihn ein: „Gib mir n Riegel Dias für n Zehner, Günther, ich kauf doch immer bei dir, aber mach zu, ich muß die Bahn noch kriegen."

„Kannste vergessen, Sigrid, die kosten fünfzehn, das weißt du ganz genau."

„Mann, du bist echt n Scheißtyp, hier hast du deine fünfzehn, und jetzt gib her.“

„Na also, Sigrid, bist immer willkommen bei mir.“

Dreckstyp, alles Betrüger, lachen über mich, guck sie an, totlachen, wegmachen. Bloß ab von hier, Platz am Fenster. Korsett Friedel, Dessous für die Frau, Mobiltelephone, Mannesmann D2, weltweit mobil dabei – Weine aus Italien, der richtige Geschmack für den feierlichen Anlaß. Nächste Haltestelle: Theater am Goetheplatz. Schnell ne Pille klinken, sonst steh ich das nicht durch hier, Kinderwagen, schreiende Göre, und die Frau hat schon wieder eins drin, dicken Bauch, die fette Kuh. Braten im Ofen, riecht nach Milch. „Domsheide. Sie haben Anschluß.“

„Ist der Platz hier noch frei? Vielen Dank.“ – Der fette Sack, was will der hier? Du schmieriger Wichser mit deinen fettigen Haaren, laß mich bloß in Ruhe. Justus Frantz dirigiert das Sinfonieorchester, Bic Mäc nur 3,50 DM. Machen Sie mit bei der Bürgerpark Tombola, ein Los zwei Mark, für den guten Zweck. Soll dein Ding schlucken unter deinem Bauch, willst zucken, stöhnen. Fetter Bauch hinterm Steuer, kommt nich hoch das Ding, muß rubbeln, kneten, kleines haariges Ding, stinkt, klebt. Weg, weg von hier, zurück, raus in die Nacht, Himmel, raus aus dem Auto, Blick von oben in den Sternen. Ist die andere da unten, die. Voll Dreck, kleines Ungeheuer. Hose runter, Alter. Na dann wollen wir mal. Nen Dreißiger mußt du schon springen lassen, Dicker, wenn deine Alte nicht mehr mitspielt. Na, ist noch nicht so weit, der Kleine, wa? Um so besser, Kasse ist bei mir nämlich vorher, und ohne Gummi macht n Zehner extra. Macht sie gut, kann sehen, wie sie den Wichser ausnimmt. Dreißig Mark für einmal lutschen, langweiliger als Fernsehen. Will nicht bezahlen, der Wichser, hat abgespritzt, und jetzt fängt er an zu spinnen. Was willst du, du Schlampe. Für die Scheiße willst du auch noch Geld haben, das macht ja meine Frau noch besser, und der muß ich nix bezahlen, sei froh, wenn ich dir nich die Fresse polier, und jetzt verpiß dich. Wichser schmeißt sie aus dem Auto, kleines Ungeheuer. Sitzt sie da auf der Straße und flennt. Schweine. Muß raus hier, unbedingt sofort weg, Männerschweiß.

„Nächste Haltestelle Lindenhofstraße.“

„Eh, laß mich sofort raus, du Wichser, das ist meine Haltestelle.“

„Wie bitte? Was erlauben Sie sich, das kann man doch auch anders sagen."

„Halts Maul, ich hab dich genau gesehen in der Humboldtstraße, du und deine schmierigen Kumpels, wie ihr immer mit dem Auto die Runde dreht und euch eine aussucht."

„Ich weiß nicht, worüber Sie reden. Sie sind ja eine unverschämte Person!"

„Freier riech ich drei Meilen gegen den Wind, brauchst dich gar nicht rausreden, leck mich doch, du Arschloch."

***

Klinner ging in der Mittagspause in die Kantine. Während er an einem sehnigen, von Pommes Frites umgebenen Kotelett nagte, sah er sich das Adreßbuch von Peter Kracht an. Es war ein zerlesenes Oktavheft, in dem neben einigen Adressen viele Verabredungen notiert waren. Insgesamt enthielt es etwa zehn beschriebene Seiten. Klinner sah sich jede Seite genau an.

Es enthielt die Anschriften von diversen Ärzten und einigen Beratungsstellen, daneben Verwandte, zuletzt einige Freunde. Das Buch war vom hinteren Ende her offensichtlich als Notizbuch benutzt worden. Kritzeleien wie: Sonntag 17.00 Uhr Monika abholen, Dienstag Frank im Knast besuchen, 14.00 bis 15.30 Uhr, befanden sich auf den letzten Seiten. Am Ende des Buches waren viele Seiten rausgerissen worden. Die letzte beschriebene Seite enthielt folgende Notiz:

> „Donnerstag, neunter. Nachmittag zu Gabriel, 14.57 Uhr ab Bremen, 16.07 Uhr an, Reifen Seierbach, Treppe rauf, zweiter Stock, Paule, fünf Gramm mindestens."

Klinner ließ das Kotelett liegen und ging in sein Büro. Ein Blick auf den Kalender verriet, daß es im November einen Donnerstag, den neunten, gegeben hatte, davor jedoch mehrere Monate nicht. Der neunte war der Tag vor Krachts Tod. Es war unwahrscheinlich, daß Kracht diese Notiz länger als unbedingt nötig in seinem Adreßbuch stehen lassen würde. Drogendealerei hielt niemand im Tagebuch fest. Er nahm das Telephon und rief bei der Auskunft der Bahn an: „Guten Tag, sagen Sie, wenn ich an einem Donnerstagnachmittag von Bremen einen Zug nehmen möchte, der um 14.57 Uhr abfährt und um 16.07 Uhr ankommt, wohin fahre ich dann?"

„Wie meinen Sie das? Wohin wollen Sie denn fahren?" Die Frau am anderen Ende der Leitung verstand nicht.

Klinner war sehr aufgeregt und ungeduldig, endlich schien sich eine Spur abzuzeichnen. „Ich weiß noch nicht, wohin ich fahren will. Sagen wir, ich möchte um 16.07 Uhr gerne aufhören zu fahren."

„Das ist ja seltsam. Aber wenn Sie meinen, ich geb das mal ein, Augenblick. Hm – es fahren zwei Züge um 14.57 Uhr ab, der eine hält um 16.04 Uhr in Osnabrück und der andere um 16.07 Uhr in Hannover."

„Danke, mehr wollte ich gar nicht wissen."

Über die gelben Seiten im Internet fand er heraus, daß es in Hannover eine Firma Gebrüder Seierbach, Reifen und Reparaturen gab.

Endlich etwas Handfestes, leider war Blochner nicht da. Er hinterließ ihm eine Nachricht auf der Mailbox seines Mobiltelephons: „Bin in Hannover, wenn ich bis 20.00 Uhr nicht bei dir angerufen habe, laß mal auf dem Gelände hinter Reifen Seierbach, Burgweg 123, ein Streife auffahren. Danke!"

Es wurde höchste Zeit, eine Spur aufzutun. Blochner hatte ihm vor dem Mittagessen gesagt, der Chef wolle ihn sprechen, er solle am Donnerstag vormittag in sein Büro kommen. Ihm blieb ein halber Tag, um etwas hervorzuzaubern. Dafür nahm er das Risiko in Kauf, bei einer Aktion außerhalb seines Zuständigkeitsbereiches möglicherweise in Schwierigkeiten zu kommen.

Zweieinhalb Stunden später saß Klinner in Hildes Imbiß, einem kleinen Metallhäuschen gegenüber von Reifen Seierbach. Er bestellte sich eine Currywurst. Schließlich hatte er das Kotelett zur Hälfte ungegessen stehenlassen. Hilde war freundlich und die Wurst in Ordnung. Die Luft in dem Imbiß machte die Haare fettig. Kein schlechter Zug, dachte er. Schlecht frisiert sah er weniger wie ein Zivilbulle aus. Seine Blue Jeans war zu teuer und die Lederjacke zu modisch. Er fuhr sich durch die Haare. Hilde sagte: „Ist ein Scheißwetter heute, was?"

„Ja, danke!" sagte Klinner abwesend.

Das Gebäude von Reifen Seierbach besaß keinen zweiten Stock. Das hatte ihn anfangs beunruhigt. Nach der Hälfte der Wurst war jemand aus der Einfahrt rechts neben der Firma gekommen. Als er seine

Tasse Kaffee trank, war dem ersten ein weiterer Mann gefolgt und kurz danach jemand hineingegangen. Er blieb noch auf eine zweite Tasse Kaffee in der Bude stehen und beobachtete das Kommen und Gehen.

Dann verabschiedete er sich und verließ die Bude. Ein Schotterweg führte an dem Reifenlager von Seierbach vorbei. Nach hundert Metern öffnete sich der Blick auf ein altes Fabrikgebäude. Die Menschen, die er gesehen hatte, waren nach etwa zehn Minuten wieder herausgekommen. Das könnte es sein. Es war ein Geschäft für Stammkundschaft. Hier kaufen die, die Bescheid wissen.

Er betrat das Gelände der Fabrik. An der Ostseite des Backsteinbaus stand das Wort Matratzen in weißlichen, kaum mehr sichtbaren Buchstaben auf die Mauer geschrieben. Es war ein schönes altes Gebäude mit drei Stockwerken und großen, gußeisernen Gitterfenstern. Von außen konnte man nichts sehen. Es dämmerte bereits.

Klinner suchte sich einen Weg um Pfützen und herumliegende Maschinenteile und steuerte auf das Gebäude zu. Er fühlte sich ungeschützt, weil er seine Dienstwaffe in Bremen gelassen hatte und auch, weil sein Mobiltelephon zu Hause auf dem Tisch lag. Er wollte nicht als Kommissar identifizierbar sein, falls sie ihn filzen sollten. Etwa in der Mitte des Vorplatzes blieb er stehen. Es gab zwei Eingänge, beide waren geschlossen und unbeleuchtet. Wurde er beobachtet? Sicher nicht besonders schlau, hier ewig rumzustehen, sagte er sich und wollte gerade auf den linken Eingang zusteuern, als sich die rechte Tür öffnete, ein Mann heraustrat und direkt auf ihn zu kam. Klinner schwenkte um und steuerte ebenfalls auf den Mann zu. Während sich der Abstand verringerte, fragte er sich, ob der ein Kunde war oder ihn gleich fragen würde, was er hier wollte. Der Mann wich ihm im Abstand von zwei Metern aus und steuerte weiter auf die Straße zu. Im Vorbeigehen erkannte Klinner ihn wieder. Der war gerade gekommen. Klinner atmete innerlich auf und wandte sich dem Eingang zu. Die Metalltür ließ sich problemlos öffnen. Mit einem knarrenden Geräusch schwang sie auf und schlug scheppernd gegen ein rostiges Matratzengestell. Klinner huschte erschrocken in das Treppenhaus. Drinnen war es dunkel. Er konnte mit Mühe eine Treppe erkennen, die sich um einen Fahrstuhlschacht herum nach oben und nach unten wand. Der Schacht führte nach unten und endete im Nichts. Ein rostiges Drahtgitter begrenzte den dunklen Schlund. An einigen Stellen war es weggebrochen. Klinner wartete, bis sich seine Augen an das Dämmerlicht gewöhnten. Wohin jetzt? Die Treppe nach oben oder unten? Ohne recht zu wissen, warum, wandte er sich nach oben. Ein Dealer wird nicht im Keller sitzen. Nach einer Weile konnte er einen schwachen Lichtstrahl ausmachen, der aus dem dritten Stockwerk nach unten fiel. Wenigstens etwas, dachte Klinner und bewegte sich langsam tastend auf das Licht zu.

Er zwängte sich an Metallschränken und gestapelten Matratzengerippen vorbei. Auf den Absätzen passierte er verschlossene Türen. Der gähnende Schlund neben ihm wurde mit zunehmender Höhe immer bedrohlicher.

Im dritten Stock kam er endlich zu der Tür, aus der das Licht ins Treppenhaus fiel. Sie war angelehnt. Er spähte durch den Schlitz in einen spärlich beleuchteten Gang. Kein Mensch war zu sehen, der Gang war mit ähnlichem Schrott zugestellt wie das Treppenhaus. Also los, jetzt gibt es kein Zurück mehr. Klinner öffnete vorsichtig die Tür. Er betrat den Gang und wartete. Am Ende des Flures befand sich eine weitere Tür, hinter der Stimmen zu hören waren. Plötzlich wußte er nicht mehr, was er hier wollte, ihm rann der Schweiß den Rücken hinunter. Klinner dachte an seine Dienstwaffe, die zu Hause in der Kommodenschublade lag. Er sah hinter sich. Noch war der Fluchtweg nicht verstellt.

Klinner atmete tief durch, überwand die Lähmung und durchschritt den Gang. Vor der Tür blieb er stehen und klopfte.

Sie wurde einen Spaltbreit geöffnet, und ein Mann steckte seinen Kopf hinaus: „Was willste?"

Klinner zögerte etwas zu lange. „Ich möchte zu Gabriel. Ich komm aus Bremen, bin ein Bekannter von Paule." Er versuchte, ein möglichst lässiges, unbewegtes Gesicht zu machen, und befürchtete, zu freundlich auszusehen.

Während er an seiner Mimik arbeitete, verschwand das Gesicht. „Warte." Die Tür schloß sich, und er konnte wieder Stimmen hören, dann Schritte.

Nach einer Weile kehrten die Schritte zurück, und die Tür öffnete sich wieder: „Komm rein", sagte die Stimme und trat beiseite. Klinner trat ein und hatte den Mann nun im Rücken, ein unangenehmes Gefühl. Er befand sich in einer Art Vorraum. Die Tür am anderen Ende führte vermutlich in den Raum, wo die Geschäfte gemacht wurden. An einem

Tisch, der auf der linken Seite des Raumes stand, saß ein fetter, etwa 40jähriger Mann. Er starrte ihn unbeweglich an. Klinner begrüßte ihn durch leichtes Kopfnicken. Der Mann reagierte nicht, er starrte weiter mit finsterer Miene. An der Wand neben ihm lehnte eine Eisenstange. Klinner war mulmig zumute. Vielleicht hätte er der Notiz auf dem Zettel: „Fünf Gramm mindestens" mehr Beachtung schenken sollen. Das hier war kein Kleindealer.

„Jetzt trab mal los oder soll ich dir Beine machen?" herrschte ihn der Türsteher an.

Klinner murmelte „Is ja schon gut" und setzte sich in Richtung der gegenüberliegenden Tür in Bewegung.

Dahinter befand sich ein größerer Raum, der glücklicherweise gut ausgeleuchtet war. Die Fenster waren mit Pappen verkleidet. Der Raum war vielleicht dreißig Quadratmeter groß und fast leer. An einem Tisch saßen drei Typen und spielten Skat. In der Mitte stand ein massiver Schreibtisch, der von einer Deckenlampe in gleißendes Licht getaucht wurde. Einer der drei Männer am Tisch drehte sich um, stand auf und ging auf ihn zu. Kurz vor ihm blieb er stehen und fragte in bissigem Tonfall: „Was willst du?"

„Ich komm aus Bremen. Bin ein Freund von Paule und Piet. Ich hab gehört, du hast gerade besonders guten Stoff da?"

„Besonders guten Stoff, was für ein Stoff?"

„Na Shore eben."

Die Atmosphäre im Raum veränderte sich, und das nicht zugunsten des Kommissars. Aus den Augenwinkeln erkannte er, wie sich die anderen Männer am Tisch langsam zu ihm umdrehten. „Und du kommst jetzt hier reingestapft und willst ein paar Kilo besonders guten Stoff haben und in deiner Jackentasche nach Hause tragen."

„So ungefähr hatte ich mir das vorgestellt", sagte Klinner und grinste in die Runde. Er zählte die Sekunden, ließ den Witz eine Weile im Raum stehen. Als er bei acht ankam, hielt er es nicht mehr aus. „Spaß beiseite, muß ja nicht gleich ein Kilo sein, aber ein paar Gramm würde ich schon nehmen, wenn die Ware sauber ist, versteht sich." Das Gesicht seines Gegenübers hellte sich ein wenig auf, dennoch blieb die Situation angespannt.

„Na hör mal, du Arschloch. Bei mir gibt es nur saubere Ware mit gleichbleibender Qualität. Wer bist du überhaupt?"

„Ich bin Guido, ich komm aus Lübeck, bin neu auf der Szene in Bremen. Piet hat mir erzählt, du hättest gerade was ganz besonders Gutes im Angebot seit letzter Woche.“

Jetzt war sein Trumpf ausgespielt, wenn Piet letzte Woche dagewesen war, um sich hier Heroin zu kaufen, dann müßte der Dealer jetzt langsam zugänglicher werden. Klinner wurde plötzlich bewußt, wie brüchig das Eis war, auf dem er sich bewegte. Er hatte vorschnell gehandelt. Feindselige Blicke fixierten ihn.

„Zeig mal deine Arme her. Wollen mal sehen, ob du auch wirklich ein Junkie bist.“ Jetzt war die Sache gelaufen. Er hatte keine Einstichlöcher. „Na wirds bald.“ Der Typ machte einen Schritt auf ihn zu. Die Männer am Tisch drehten sich um.

„Weißt du, Kumpel, ich rauch nur Folie, ich hab panische Angst vorm Spritzen, deshalb brauch ich auch vernünftige Ware.“

Sein Gegenüber blickte ihn forschend an. Klinner erwiderte den Blick und bemühte sich, seine Angst zu verbergen. Angstschweiß riechen die sofort. Er ging in die Offensive: „Piet hat mir gesagt, der Stoff hätte Eins-A-Qualität, und ich wäre interessiert, Stammkunde zu werden, wenn das Zeug wirklich so gut ist. Wie sieht es aus, bist du interessiert?“

„Ich brauch keine neuen Kunden, und das wissen Paul und Piet auch. Die reden für gewöhnlich nicht über meinen Stoff. Ich frag mich, wie du überhaupt hierher kommst. Wahrscheinlich bist du irgend so ein Schnüffler oder was, jedenfalls kommst du hier so schnell nicht raus. He Rolle, durchsuch den Wichser mal nach Waffen.“

Rolle war einer der Skatspieler und erhob sich drohend von seinem Sitz. Es wurde Zeit, sich zu verdrücken. Der Raum hatte noch einen zweiten Ausgang, gegenüber der Tür, durch die er hereingekommen war. Jetzt mußte er schnell handeln, bevor es zu spät war. Er packte den Typen, der die Kommandos gab, an den Schultern und stieß ihn mit aller Kraft in Richtung des Skattisches. Das brachte ihm einen kurzen Vorsprung ein. Er hastete zu der Ausgangstür und sah im Augenwinkel, wie Rolle unter seinem Arm zu einem Lederhalfter griff. Klinner hoffte inständig, die Tür möge offen sein. Er stemmte sich aus vollem Lauf gegen die schwere Stahltür und hatte Glück. Sie schwang auf und knallte gegen die Wand, schwang zurück und fiel ins Schloß. Klinner war hingefallen, nachdem er die schwere Tür passiert hatte. Er rappelte sich hoch. Vor ihm lag ein dunkler Gang, der rechts und links mehrere Türen hatte. Nach einigen Metern begann auf der rechten Seite eine Fensterfront mit Sprossenfenstern. Neben ihm stand ein Aktenschrank. Er griff mit beiden Händen zu und warf den Schrank um. Der krachte gegen die gegenüberliegende Wand und blieb in Schräglage hängen. Das war eine gute Barrikade, dachte er noch, als im selben Augenblick die Tür aufgedrückt wurde und gegen den Schrank knallte. Das laute Geräusch erschreckte Klinner. Er blieb wie angewurzelt stehen und sah zu, wie die Tür geschlossen wurde. Sie öffnete sich wieder, diesmal schwungvoller und rammte erneut gegen den Schrank. Der bewegte sich quietschend ein Stück über den Boden. Klinner zuckte zusammen und stürzte den Gang entlang. Hinter der Fensterfront befand sich eine ehemalige Fertigungshalle. Einige Maschinen standen dort herum. Hinter sich hörte er die Tür ein weiteres Mal krachen, und den Schrank über den Boden schleifen. Er stieg mit dem rechten Bein voran durch einen der Fensterrahmen, in dem die Scheibe fehlte, und zwängte seinen massigen Oberkörper durch den Rahmen. Er hatte vom Gang aus ein Loch im Fußboden gesehen. Dorthin rannte er. Die Tür krachte wieder, und der Schrank rutschte über den Boden. Bald würden sie durch den Spalt passen. Nach dem nächsten Rammen wurden die Stimmen lauter. Klinner bremste an dem Loch und spähte hinunter. Das darunterliegende Geschoß lag fünf Meter tiefer. Er hängte sich an eine der freigelegten Verstrebungen und ließ sich fallen. Beim Aufprall fuhr ihm ein stechender Schmerz in die Beine. Den ignorierte er und sprang auf. Er rannte Richtung Treppenhaus zur Stirnseite des Raumes. Gerade als er die Tür, auf der Ausgang stand, aufreißen wollte, hörte er, wie hinter der Tür jemand die Treppen herunterlief. Er erstarrte. Diese Typen schienen es ernst zu meinen und waren bewaffnet, während er mit leeren Händen dastand. Es war eine Frage der Zeit, bis sie ihn entdeckten. Durch das Loch in der Decke drangen Stimmen zu ihm.

Die Tür war unverschlossen und führte ins Treppenhaus. Er spähte hinein. Unten konnte er eine Gestalt ausmachen, die vor dem Ausgang stand. Nach oben hin sah er nichts. Er schlüpfte durch die Tür, in der Hoffnung, unbemerkt noch ein Stockwerk weiter nach unten zu gelangen. Als er sich langsam schleichend die Treppen hinunterbewegen wollte, öffnete sich unten die Tür. „Hey Rolle, gut daß ihr noch da seid, ich muß unbedingt zu Gabriel, ich brauch ...“

„Halts Maul, hier läuft heute gar nichts mehr, wir haben geschlossen.“

„Ey Mann, ich bin total affig, ich schaff es nicht ...“

Klinner nutzte die Gelegenheit und huschte die Treppen zum ersten Stock hinunter. Er war beinahe auf dem Absatz angekommen, als Rolle die Außentür zudrückte und sich wieder umdrehte. Dabei streifte Rolles Blick durchs Treppenhaus und blieb für einen Moment an ihm hängen. Der Kopf stoppte für einen Augenblick überrascht, dann ging die Bewegung weiter. Klinner drückte sich im Dunkel des Treppenhauses an die Wand. Rolle hatte ihn gesehen. Er wartete darauf, daß Rolle seine Kameraden rief oder eine Waffe zog. Rolle hätte ihn übersehen können, aber der kurze Moment des Zögerns, als sich ihre Blicke trafen, machte ihm klar: Rolle hatte ihn bemerkt. Warum schlug er keinen Alarm? Klinner blieb bis zum Äußersten gespannt an die Wand gepreßt stehen. Er steckte endgültig in der Falle.

Klinner spähte nach unten. Wann würde Rolle seine Waffe ziehen? Er stand dort an der Tür, beachtete ihn nicht und sah aus, als glaubte er, er wäre allein. Er hat mich gesehen, ich bin doch nicht blöd. Rolle griff in seine Manteltasche, beförderte keine Schußwaffe, sondern ein Päckchen Zigaretten zutage. Im nächsten Moment knallte es ohrenbetäubend und pfiff neben ihm. „Da ist der Arsch!“ schrie der Dicke oben. In Klinners Kopf summte es. Sein Herz pumpte Blut durch seine Adern. Ohne Zögern, automatisiert, wie nach einem Startschuß auf der Aschenbahn, machte er zwei schnelle Schritte nach vorn. Seine Lederjacke blähte sich auf, er flog mit ausgebreiteten Armen in die Tiefe. Der Gedanke, in den Schacht zu stürzen, hatte ihn zu sehr beschäftigt. Als er den Schuß und das Geschrei hörte, waren es zwei winzige Schritte, die einzig mögliche Handlung. Den Sturz erlebte Klinner als erhebenden Moment. Er flog an Rolle vorbei, ohne ihn zu bemerken, er sah gar nichts, hörte nichts, spürte nur den Luftzug und das Flirren im Magen. Es war ganz leicht zu sterben.

Klinner war fast überrascht, als er auf einem Stapel Sprungfedergerippen landete, die seinen Aufprall abfederten und ihn im Rückschlag zur Seite wegschleuderten. Die heftige Richtungsänderung ließ ihn gegen eine Wand prallen. Der Schlag weckte ihn auf.

Der Kommissar warf sich in einen Kellergang hinein, um aus der Schußlinie zu kommen. Er stolperte den Gang entlang, griff nach der erstbesten Türklinke, die im Dämmerlicht zu sehen war. Hinter sich hörte er die beiden die Treppe hinunterkommen.

Die Tür gab nach. Er schloß sie hinter sich und machte ein paar Schritte in den dunklen Raum hinein. Dabei stieß er gegen eine Kiste. Er lehnte sich an und stöhnte. Keuchend registrierte er die Schmerzherde in seinem Körper. Er sah sich um. Der Raum stand voll mit Gerümpel, besaß außer der Tür noch ein Fenster. Dort eilte er hin. Endlich eine Chance, aus dem Gebäude herauszukommen. Er griff nach dem Hebel, der sich ein gutes Stück über seinem Kopf befand und riß mit aller Gewalt daran. Zum Glück schwang es auf. Im selben Moment hörte er hinter sich einen Schuß fallen. Danach eine Stimme: „Du nimmst die rechte Seite, ich die linke.“ Klinner sprang an der Wand hoch und klammerte sich an den Fensterrahmen. Mit letzter Anstrengung zog er sich hoch und versuchte, mit dem Fuß den Rahmen zu erreichen. Ich bin zu fett, dachte er, während er hilflos Halt an der Wand suchte. Sein Fuß glitt mehrmals ab.

Vielleicht konnte er sich mit dem Oberkörper voran durch das Loch zwängen und die Beine nachziehen. Er versuchte, sich mit den Armen weiter hochzuziehen und durch den Fensterschlitz zu zwängen. Seine Kraft ließ langsam nach, und der Fensterrahmen schnitt in seine Hände. Er kannte dieses langsame Aufgeben vom Geräteturnen. Der Moment, wo man nicht weiter hochkommt, weil die Kraft nicht reicht. Innerlich gab er auf. So würde er nicht rauskommen. Im selben Moment öffnete sich hinter ihm die Tür. Jetzt schießt er mir in den Arsch, dachte Klinner. Er klemmte die Backen zusammen und versuchte, aus seinen Armen Kräfte zu mobilisieren, die nicht da waren. Nichts zu machen, er hing wie ein schlaffer Sack da, zum Abschuß freigegeben. Da faßte eine Hand an sein Hinterteil und drückte. So gelangte sein Oberkörper ins Freie.

Hinter sich hörte Klinner Rolles Stimme: „Mach bloß, daß du verschwindest, du Idiot.“

Tilman Klinner hatte keine Zeit, sich zu wundern, er ächzte ein „Danke“, während er sich erhob und wegstolperte. Er mußte sich beim Sturz auch das Knie verletzt haben. Richtig laufen konnte er nicht mehr, nur noch humpeln. Bei jedem Schritt, den er machte, schmerzte es mehr. So würden sie ihn bald haben, dachte er. Er befand sich auf der Rückseite des Gebäudes. Suchend blickte er auf dem Hofplatz umher und entdeckte eine Stelle, bei der die Umzäunung nicht bis zum Boden reichte. Dorthin humpelte er und zwängte sich unter dem Zaun durch. Jetzt befand er sich auf dem Gelände der Reifenfirma, wo einige Autowracks herumstanden. Hinter dem erstbesten Wagen ließ er sich zu Boden sinken. Er stöhnte leise auf. Nach einer Weile wurde es etwas erträglicher. Er machte eine Pause. Hinter dem Zaun wischten die Kegel von Taschenlampen umher, und Stimmen waren zu hören. Klinner kroch zur Tür des Fahrzeuges, an dem er lehnte und versuchte, sie zu öffnen. Er hatte Glück. Im Laderaum des VW-Busses lagen einige Decken, dort kauerte er sich hin und wickelte sich ein. So würden sie ihn vielleicht übersehen, wenn sie kamen, dachte er. Er wartete in einem wechselnden Zustand von Panik und völliger Erschöpfung.

Nach einer halben Ewigkeit, Klinner hatte schon lange keine Stimmen mehr gehört und keine Lichtkegel gesehen, wagte er es, einen Blick aus dem Wagen zu werfen. Er konnte niemanden erkennen. Sie hatten die Suche offenbar aufgegeben. Er stieg aus dem Wagen und humpelte steifgefroren davon. Alles tat ihm weh. Am Ende des Geländes gelangte er an einen Zaun, er quälte sich hinüber und riß sich die Jacke am Maschendraht auf. So gelangte er zu einer Seitenstraße. In einiger Entfernung leuchtete das Licht einer Telephonzelle. Dort angekommen, rief er sich ein Taxi. Während er wartete, blickte er zum ersten Mal wieder auf die Uhr. „19.50 Uhr, Scheiße." Er nahm den Hörer wieder ab und wählte die Nummer von Blochners Mobiltelephon. Bevor das erste Tuten aufhörte, wurde der Hörer abgenommen. „Tilman?"

„Ja, hier bin ich, ich wollte ..."

„Du Depp, ich komm hier um vor Sorge und verpaß ne Verabredung, was ist los?"

„Alles in Ordnung, ich wollte nur Entwarnung geben, den Rest erklär ich dir morgen." Damit hängte er ein.

Zu Hause angekommen, ließ er ein heißes Bad einlaufen und machte ein Bier auf. Er war verdreckt und lädiert. Sein linkes Knie war geschwollen, am Kopf hatte er eine Beule und an der rechten Schulter einen Bluterguß.

„Toller Kommissar", sagte er zu seinem Spiegelbild.

Zweites Kapitel

Nach einer unruhigen Nacht fühlte er sich wie gerädert. Das geschwollene Knie pochte heiß. Er hatte nicht die geringste Lust, mit seinem Vorgesetzten zu sprechen, genauso wenig wie mit Blochner. Bei einer Tasse Kaffee beschloß er, den gestrigen Tag möglichst schnell zu vergessen.

Mit Kaffee und Zigarette rief er seinen Kollegen vom Drogendezernat an. Er bat ihn, sich nach einem Dealer namens Gabriel zu erkundigen, der in einer Matratzenfabrik in Hannover seine Geschäfte machte. Ob Peter Kracht dort in der letzten Zeit eingekauft hätte, und wie die Qualität des Stoffes wäre. Von seinem mißglückten Ausflug verriet er ihm nichts. Er bat ihn jedoch, sich möglichst inoffiziell zu erkundigen, falls das möglich wäre.

Zwei Spiegeleier später klingelte das Telephon. Als Klinner abhob, schallte es ihm abrupt entgegen: „Du bist mir vielleicht ein Früchtchen. Du hast die ganze Abteilung in Aufruhr versetzt. Beinahe hätte mich mein Kollege gezwungen, deinen Namen preiszugeben, wegen einer Dienstaufsichtsbeschwerde. Der wußte sofort, was los ist. Ich konnte ihn gerade noch beruhigen. Die haben eine Stinkwut da und denken, du bist irgendein idiotischer Anfänger. Und ehrlich gesagt, ich kann es ihnen nicht übelnehmen. Das ist doch gar nicht dein Metier, Mann. Als ich nach Gabriel fragte, hat der mir sofort die Geschichte von gestern erzählt. Er hat den Eindringling beschrieben, und ich wußte sofort, daß du es warst. Dein Retter namens Rolle ist ein verdeckter Ermittler, du Dussel. Die haben sich über dich aufgeregt, sag ich dir. Seit Monaten sind die an dem Gabriel dran, und demnächst wollen sie ihn hochnehmen. Fast hättest du alles versaut. Wenn dir der Kollege mal auf ner Fortbildung begegnet, kannst du einpacken, das sag ich dir gleich."

Jetzt war klar, warum Rolle ihm einen Schubs gegeben hatte. Nach kurzem Zögern antwortete Klinner: „Ja, weiß ich selber, war voll daneben. Was ist mit dem Stoff, den er verkauft?"

„Der Kracht ist da gewesen letzten Donnerstag, hat fünf Gramm Heroin gekauft. Die übliche Qualität, nichts besonderes. Daran kann er kaum gestorben sein."

„Danke für die Info."

„Wie, mehr nicht?“

„Du hast recht, da wäre noch was, kannst du mal die Infos über Kracht in deiner Abteilung zusammentragen?“

„Und was sonst noch?“

„Nichts. Danke.“

„Dafür gibts dann aber was.“

„Jaja, du hast was gut.“

„Was?“

„Bier.“

„... Hm.“

„Viel Bier.“

„Okay.“

Klinner kaute Schokolade und dachte nach. Wenn sich Kracht einen Tag vor seinem Tod fünf Gramm Heroin üblicher Qualität gekauft hatte, war es sehr unwahrscheinlich, daß er sich einen Tag später mit wesentlich besserem Stoff umbringen würde, das ergab keinen Sinn. Ein Mord erschien immer wahrscheinlicher, obwohl er nicht den Hauch einer Spur hatte. Alles reine Spekulation. Es klingelte an der Tür. Widerwillig stand er auf.

Vor der Tür stand eine etwa siebzigjährige Frau. Sie hatte sorgfältig hochgestecktes weißes Haar und war dezent, etwas bleich geschminkt. Das Kaschmirjäckchen hielt sie mit der einen Hand vorn zusammen, mit der anderen stützte sie sich auf einen Stock. Erwartungsvoll blickte sie die Tür an und kniff die Augen zusammen. Klinner blickte seine Nachbarin einen Moment durch den Spion an, dann lächelte er und öffnete die Tür.

„Hallo Kommissar, woher weißt du, daß ich gerne mal wieder einen halbnackten Mann sehen wollte“, kicherte sie und ging an Klinner vorbei in die Wohnung.

Klinner blickte an sich herunter. Sein Bademantel hatte sich vorn geöffnet, sein Bauch und seine Boxershorts waren zu sehen. „Oh, Entschuldigung“, murmelte er und zog den Mantel zu.

„Willst du mir nicht eine Tasse Kaffee anbieten, mein Lieber?“ fragte sie. Klinner humpelte in die Küche. Iphigenie Hasenpusch war seine Nachbarin. Ein Goldstück. Mit einer freundlichen Autorität, die keinen Widerspruch zuließ, zwang sie Klinner regelmäßig, seine Einsamkeit gegen ihre Gesellschaft einzutauschen. Sie war eine der letzten Überlebenden des Bürgertums, so schien es ihm. Leider hatte sie der Reichtum nicht in dem Ausmaß gesegnet, wie sie den Eindruck zu erwecken suchte. Daher mußte sie mit einer Dreizimmer-Eigentumswohnung in zweifelhafter Wohnlage vorliebnehmen. Dort lebte sie mit zwei Perserkatzen, hörte Barockmusik, kochte ausgefallene Gerichte und telephonierte mit ihren Freundinnen. Wegen ihrer rheumatischen Beschwerden konnte sie kaum noch vor die Tür gehen. Klinner erledigte gelegentlich größere Einkäufe für sie, wofür er regelmäßig mit Kuchen oder deftigen Mahlzeiten belohnt wurde. Zweimal im Jahr – am Ostermontag und am zweiten Weihnachtstag – fiel ihre Verwandtschaft ein und weidete sie nach Kräften aus. Seit einiger Zeit war sie zu Klinners verschwiegener Mitwisserin und Beraterin geworden, was sie sichtlich genoß. Er hatte sein Dienstgeheimnis zunehmend vernachlässigt, besonders seit sie ihm einmal den entscheidenden Einfall eingeflüstert hatte. Sie war stolz auf ihre Kombinationsgabe, und ihm gefiel es, mit ihr zu plaudern. Wen interessierte es, ob sie über seine Arbeit Bescheid wußte? Während sie genüßlich an ihrer Zigarettenspitze sog, servierte Klinner den Kaffee. Zucker und viel Milch für ihn, schwarz und stark für sie. Er ließ sich stöhnend in den Sessel fallen und steckte sich auch eine Zigarette an.

„So mein Lieber, jetzt erzähl endlich. Ich kann es kaum erwarten. Gestern abend, als ich zufällig aus dem Fenster sah, kamst du angehumpelt. Du sahst vollkommen erledigt aus. Ich habe mir richtig Sorgen gemacht. Wie geht es dir, was ist passiert?“

Iphigenie sah nicht zufällig aus dem Fenster. Sie verbrachte halbe Tage hinter der Gardine, um das Leben auf der Straße zu beobachten. Häufig saß sie am Fenster, wenn sie nicht schlafen konnte. Ihre Mutmaßungen über sein Privatleben entsprachen der Realität, sie überraschte ihn damit immer wieder. Er hatte nicht vermutet, daß jemand sein Kommen und Gehen so aufmerksam verfolgte, an seinem Leben Anteil nahm. Das rührte ihn mehr, als es ihn ärgerte.

Er schilderte ihr den ganzen Fall, seine bisherigen Ermittlungen und Erlebnisse mit allen Details, die ihm wichtig erschienen. Als er geendet hatte und Iphigenie ansah, wußte er sofort, daß sie etwas im Kopf hatte, worauf sie mächtig stolz war.

„Erzähl mir die Geschichte mit dem alten Mann noch mal, mit allem, woran du dich erinnern kannst. Wie war doch gleich sein Name?“

„Wilfried Hauckner.“ Er erzählte ihr gelangweilt seine Begegnung mit Hauckner, dem verrückten Kerl.

„Hm, hm, das habe ich mir gedacht“, murmelte seine Besucherin in Gedanken. „Er hat in etwa dasselbe Alter, der Name stimmt. Sehr interessant, wie Menschen sich entwickeln.“

„Jetzt aber raus mit der Sprache, woher kennst du den Mann?“

„Dein wohnungsloser Herr hat eine bewegte Geschichte.“ Sie lächelte verschmitzt. „Anfang der siebziger Jahre wurde häufig in den Zeitungen über ihn berichtet. Ein Nervenarzt, der sich in eine Patientin verliebt hat. Damals ein großer Skandal. Sie war eingesperrt, und er hat sie befreit. Dann sind sie zusammen durchgebrannt. Sie war ein ganz junges Ding, bildhübsch. Kurze Zeit später hat sie sich umgebracht, eine tragische Geschichte. Der arme Mann ist seines Lebens nicht mehr froh geworden und wurde schließlich selbst in der Nervenheilanstalt behandelt.“

Iphigenie war unglaublich. Sie las seit fünfzig Jahren den Weser Kurier täglich von vorn bis hinten. Das war nach Klinners Ansicht schon eine Arbeit, für die ihr gehöriger Respekt gebührte. Aber damit nicht genug, sie behielt die unwichtigsten und lächerlichsten Details über Jahre im Gedächtnis. Diese Geschichte jedoch konnte er nicht glauben. „Iphigenie, das kann nicht dein Ernst sein. Das ist fast dreißig Jahre her, wie willst du den Namen behalten haben – und dann noch diese Geschichte? Das bildest du dir ein.“

Geflissentlich überging sie seine Zweifel. „Er war ein hübscher Mann und noch dazu Arzt. Ich habe es sehr bedauert, daß er sich ausgerechnet in eine Selbstmörderin verlieben mußte. Mein Großonkel dritten Grades heißt Eugen Hauckner. Ich bin mir mit dem Namen absolut sicher. Was ich nicht mit Bestimmtheit sagen kann, ist das Jahr, in dem sich die Tragödie abgespielt hat.“

„Er hat mir nur sinnloses Zeug erzählt. Meinst du, ich soll ihm glauben, nur weil er ein hübscher Doktor war, Anfang der Siebziger?“

„Ein solcher Mann redet vielleicht in Bildern. Er könnte Kenntnisse von Dingen besitzen, die du so schnell nicht herausfinden kannst. Er war schließlich mal Nervenarzt. Wenn er sich auch verändert hat, so verfügt er doch über Wissen, was die menschliche Seele angeht, welches dir zugute kommen könnte. Meiner Ansicht nach, solltest du ihn nochmals aufsuchen. Er war bisher der einzige, der mit dir gesprochen hat." Iphigenie hatte großen Respekt vor Ärzten.

Sie rauchten noch eine Zigarette, und Klinner beschloß, der Sache auf den Grund zu gehen. Er warf einen Blick auf die Uhr, halb eins. Höchste Zeit, ins Büro zu fahren. Er setzte Iphigenie vor die Tür, ging kurz unter die Dusche und machte sich auf den Weg aufs Revier. Bei dem Gedanken an seinen Chef Richard Hartmann bekam Klinner Lust, alles hinzuschmeißen – ihm vor die Füße.

***

Hartmann sah man keine Anstrengung an, obwohl er immer unter Spannung stand. Er brauchte ab und zu jemanden zum Zerquetschen, um sich besser zu fühlen. Anfangs dachte Klinner jedesmal, er wäre der nächste. Er war ihm mit einer Mischung aus Angst und ohnmächtiger Wut begegnet, hatte sich so gefühlt, als ginge es um Leben und Tod, während Hartmann dasaß und ihn mit seinen Adleraugen sezierte. Klinner verfiel in gelähmte Zustände und versagte. Seltsamerweise mochte Hartmann ihn und hatte ihm seine anfänglichen Lähmungen nicht sonderlich übelgenommen, sondern ihn mit unvermittelt aufbrechender Jovialität überschüttet, um auftretendes Schweigen zu überbrücken. Ungefragt hielt er ihm Vorträge über körperliche Fitneß und Ernährung. „Weißt du was, Klinner? Du ißt nicht richtig ..."

Mittlerweile gelang es Klinner, sich freier zu fühlen, wenn er Hartmann begegnete. Es gelang ihm, indem er ihn der Lächerlichkeit preisgab, im stillen höhnisch Hartmanns Äußerungen kommentierte. Das gab ihm die Luft zum Atmen wieder.

Seit einigen Jahren präsentierte Klinner seinem Vorgesetzten die klaren Lösungen, die er hören wollte und verdrückte sich schnell wieder. Der Vorgesetzte hatte den allmählichen Zusammenbruch von Klinners moralischem Korsett noch nicht bemerkt. So feinfühlig war Hartmann nicht. Eher einer fürs Grobe, für die Macht, die Medien.

Hartmann blätterte in Klinners Einsatzbericht, während er Rauchringe in die Luft blies. „Na Klinner, im Drogenmilieu tätig?"

„Es gibt Dinge, die sich nicht vermeiden lassen, Chef."

„Sie scheinen ja sehr vertieft zu sein in die Sache, man bekommt Sie kaum noch zu Gesicht.“

„Sie wissen, daß ich meine Arbeit ernst nehme, und in diesem Fall ist meine volle Aufmerksamkeit gefragt.“

„Soso, was macht diesen Suizid denn so kompliziert?“

„Es ist kein Suizid, es sieht nur nach einem aus. Das macht ihn kompliziert.“

„Tatsächlich, wo sind denn die Beweise dafür, daß es sich hier um einen Mord handelt?“

„Den definitiven Beweis kann ich Ihnen noch nicht vorlegen, aber ich arbeite dran. Jedenfalls gibt es einige Indizien, die zwingend darauf hinweisen, daß Fremdeinwirkung stattgefunden hat.“

„Vielleicht ist der Typ nur abgekratzt, weil er von seinem Leben die Schnauze voll hatte oder weil sein runtergekommener Körper nicht mehr mitgespielt hat.“

„Da ist der obduzierende Arzt anderer Meinung, die Todesursache steht einwandfrei fest. Als Täter kommen mehrere Personen in Frage, ich arbeite gerade mögliche Motive durch.“

„Es sind meistens mehrere Personen, die in Frage kommen, das macht einen ungelösten Fall aus, Klinner, quatschen Sie keinen Mist. Ich kann für so eine windige Geschichte nicht zwei Personen abstellen, kann das nicht Werner Blochner übernehmen?“

„Das halte ich für ungünstig, Sie wissen doch, Herr Blochner hat eine Abneigung gegen dieses Milieu, er ist gerade dabei, den Überseefall abzuschließen. Er ist in diese Sache nicht eingearbeitet.“

„Gut, dann muß Blochner aber die Geschichte in Oberneuland mit übernehmen, das ist dringlicher als dieser Junkie.“

„Das geht klar, Chef, ich werde es Blochner ausrichten.“

Die Geschichte in Oberneuland lag Hartmann am Herzen, weil Oberneuland ein sehr reicher Randbezirk Bremens war. Einer der wenigen Bauern, die dort noch einen Hof betrieben, wurde der fahrlässigen Tötung verdächtigt. So wie es aussah, hatte er während einer Schlägerei den dreißigjährigen Sohn eines Bauunternehmers getötet, weil der immer wieder mit einem Sportwagen auf einer der Koppeln des Bauern gewendet hatte.

Blochner hatte nichts dagegen, sich der Oberneuland-Sache anzunehmen, vor allem, weil er sie lustig fand. Klinner ließ den Bericht der Spurensicherung vorerst auf seinem Schreibtisch liegen und machte sich auf den Weg zum Weser Kurier.

Leider war das Archiv des Zeitungsverlags noch nicht auf EDV umgestellt. So wurde der Kommissar an einen buckeligen Mann verwiesen, der asthmatisch hustend vor ihm herhumpelte und ihn in den Keller führte, zum Archiv. Von dessen Rassel- und Pfeifgeräuschen begleitet, blätterte Klinner zwei Stunden lang die Regionalausgaben vom ersten Januar 1970 bis zum fünfundzwanzigsten April desselben Jahres durch, bis er einsah, daß es so keinen Sinn hatte. Er bedankte sich höflich und fuhr ins Zentralkrankenhaus Bremen-Ost, um die Geschichte vor Ort zu recherchieren. Seine Suche begann im Museum für Psychiatriegeschichte und endete auf Station zweiundfünfzig, wo er eine über sechzig Jahre alte Schwester auftrieb, die sich an die Geschichte erinnern konnte. Von ihr erfuhr er, daß Wilfried Hauckner im Sommer 1973, direkt nach seiner Liebschaft mit der Patientin, entlassen worden war. Die Akten von 1973 existierten nicht mehr, weil Personaldaten nur zwanzig Jahre aufbewahrt wurden.

Eine Dreiviertelstunde später saß er wieder mit dem rasselnden Alten im Keller, diesmal zwei Gänge weiter rechts und in gespannter Stimmung. Der hustende Alte wies auf die bevorstehende Fußballübertragung im Fernsehen hin. „Hat das denn nicht bis morgen Zeit?“ und ähnliche Bemerkungen streute er zwischen seine Hustenanfälle.

Klinner wurde fündig. Die Sache begann im Frühjahr 1973. Insgesamt fand er eine Serie von vier Artikeln, die damals veröffentlicht worden waren. Er kopierte sie und bedankte sich bei dem enttäuschten Mann, der ihm zur Verabschiedung die Handfläche nach oben gewandt hingestreckt hatte.

Im Büro griff er sich den Bericht der Spurensicherung und fuhr nach Hause.

***

Sigrid Kretschmer riß das Päckchen Heroin auf, das sie in Gröpelingen gekauft hatte. Sie war affig, hatte sich seit sieben Stunden keinen Druck mehr gemacht.

Gute Shore ist das, Knaller, haut den Schmerz weg. Erst aufkochen, ekliger Sud. Asco drauf, schön Vitamin C, ist gut für die Venen. Scheißzittern, blöder Affe, schon wieder Schmerzen, Schmerzen. Gieriges kleines Ungeheuer, mußt dir wieder alles auf einmal schießen, kannst nicht warten. Jetzt kocht die Suppe, wo ist der Filter, die Spritze? Braune Soße, Karamellbonbon, die Arme, alles hart wie Beton, lieber in die Leiste, da ist es noch weich und fließt glatt rein. Sitzt nur so tief. Stich, geiler Schmerz, gleich kommt der Knaller. Anziehen, rote Soße auf Karamellbonbon, blubbert durcheinander. Abdrücken, alles rein. Warm weich weg fallen. Innen drin, mitpochen, reinpochen, wegpochen ans tiefste Ende im Kopf.

Sie war in einer Welt ohne Kanten, mit schwerem Körper, der sich an den Boden schmiegte, nichts mehr spürte außer Wärme. Sie ließ sich fallen in die aufgehende rote Blume in ihrem Kopf, die alles überwucherte, mit einer Farbe zudeckte. Warm floß sie mit ihrem Blut durch die Adern, von dem pochenden Rhythmus getragen. Sausen in den Ohren und Ruhe, endlich Ruhe.

Nach einer kurzen Weile sah sie die Welt um sich herum wieder klarer. Ihr Zimmer voller Müll stank, Fruchtfliegen flogen umher. Sie kam immer so schnell zurück. Die Zeiten, wo sie sich für Stunden in die Schwerelosigkeit schießen konnte, in eine Welt ohne Gewicht, ohne Schmerzen, voller Farben und Blumen, waren vorbei. Immer schneller kehrte die Realität zurück, nur einen kleinen Moment bekam sie von dem Zeug, einen richtigen Kick gab es schon seit Jahren nicht mehr. Sie starrte minutenlang den Müll in ihrem Zimmer an, versuchte zu begreifen, woher er kam, wohin er gehörte. Dann kam die Angst wieder.

Krabbelmonster, kommen die Seele hoch, von allen Seiten, schreien dich an, wollen dich fertigmachen, Angstmacher. Stimmen auf dem Flur, reden über mich, machen sich lustig. Gleich kommen sie und bringen alles durcheinander, wie sie es immer machen, die Schweine.

Sie dachte an den anderen Abend. Körper, die sich näherten, aufgerissene Mäuler, Schreien, Stöhnen. Weg von hier. Drängten sich an sie und rutschen über den Bauch. Gewicht auf ihr erdrückte sie.

Sie griff nach der Packung mit den Diazepam-Tabletten, kochte sie auf und drückte sich einen Pillenschuß. Pillen machten auch breit, aber anders, schwerer, dumpfer, machten taub und unsagbar träge. Du merkst gar nichts mehr, kein Glück, kein Denken, alles wird Matsch.

Sie versuchte, sich eine Zigarette zu drehen, brauchte ewig, um den Tabak im Blättchen zu verteilen. Anzünden und noch einen Zug nehmen, bevor ... Sie wurde müde, kämpfte gegen die Schwere, wollte die Zigarette rauchen, der Tablettenwirkstoff nahm Besitz von ihr, sie sank auf das Bett. Die Zigarette fiel auf den Boden. Langsam fraß sie ein Loch in den Bodenbelag, süßlicher Geruch stieg auf, die kokelnde Masse. Sigrid war schon weit weg, atmete langsam, Atemdepression durch Einwirkung von Benzodiazepinen. Speichel lief aus ihrem Mundwinkel und tropfte auf den Bettbezug. Auf ihrem Gesicht machte sich eine träge Entspannung breit. Der beißende Geruch des geschmolzenen Plastiks breitete sich im Zimmer aus. Bevor der Schwelbrand sich richtig entzünden konnte, erlosch die Hitzequelle, und das Plastik erkaltete.

***

Zu Hause angekommen, legte Klinner sich Red Skies over Paradise von Fischer-Z auf. Dazu holte er sich zwei Flaschen Bier aus dem Kühlschrank und begab sich in seinen Ohrensessel. Die schrill aggressive Stimme des Sängers beruhigte ihn, weil sie aus der Vergangenheit kam. Das Schlagzeug hetzte den gequälten Mann durch den Song. Er war ein aufrichtiger Kämpfer, der es noch verstand, klar zwischen Ausbeutung und Krieg auf der einen und Freiheit und Liebe auf der anderen Seite zu trennen. Jedes Geräusch war so vertraut, daß es von Irritationen jeglicher Art unbehelligt in sein Gehirn fließen konnte. Bei Musik machte Klinner keine Experimente.

Wilfried Hauckner. Der Mann, der mit seiner Maus in dem Hotel lebte, war derselbe Mann, der 1973 für Schlagzeilen gesorgt hatte. Die Geburtsdaten stimmten überein. Als junger Psychiater war er Stationsarzt auf einer geschlossenen Station im Zentralkrankenhaus Bremen-Ost gewesen. Er hatte sich dort über einen Zeitraum von anderthalb Jahren sehr intensiv für die Reform der Psychiatrie eingesetzt. Ein Pfleger berichtete in einem Interview, er hätte Freizeitaktivitäten und Patientenselbsthilfegruppen initiiert und sich für eine Lockerung der Stationsregeln eingesetzt. Er wurde beschrieben als engagierter Mann, der voll in seiner Arbeit aufgegangen sei, sogar am Wochenende habe er seine Patienten aufgesucht.

Von der Zuneigung einer Patientin gegenüber habe niemand etwas mitbekommen, bis zu dem Zeitpunkt, wo er mit ihr „durchgebrannt ist", wie sich der Pfleger im Interview ausdrückte. Der damals achtundzwanzigjährige Wilfried Hauckner und die neunzehnjährige Patientin waren zusammen nach Kappeln in Schleswig-Holstein gefahren. Dort hatten sie – nach Aussage einer Pensionsbesitzerin – einen ganz normalen Eindruck gemacht. Sie hätten, wie alle frisch verliebten Paare, ganz für sich sein wollen. Hätten sehr lange Spaziergänge gemacht und sich immer wieder begeistert über die schöne Landschaft geäußert.

Nach einigen Tagen war Hauckner plötzlich dadurch aufgefallen, daß er in der Kappelner Innenstadt anfing, sich mit älteren Damen zu streiten und sie als Rabenmütter zu beschimpfen. Er sei immer lauter geworden, habe viel Alkohol getrunken. Dabei sei er so ausfallend geworden, daß sich schließlich die Polizei des Vorfalls annahm. Nachdem Hauckner eine Nacht in der Ausnüchterungszelle verbracht hatte, war er nervlich völlig am Ende. Er bezeichnete sich selbst als Entführer und bat darum, wegen Mordes gerichtet zu werden.

Erst nach einigen Tagen bekam die Polizei heraus, daß die junge Frau, die in einem Wäldchen erhängt gefunden worden war, die Begleiterin von Wilfried Hauckner war. Sie hatte, wie man schließlich „aus dem völlig verstörten und verwirrten jungen Mann" herausbekam, einen schizophrenen Schub erlitten, nachdem die beiden sich heftig über ihre Mutter gestritten hatten. Sie war ihm davongelaufen und hatte sich an dem Baum erhängt, unter dem sie eine Woche lang täglich gemeinsam gesessen hatten.

Wilfried Hauckner war nach dem Vorfall nicht mehr derselbe. Er wurde in das psychiatrische Landeskrankenhaus in Schleswig eingeliefert und dort mehrere Wochen lang behandelt. Von seiner Stelle als Stationsarzt wurde er suspendiert.

Zwei Monate nach dem Vorfall berichtete die Zeitung, sein Gesundheitszustand habe sich stabilisiert und er sei aus der Psychiatrie entlassen worden. Er beabsichtige nicht, wieder als Psychiater zu arbeiten.

Klinner erhob sich und drückte die Wiederholungstaste des CD-Spielers. Er griff zu dem Ordner, in dem der Bericht der Spurensicherung abgeheftet war. Nach einer Stunde hatte er sich durchgearbeitet und festgestellt, daß es eigentlich nur zwei interessante Infos gab: In der Einwegspritze, die neben dem Toten gefunden worden war, befanden sich Spuren von Heroin mit einem siebzigprozentigen Reinheitsgehalt, und es gab keine Fingerabdrücke, außer denen des Toten. In der Hosentasche von Peter Kracht waren 180 Mark gefunden worden, was gegen einen Raubmord sprach. Obwohl er Hartmann gegenüber das Gegenteil behauptet hatte, gab es lediglich Indizien, die eine Fremdeinwirkung nahelegten. Klinner fragte sich langsam, ob er sich nur einbildete, es mit einem Mordfall zu tun zu haben. Was machte ihn eigentlich so sicher? Eine Einstichstelle, die so gesetzt war, daß man Fremdeinwirkung vermuten konnte? Bei einem Junkie, dessen Arme und Beine durchlöchert waren vom vielen Spritzen? Für den sich niemand interessierte? Als Beweis war das ganz schön dünn. Lediglich sein Gefühl sagte ihm, irgend etwas stimme nicht.

Befriedigend war das nicht. Lauter halbe Sachen: dubiose Zeugenaussagen, halbgare Theorien. Er holte den Wodka aus dem Schrank und goß sich einen Doppelten ein. Dazu aß er eine Portion Kartoffelsalat. Vielleicht sollte er die Sache besser zu den Akten legen. Wen interessierte das überhaupt? Hartmann wäre ihm dankbar, wenn er von dieser Junkie-Geschichte ablassen würde. Seine Klinner-gegen-den-Rest-der-Welt-Energie lief auf Reserve, schon seit einiger Zeit. Der Kommissar und sein unablässiger Kampf gegen das Böse, dafür brauchte man einen Dickschädel, kein von depressiven Zweifeln aufgeweichtes Hirn wie seines.

Das Bett war kalt und ungemütlich.

***

Einige waren beschlagen. Ihr Inhalt nicht erkennbar. Insgesamt waren es gut fünfzig Beutel auf dem Spültisch. Er war komplett bedeckt, nicht mehr benutzbar. Sigrid Kretschmer hatte extra Gefrierbeutel gekauft, weil die nicht so schnell kaputtgingen, die hielten gut dicht. In den Beuteln wimmelte es nervös. Multi-Vitaminsaft war das einzige Getränk, das sie wirklich mochte. Die Fruchtfliegen fanden aber immer wieder den Weg in die offenstehenden Tetra-Packs, und manche ertranken in dem Saft. Wenn sie sich ein Glas eingoß, sah sie, ob Fliegen drin waren oder nicht. Dr. Siemers gabs nur in Liter-Packs. Die schaffte sie nicht auf einmal. Wenn ein paar Hundert von ihnen in den Tetra-Pack reingekrochen waren, konnte man sie hören, wenn man die Packung ans Ohr hielt. Hohes Sirren, fleißige Viecher. Die vermehrten sich so schnell, woher kamen die immer wieder? Sie wußte nicht, ob es wirklich nur ein paar Hundert waren, manchmal hatte sie den Eindruck, es müßten Tausende sein. Dann nahm sie einen Gefrierbeutel, steckte das Saftpaket hinein und band den Beutel zu. Sperrte die Parasiten ein. Sie hatte so schon viele gefangen, und immer noch waren welche da und schwirrten herum. Die Fliegen konnten in den sorgfältig zugeknoteten Beuteln lange überleben. Brauchten die keinen Sauerstoff? Selbst wenn der Saft schon lange schimmelte, schwirrten die kleinen Dinger noch umher.

Sie warf den zugeknoteten Beutel auf die Spüle zu den anderen. In den Beuteln schreckten die Fliegen auf, und die ausgelaufenen Saftpfützen machten kleine Wellen, auf denen die pelzigen Schimmelinseln hin- und herschaukelten.

Sie setzte sich aufs Bett und drehte sich eine Zigarette. Der Zahlungsbefehl war nicht mehr auffindbar. Jetzt würden sie kommen und sie holen, schon wieder. Sie mußte das Geld irgendwie auftreiben, sonst war sie verloren. Wo war er nur? Sie blickte sich in ihrem Zimmer um. Überall nur Dreck und Müll. An der Decke mindestens tausend Fliegen. Sie war am Ende ihrer Kräfte. Heute hatte sie soviel erledigen wollen. Sie hatte sich beherrscht, nur ein bißchen Gift gedrückt, um den Affen loszuwerden, um überhaupt klar denken zu können.

Sie bekam einen Heulkrampf. „So ein Dreck, Scheiße, Scheiße. Ich kann nicht mehr." Sie konnte die Diazepam nicht finden, die waren gestern noch unter dem Kopfkissen gewesen. Wütend warf sie das Kissen an die Wand. „Fuck!" Im selben Moment klopfte es an der Tür. Sie schluchzte leise und wandte den Kopf angstvoll dem Geräusch zu. War sie zu laut gewesen? Jetzt hatten sie sie gehört. Und nun? Es klopfte wieder, diesmal lauter. Draußen ertönte eine Stimme.

„Frau Kretschmer? Bitte machen Sie die Tür auf. Ich habe Sie gehört."

Stille. Sie wollte sich unter ihrer Bettdecke verkriechen, aber sie blieb bewegungslos sitzen. Dann fing sie an, panisch nach den Tabletten zu suchen. Wenn sie sie mitnehmen würden, wollte sie wenigstens breit sein. Sie fand den Riegel unter dem Bett, drei waren noch drin, besser als gar nichts. Hektisch drückte sie die Tabletten aus der Verpackung, steckte sie in den Mund, kaute kurz und schluckte trocken.

„Mein Name ist Klinner. Ich bin Kommissar bei der Kriminalpolizei und mit den Ermittlungen im Todesfall Peter Kracht betraut. Ich brauche Ihre Aussage. Bitte öffnen Sie die Tür.“ Klinner stand vor der Tür und wurde ungeduldig. Er hatte eine Stimme gehört, da war er sich sicher. Warum wurde nicht geöffnet? Dieses Haus war zum Verzweifeln. Die beiden Vernehmungen, die er gerade durchgeführt hatte, waren ergebnislos gewesen, weil die beiden Männer, die er verhören wollte, völlig betrunken waren. Jetzt stand er vor verschlossener Tür. Wie sollte er unter lauter Pennern, Verrückten und Junkies jemals Licht in diese Geschichte bringen? Er klopfte ein letztes Mal an die Tür, um wirklich sicher zu sein, daß nicht geöffnet wurde. An die Wand gelehnt, vermerkte er Sigrid Kretschmer auf der Liste der Personen, die er ins Revier bestellen wollte.

„Ich komm ja schon“, erklang auf einmal eine Stimme von drinnen.

Der Schlüssel drehte sich mehrmals im Schloß, dann wurde die Tür einen Spaltbreit geöffnet. Eine Baseball-Mütze mit der Aufschrift Texas Rangers erschien. Eine Stimme darunter fragte barsch: „Was wollen Sie?“

Der Kommissar blickte auf den Spalt und sah auf die tief heruntergezogene Mütze. Der Fußboden, soweit er ihn sehen konnte, war mit Müll bedeckt. Mehr war nicht zu erkennen. Er gab sich Mühe, seinen Vers höflich aufzusagen, auch wenn ihm nicht danach zumute war: „Wie ich schon sagte, Frau Kretschmer, ich möchte Ihnen gerne ein paar Fragen zum Tod von Peter Kracht stellen. Könnte ich wohl einen Augenblick hereinkommen?“

„Ich weiß nichts“, antwortete die Schirmmütze und verschwand wieder hinter der Tür.

Klinner beeilte sich, noch zu sagen: „Alles, was Sie wissen, kann für die Aufklärung des Falles von Nutzen sein. Sie sind darüber hinaus verpflichtet, der Kripo bei der Erledigung ihrer Arbeit soweit behilflich zu sein, wie Sie können. Wenn es Ihnen lieber ist, gebe ich Ihnen eine Vorladung fürs Revier. Früher oder später werden Sie mit mir reden müssen.“

Der Schirm hob sich ein wenig, für einen kurzen Moment wurde ein verkniffener, schmaler Mund sichtbar. „Ich hab keine Zeit.“

Wenigstens hat sie mir die Tür nicht vor der Nase zugeknallt, dachte Klinner und war gleichzeitig wütend auf sich, weil er sich schon mit Selbstverständlichkeiten zufrieden gab. „Lassen Sie mich doch für einen Augenblick hereinkommen und Ihnen ein paar Fragen stellen", sagte er, um das Gespräch in Gang zu halten.

„Hier können Sie nicht rein, ich muß aufräumen."

„Wir können auch woanders hingehen." Der Tonfall ließ die Wut vermissen, die Klinner empfand.

„Haben Sie Zigaretten?" fragte sie und ließ die untere Hälfte ihres Gesichts wieder sichtbar werden.

„Äh – ja", antwortete er verdutzt.

„Warten Sie." Damit wurde die Tür zugeschlagen, und der Schlüssel drehte sich im Schloß.

Drinnen war Sigrid Kretschmer in Vorbereitungen vertieft. Zwei Pullover, eine Weste und die dicke Jacke mußten angezogen werden. Langsam spürte sie die Wirkung der Diazepam-Tabletten, ein leichter Schleier legte sich über ihren Körper. Zur Sicherheit brauchte sie noch Koks. Irgendwo war noch ein kleines Päckchen gewesen. Vielleicht in der Jacke? Sie suchte, fand es nicht und fing an zu fluchen. Mutlos setzte sie sich aufs Bett.

Draußen stand Klinner und wartete. Nach zehn Minuten steckte er sich die dritte Zigarette an. Nach einer Viertelstunde war er stocksauer. Was glaubte die eigentlich, wen sie vor sich hatte? Er malte sich gerade aus, wie er die Tür einschlagen würde, als das Geklimper der Schlüssel erklang. Die Tür öffnete sich. Ein genuscheltes „wird ja auch Zeit" war alles, was er zustande brachte.

Sie war eine kleine Gestalt, dick in Kleidung gehüllt. Sie schloß umständlich ab und überprüfte mehrmals, ob die Tür verschlossen war. Dann ging sie die Treppen herunter, ohne Klinner zu beachten. Er folgte ihr und schluckte schulterzuckend seinen Ärger hinunter. Auf der Straße wandte sie sich nach rechts und ging in schnellem Tempo den Gehweg entlang. Sie wußte offenbar, wohin sie wollte. Klinner hatte mit seinem schmerzenden Knie Mühe, mit ihr Schritt zu halten. Er überlegte kurz, ob er hier im Gehen ein Gespräch versuchen sollte, entschied sich aber dagegen. Mit hastigen Bewegungen wich die Frau den entgegenkommenden Menschen entweder fast übertrieben aus, oder sie setzte sich rabiat mit ihrem Kurs durch. Den Kopf hielt sie gesenkt. Sie drehte sich nicht um und nahm auch sonst keine Notiz von seiner Anwesenheit.

Nach wenigen Minuten erreichten sie die Pappelstraße, in die Sigrid Kretschmer einbog. Sie ging mit unverminderter Zielstrebigkeit weiter. Gerade als Klinner sich fragte, ob sie überhaupt noch wußte, daß er ihr folgte, stoppte sie vor einem italienischen Eiskaffee. Sie drehte sich um, sah ihm ins Gesicht und fragte: „Kann ich ein Eis haben?"

Er mußte lachen. Es war November und nieselte seit Tagen. Weil sie ein Eis wollte, sah sie ihn erwartungsvoll an, zum erstenmal hatten sie überhaupt Blickkontakt. „Ein Eis?" wiederholte er ungläubig.

„Gut", sagte sie und betrat vor ihm das Café. Er hatte es als Frage gemeint.

Sie wählte einen Tisch in der Ecke und setzte sich auf die Bank, von der aus sie das Café übersehen konnte. Jacke und Mütze behielt sie an. Sie vertiefte sich in die Eiskarte. Er pellte sich aus seinem Mantel und setzte sich ihr gegenüber. Einen Augenblick später erschien der Kellner. Ein glattfrisierter Mann mit tadellosem Lächeln. „Buon giorno, Sie wünschen?"

Klinner bestellte einen Espresso und blickte zu seiner Begleiterin hinüber. Es entstand eine Pause, der junge Italiener sah mit höflichem Lächeln auf Sigrid Kretschmer herab. „Haben Sie sich schon entschieden?" fragte er nach einem Augenblick des Schweigens mit vollendeter Höflichkeit, wie Klinner fand.

„Ist ja gut", blaffte sie barsch. „Ich will ein Bananensplitt und eine Cola."

„Wie Sie wünschen." Der Ober drehte sich schwungvoll um und ging zur Theke zurück.

Sigrid Kretschmers Anspannung machte Klinner nervös. Sie starrte vor sich hin. Er kramte in seiner Tasche und beförderte seine Zigaretten zutage. Steckte sich eine an und legte das Päckchen auf den Tisch. Sie nahm sich eine und brach den Filter ab. Klinner erlaubte es ihr nachträglich: „Bedienen Sie sich."

Sie rauchte hastig.

„Zuerst möchte ich Ihre Personalien feststellen. Nach meiner Liste sind Sie Sigrid Kretschmer, geboren am 14. Juni 1966 in Osnabrück und seit sechs Monaten wohnhaft in der Friedrich-Ebert-Straße 47. Stimmt das?"

„Ich wohn da schon neun Monate", war alles, was sie dazu sagte. Klinner notierte es in seiner Liste. Sigrid Kretschmer bewohnte als einzige offiziell ein Einzelzimmer.

„Haben Sie in der Nacht vom 12. auf den 13. November etwas Besonderes im Haus gehört?"

„Um elf Uhr abends ging ich nach Hause, und auf der Treppe kamen mir zwei Typen entgegen. Die haben mich voll an die Wand gedrängt. Das waren die aus dem dritten Stock, die hier immer Streß machen. Danach hab ich nichts mehr gehört."

„Woher kamen die beiden?"

„Aus ihrem Zimmer im dritten Stock rechts, soweit ich weiß."

„Sind Sie sich sicher, daß die beiden nicht aus dem Zimmer von Peter Kracht gekommen sind?"

„Jaja, ich war ja selbst im zweiten Stock und wollte gerade meine Tür aufschließen."

„Und mit der Zeit sind Sie sich auch sicher?"

„Ich bin mit dem letzten Bus aus Brinkum gekommen, und der hält hier an der Ecke um zehn vor elf." Sie blickte kurz zu ihm hoch, und einen Moment lang hatte er den Eindruck, als würde ein leichtes Grinsen sichtbar. Der Schirm senkte sich wieder über ihr Gesicht und verbarg ihre tiefliegenden kleinen Augen und den verkniffenen Mund. Vielleicht war sie stolz, sich so genau erinnern zu können. Wer weiß.

Der Ober servierte das Eis und die Getränke. Die junge Frau machte sich über das Eis her. Klinner entschloß sich, ihr Zeit zu geben und löffelte Zucker in seinen Espresso. „Ausgezeichneter Kaffee, wie ist Ihr Eis?"

„Die machen andauernd Krawall nachts, das war nichts Besonderes an dem Abend. Hatte nichts mit Piet zu tun."

„Wie gut kannten Sie Peter Kracht, Frau Kretschmer?"

„Gut genug."

„Was meinen Sie damit?"

„Na ja, eben, daß ich ihn gut genug kannte. Der war schon ewig auf der Szene, als ich noch was genommen hab, hatte ich öfter mit ihm zu tun, wissen Sie." Sie löffelte die Soße aus der Eisschale.

„Hatten Sie in der letzten Zeit etwas mit ihm zu tun?"

„Nee, ich hab ja jetzt mein Methadon von Burlitz und Rauch. Seitdem bin ich clean. Hab mich aus der Szene zurückgezogen."

„Wer sind Burlitz und Rauch?“

„Na, die Drogenärzte.“

Klinner notierte sich die Namen.

„Die kennt doch jeder.“

„Glauben Sie, daß Peter Kracht Feinde hatte?“

„Keine Ahnung. Feinde hatte der, ich meine, Szene-Streß, so wie der drauf war, kein Wunder.“

„Was meinen Sie mit: So wie der drauf war?“

Sigrid Kretschmer blitzte ihn an: „Ein Arschloch war der, hat jede Menge Leute abgezogen, Schutzgelder erpreßt und so. War halt so n Junkie-Arsch, ein Macker auf der Szene.“

„Hatten Sie denn auch Ärger mit ihm?“

Ihr schossen Bilder durch den Kopf. Ein enger Raum, nackte Körper, schwarze, borstige Männerhaare schrubben über ihren Bauch, knistern wie Strommasten im Regen. Sie hatte dieses Knistern immer noch im Ohr. Da waren andere Geräusche gewesen, Schreien, Stöhnen und Lachen, aber die knisternden Haare konnte sie immer noch hören. Sie bekam eine Gänsehaut, und ihr wurde übel.

„Ich muß mal“, sagte sie und stand hastig auf. „Fuck“, murmelte sie im Gehen. Sie versuchte, sich in das Waschbecken zu erbrechen, brachte aber nur ein Würgen zustande. Irgendwo mußte noch das Päckchen Koks sein. In der Hosentasche fand sie es und pulverte eine Line auf die Spiegelablage. Sie sniefte jeweils die Hälfte in ein Nasenloch.

Dann hörte sie das Blut in den Ohren rauschen, die eigenen Augen im Spiegel waren zwei Riesenkrater, weiße Seen mit bunten Bojen. Sie grinste das verzerrte Bild im Spiegel an. Die Beine prickelten, und der Körper kehrte zu ihr zurück. Das Knistern war weg. Sie wandte sich um und ging zurück ins Café.

„Was haben Sie gefragt?“ Sie blickte ihr Gegenüber geradeheraus an.

„Äh, ob Sie Ärger mit Peter Kracht hatten.“

„Früher.“

„Und jetzt aber nicht mehr?“

„Der Typ war ein Arschloch, der hat auf der Szene jeden abgezogen, den er nur konnte. Mich auch. Seitdem hab ich mich von ihm ferngehalten.“

„Was meinen Sie mit Schutzgeld-Erpressungen?“

„Na, der hat mit Pierre für bestimmte Leute Jobs erledigt, Leute ruhiggestellt, damit die keinen Ärger machen. Hier im Haus und so."

„Hier im Haus?"

„Was weiß ich."

Klinner machte sich eine Notiz.

„Was schreiben Sie da? Meinen Sie, ich hab den umgebracht oder was? Ich bin froh, daß der verreckt ist, daraus mach ich keinen Hehl, aber ich hab niemanden umgebracht, und so einen Arsch schon gar nicht."

Klinner war überrascht von der Heftigkeit ihres Auftretens. Sie sah ihn an und redete schnell. Ganz anders als anfangs. „Zum jetzigen Zeitpunkt ist prinzipiell jeder verdächtig. Was haben Sie am Dienstagabend in Brinkum gemacht?"

„Ich hab meine Mutter besucht."

„Kann ich die anrufen und mir das bestätigen lassen?"

Sie starrte ihn an, und ihre Augen verengten sich. Trotzdem kam Klinner ihr Blick leer vor, auf seltsame Art leblos. „Das ist doch immer dieselbe Scheiße. Da läßt man sich auf diesen Müll ein, und gleich gehts wieder los. Ihr wollt einen immer in die Pfanne hauen." Sie steckte hektisch ihr Feuerzeug ein und stand auf.

„Moment mal, was ist denn jetzt los? Wenn Sie bei Ihrer Mutter waren bis nach 22.00 Uhr, und die kann das bestätigen, da gibt es doch gar kein Problem?"

„Ach nee? Meine Mutter dreht jedesmal ab, wenn die Bullen bei ihr aufkreuzen."

„Was haben Sie danach gemacht, sind Sie direkt nach Haus gekommen, waren Sie allein?"

„Ja, was dagegen? Ich muß jetzt los." Damit stand sie auf und ging. Sie fegte aus dem Café und die Straße entlang, ohne zur Seite zu blikken.

Der ratlose Kommissar blieb sitzen. Er bestellte einen weiteren Espresso, zündete sich eine Zigarette an und lehnte sich zurück. Seine Schultern schmerzten. Er schloß die Augen, atmete tief durch und rauchte.

Sie war aggressiv geworden, als er darauf zu sprechen kam, ob sie Probleme mit Peter Kracht hatte. Sie hatte ganz offensichtlich einen

Haß auf Peter Kracht. Woher kam der? Hatte sie etwas mit seinem Tod zu tun, warum war sie plötzlich so aufgebracht gewesen?

Der Ober servierte den Espresso.

***

Zwei Stunden später hatte Klinner fünfzehn Vorladungsvermerke ausgefüllt. Sein Kopf schmerzte. Er war durch das Hotel geirrt und hatte sechs Wohnungslose angetroffen. Die waren zur einen Hälfte Säufer und zur anderen Flüchtlinge aus Ex-Jugoslawien. Alle gaben an, Peter Kracht nicht gekannt zu haben. Bevor er das Haus verließ, ging er noch einmal in das oberste Stockwerk. Er klopfte laut gegen die Tür. Nach einer Weile hörte er die Treppenstufen knarren, und die Tür öffnete sich. „Guten Tag, Herr Hauckner, kann ich Ihnen noch ein paar Fragen stellen?"

„Der Schnüffler wieder, haben wir uns doch gedacht, er kommt wieder. Soso, hmhm." Hauckner drehte sich um und stieg die Treppen wieder hoch. Klinner folgte ihm.

Im Zimmer roch es nach Essen. Hauckner setzte die gerade begonnene Mahlzeit ungeniert fort. Dabei schenkte er Klinner keinerlei Beachtung. Der bräunliche Brei hatte Ähnlichkeit mit Hundefutter, roch aber nicht nach Fleisch.

Der Mann hat keine Zähne mehr, dachte Klinner, da muß man sich was einfallen lassen. Das würde ich nicht essen.

Klinners Blick fiel auf die Kassettensammlung. Er blickte kurz auf die Beschriftungen und sah, daß er sich richtig erinnert hatte. Die Beschriftungen stammten aus der Zeit, in der Hauckner im Krankenhaus Bremen-Ost gearbeitet hatte, er mußte sie von dort mitgenommen haben. „Ich habe noch einmal über unser Gespräch und die Sache mit der Geschichte, die ich Ihnen erzählt habe, nachgedacht. Ich konnte mich an die umfangreiche Kassettensammlung erinnern, die Sie hier haben, Herr Hauckner. Sind da überall Geschichten überspielt, oder stammen die noch aus der Zeit, als Sie im Krankenhaus gearbeitet haben?" Beim letzten Satz fixierte Klinner den kleinen Mann, um seine Reaktion nicht zu verpassen.

Hauckner unterbrach seine Mahlzeit und blickte auf. Die Überraschung war gelungen. Klinner entschloß sich, noch einen Schritt weiterzugehen. „Ihr Interesse an Menschen haben Sie nicht verloren, aber Sie arbeiten nicht mehr als Psychiater, warum nicht?“

Der Alte sprang auf. Offensichtlich aufgebracht stieß er hervor: „Was schnüffelt er rum bei mir.? Ist alles vorbei, tote Geschichte ...“ Er fing wieder an, einen Sermon abzuspulen und wanderte zwischen den herumliegenden Gegenständen umher. Diesmal war Klinner klar, woher diese Äußerungen kamen. „... erfordert der therapeutische Umgang mit Wahnkranken ein erhebliches Maß an eigener Stabilität – das stabile System der Medikamentenvergabe verhindert akute psychotische Schübe, auch bei sehr schwierigen und der Therapie unzugänglichen Patienten – handlungsleitende Wahrnehmungen bleiben allein dem Experten vorbehalten – gerät der Patient außer Kontrolle, muß mit strategischer Logik das Behandlungskonzept überdacht werden ...“

„Sie sind froh, aus der Psychiatrie raus zu sein, nehme ich an?“ Klinner versuchte, den Gesprächsfaden nicht abreißen zu lassen.

„Die stationäre psychiatrische Intervention ermöglicht Menschen in psychischen Krisen, unter Anwendung von Zwangsmedikation in einem wohnraumfernen, angstmachenden Umfeld, lebensferne Erfahrungen zu machen, die zum Verlernen der eigenständigen Lebensführung beitragen.“

Klinner mußte grinsen. Es war ein seltsames Bild, wie dieser hutzelige Mann mit seinen schäbigen Klamotten dastand und seinen Mund ohne Zähne weit öffnete, um diese Sätze zu deklamieren. Wilfried Hauckner hielt den Kopf erhoben und hieb mit seinem Zeigefinger auf die Luft ein.

„Den Psycho-Slang haben Sie noch ganz gut drauf, auch wenn Sie aus dem Geschäft schon eine Weile raus sind, Herr Doktor Hauckner“, sagte Klinner lachend.

Hauckner reagierte nicht und dozierte weiter: „Objektive medizinische Notlagen unterscheiden sich insofern von schweren subjektiven Notlagen, als daß bei letzteren der Arzt auf nichtmedizinische instrumentelle Hilfen zurückgreifen muß. Akute Suizidgefahr entsteht oft dort, wo persönliche und familiäre Krisen durch das Fehlen optimaler Streßbewältigungskompetenzen nicht angemessen bearbeitet werden können.“

Klinner nahm die Erwähnung der Suizidgefahr als Stichwort: „Sicher war es ein Schock für Sie, als sich Ihre damalige Freundin erhängt hat. Das hat bei Ihnen eine Krise ausgelöst. War dieses Ereignis der Grund dafür, daß Sie sich aus der Arbeitswelt verabschiedet haben?"

Wilfried Hauckner ließ seinen Zeigefinger sinken, sackte in sich zusammen und schickte einen Blick voller Wut auf den Kommissar. „Graben in der Wunde, die Schnüffler. Graben tief und tiefer – und wohin? Was schwimmt in meinem Seelengrund? Mörder nicht." Er humpelte mit gebeugtem Rücken durch den Raum und gestikulierte stöhnend.

„Es tut mir leid, wenn ich Sie verletzt habe. Ich bin durch Zufall auf Ihre Geschichte gestoßen. Ich habe nicht danach gesucht."

Das schien den Alten nur noch wütender zu machen. „Agenten der Macht, zerschneiden deine Seele in Teile, können nicht Rätsel bewundern. Schubladensärge. Erzähl mir was von dir, das gibt mir Macht über dich."

„Herr Hauckner, Sie haben mich dazu gebracht, eine Geschichte aus meinem Leben preiszugeben. Sie zeichneten das Gesagte auf. Und dann wundern Sie sich, wenn ich mich frage, wieso Sie das wohl tun, mit einer Maus reden und hier in einer Absteige voller Krempel hausen."

„Streicheln und betrachten! Streicheln und betrachten!" Hauckner humpelte durch den Raum. „Wo bist du?" Er suchte nach Ferdinand. „Nicht zerschneiden, eindringen, nicht auskrempeln, umfragen, zureden. Streicheln und betrachten."

Das war doch nicht normal hier! Es entstand eine Pause. Wilfried Hauckner suchte nach Ferdinand, und Klinner rang mit seinen inneren Stimmen. Warum nur hatte er in der Vergangenheit von Wilfried Hauckner herumgewühlt?

Die Aussagen eines Psychiaters waren normalerweise gewichtiger als die eines Penners. Aber hier war es vielleicht umgekehrt. Mit dem Wissen um seine Geschichte war es offenbar etwas ganz anderes, wenn der Alte psychiatrisches Kauderwelsch daherredete. Also doch kein Idiot? Hatte Iphigenie recht, und er brauchte nur den wahren Kern dessen zu finden, was Hauckner meinte? Was hatte Hauckner über Kracht erzählt? Wie kam er zu diesen Bildern, die er über dessen Leben geäußert hatte?

„Sagen Sie, Herr Hauckner, wer ist der Teufel im Leben von Peter Kracht? Meinen Sie damit Bernd Schaumann, den Sie in unserem letzten Gespräch einen Frauenhändler genannt haben?"

Hauckner reagierte nicht.

Da schoß es Klinner in den Kopf. Natürlich! Auf einer der Kassetten war eine Geschichte von Peter Kracht aufgenommen. Er mußte nur dafür sorgen, daß der Alte ihm die Kassette vorspielte, das würde ihm vielleicht weiterhelfen mit diesem verdammten Mordfall. Er nahm eine der Kassetten in die Hand und fragte: „Was machen Sie mit den ganzen Geschichten, welchen Nutzen haben sie?“ Würde Hauckner auf die Provokation eingehen? Die Frage nach dem Nutzten mußte ihn doch aufregen.

„Sinnsinnsinn, Zeugenaussagenkartei, Gutachtenunterlagen, Diagnosesammlung, Nutzen und Technologie der Geschichte, die Lehre von der Beherrschung, Sortieren und Bewerten der Geschichte. Gehören wir nicht mehr dazu, nicht wahr, Ferdinand.“

Volltreffer. Jetzt aber dranbleiben. „Aber wozu sammeln Sie die Geschichten denn dann?“

„Sie sind ein Teil des Lebens, wir müssen sie streicheln und betrachten. Sie wollen bewahrt werden.“

„Ach so.“ Klinner schwieg. Er hatte für heute genug erfahren.

So aufgebracht wie der Alte war, würde er wahrscheinlich sowieso nichts mehr erfahren. Mit solchen Typen mußte man behutsam umgehen. Der Alte hatte die Hand ausgestreckt, und auf einmal tauchte Ferdinand auf. Hauckner nahm die Maus in die Hand und strich mit ihren Schnurrhaaren über seine Wange, liebkosende Worte murmelnd. Klinner betrachtete die Maus und den Mann versonnen. Wie zärtlich er war mit dem kleinen Nager. Die Maus blickte ihn mit zitternden Schnurrhaaren an, die braunen Knopfaugen weit aufgerissen. Der Schwanz schlängelte sich um die Finger von Hauckner.

„Gut, Herr Hauckner, für heute will ich Sie nicht länger belästigen. Ich finde die Unterhaltungen mit Ihnen sehr anregend. Ich würde gern bei Gelegenheit wiederkommen, wenn Sie nichts dagegen haben.“

„Willi“, sagte Wilfried Hauckner, ohne Klinner dabei anzusehen. Er streckte den Arm aus und öffnete die Hand mit Ferdinand. Die Maus krabbelte nervös auf seinem Handteller umher, setzte sich immer wieder aufrecht hin und witterte mit erhobener Schnauze.

Als Klinner den Blick hob, sah der Alte ihn geradeheraus an. „Willi“, wiederholte er.

„Vielen Dank, Willi. Mein Name ist Tilman.“

Kolzyk war immer noch nicht da. Also vermerkte Klinner auch ihn für eine Vorladung. Er fuhr im Büro vorbei, erklärte der gähnenden Elke Prestel, wie man die Vorladungsvermerke ausfüllte und wo man sie in der Verwaltung abgab. Dann beauftragte er sie, den Sekretär zur Eile anzutreiben und bedankte sich im voraus.

***

Auf Klinners Anrufbeantworter war eine Nachricht von Helen. Sie wollte, daß er ihr in der Spätvorstellung Gesellschaft leistete. Klinner zögerte kurz. Wollte er noch jemanden sehen? Eigentlich nicht. Er spulte zurück und hörte sich die Nachricht ein zweites Mal an. Sie plauderte auf die Maschine, als würde sie direkt mit ihm sprechen. Die Stimme klang weich, freundlich. Das überzeugte. Er beschloß, hinzugehen. Die Vorstellung begann erst um elf, er hatte also noch Zeit, sich ein wenig auszuruhen.

Klinner stellte sich vor, wie Helen wohl nackt aussah und verbat sich den Gedanken sofort wieder. Sie war nur eine gute Bekannte, die einen Mann suchte. Allerdings einen fürs Leben, der er nicht war. Er befürchtete immer, eingefangen zu werden, obwohl er nicht wußte, ob sie wirklich ihn wollte. Wahrscheinlich wollte sie ihn nicht, aber wenn doch? Darüber durfte man doch nachdenken. Sie suchte einen Mann, und das machte ihm Angst. Wenn sie ihn ansah mit ihrem treuen Blick, und wenn sie darüber sprach, wie ihre Vorstellungen vom Leben waren. Das war zuviel, Sehnsucht nach Geborgenheit, Heim, Familie, darin war er nicht gut. Er zwang sich, die Gedanken abzustellen.

Klinner blickte auf die Uhr. Er hatte die Zeit mit sinnlosen Gedanken verplempert. Jetzt mußte er los, die Werbung hatte schon begonnen. Er verließ seine Wohnung in der Römerstraße und humpelte in Richtung Ziegenmarkt, als ihm Sigrid Kretschmer zusammen mit einem großen Mann entgegenkam. Stolpernd lief sie auf dem Kopfsteinpflaster neben ihm her, hatte Mühe, Schritt zu halten und sich gleichzeitig so zu recken, daß sie nah genug an ihm dran blieb, um auf ihn einzureden: „Ich hab aber nur siebzehn Mark, Günther, ich kann dir den Rest morgen früh bringen, du weißt doch, auf mich kannst du dich verlassen, bin ich dir je was schuldig geblieben?“

Der Kommissar blieb stehen und hörte sich das Gespräch an. Sigrid Kretschmer war breit. Sie hatte nur Augen für den Mann, den sie Günther nannte. Der Typ bemerkte Klinner aus den Augenwinkeln. Er schien abzuschätzen, ob er Kunde, Passant oder Drogenfahnder in Zivil war. Er antwortete, ohne sie anzusehen. „Verpiß dich, bei mir läuft nichts mehr auf Pump, das weißt du genau. Ich lauf niemand wegen drei Mark hinterher, und dir schon gar nicht."

„Mann, Günther, ich brauch das Koka, nur heute ..." Die Stimmen entfernten sich. Klinner wandte sich um und ging weiter in Richtung Kino. Sigrid Kretschmers Aussage „Ich nehm nichts mehr" war nur eine Floskel im Umgang mit Behörden und Polizei gewesen.

Er erreichte den Ziegenmarkt und wandte sich nach rechts in Richtung Sielwallkreuzung. Klinner kam täglich hier vorbei, daher kannte er die meisten Gesichter recht gut, insbesondere diejenigen, die Tag und Nacht auf der Szene herumhingen.

Er überquerte die Kreuzung, während die Ampel Rot zeigte. Kurz darauf betrat er das Foyer des Cinema. Am Kiosk kaufte er eine Tüte Lakritze und ein Bier für sich, Weingummi und Coca Cola für Helen.

Helen saß im Kartenhäuschen und verkaufte einem jungen Pärchen Kinokarten. Klinner lehnte sich an den Treppenaufgang zum Café und betrachtete sie. Wie jung sie war. Sie lächelte freundlich und strich sich dabei eine blonde Strähne aus dem Gesicht. Mit ihren strubbeligen Haaren sah sie jugendlich aus, hatte eine Frische, die ihm fehlte. Die Leichtigkeit ihrer Bewegungen und die Lebendigkeit, die in ihren Blicken und Gesten lag, erregten ihn. Er wurde verlegen und kam sich alt und langweilig vor. Er war doch nur ein Kripobeamter, der in einer Zweizimmer-Wohnung versauerte, die seit acht Jahren nicht mehr renoviert worden war, der nach Schweiß roch und keinen Geschmack hatte, was Kleidung anging. Sie hingegen kannte sich aus, war eine Städterin, eine Nachteule, die die angesagten Filme ansah, die neueste Musik hörte, nur postmoderne Literatur las und in die einschlägigen Clubs ging. Sie hatte Stil, auch wenn sie knapp bei Kasse war. Sie bewegte sich in studentischen Kreisen, obwohl sie ihr Studium schon lange geschmissen hatte, hielt sich mit Jobs über Wasser und wartete auf die zündende Idee – und auf die große Liebe.

Die Stimmen in seinem Kopf meldeten sich wieder. Du willst sie doch nur aussaugen, deine Leere mit ihrer Jugend auffüllen.

Inzwischen hatte Helen ihn entdeckt und lachte ihn an. „Komm her, Bulle“, schmunzelte sie und steckte eine Hand durch die kleine Öffnung. Er legte seine auf die Ablage für das Geld und berührte sie leicht. Ein Schauer lief ihm über den Rücken. Sie hatte schlanke, weiche Hände, mit denen sie die seinen sanft umfaßte. Standen hinter ihm Leute? Er wollte die Hand wegziehen, da kniff sie ihn leicht: „He, jemand zu Hause?“ Sie strahlte ihn an. Ihr Blick war verliebt! Ihm wurde mulmig. Um die Situation aufzulösen, hob er den Kopf und betrachtete das Plakat hinter ihr. Es zeigte einen etwa 50jährigen Mann mit Sonnenbrille, der in die Kamera sah. Die Schrift war chinesisch oder japanisch.

„Was ist das denn für ein Film?“ fragte er entsetzt.

„Irgend so ein japanischer Streifen. Es geht um einen Kommissar, der am Ende seine Frau erschießt. Er soll aber gut sein, melancholisch, ich dachte, das interessiert dich vielleicht?“

„Eigentlich reicht mir mein eigener Weltschmerz schon völlig aus. Aber in deiner Gesellschaft kann ich mir alles ansehen. Wann gehts denn los?“ fragte er und wies mit der Hand auf die eingekauften Leckereien, die er auf der Treppe abgestellt hatte.

„Du bist ein Schatz“, sagte Helen lächelnd und warf einen Blick auf die Uhr hinter sich. „Die Werbung ist in zwei Minuten vorbei. Setzt du dich in die letzte Reihe? Ich komm dann gleich.“

„Ich ergebe mich in mein Schicksal“, antwortete Klinner, viel zu altbacken, wie er im selben Moment fand. Helen ließ sich nichts anmerken.

Er humpelte in den Saal. Der Film war furchtbar.

Das einzig Nette war, daß Helen mit besorgter Stimme fragte, was ihm passiert sei. Er murmelte „... irgend so ein Einsatz, halb so wild ...“, und sie streichelte sein gesundes Knie vorsichtig. „Du Armer.“ Ihre Hand auf seinem Knie war der einzige Grund, sitzenzubleiben.

Bei einem Cocktail im Casablanca stellte sich heraus, daß Helen der Film gefallen hatte. Sie fand die minimalistische Handlung, die Schnitttechnik, die Kameraführung und die fehlende Musik avantgardistisch, der Film würde die depressiv-melancholische Stimmung der heutigen Metropolen einfangen. Klinner fand die Geschichte blaß, die Figuren unglaubwürdig und das Ganze zu reduziert. Das brachte sie dazu, sich ausführlich über die Machart zu ereifern. So redeten sie beharrlich aneinander vorbei. Er nutzte die Zeit, Helen zu betrachten und wünschte sich, sie zu berühren.

Mittendrin stand Helen lachend auf. „Du bist eben ein alter Kulturmuffel, Til." Damit wandte sie sich um und ging zu dem Barkeeper.

Klinner mochte den Laden nicht. Insbesondere der Mann hinterm Tresen mißfiel ihm. Die Gäste waren ihm zu leutselig, gutgelaunte Angestellte, die mit ihrem Geld einen wohlverdienten Spaß haben wollten. Der Barkeeper begrüßte die Stammgäste mit raumgreifenden Umarmungen und viel Geschrei. Ihn nicht, zum Glück. Während der Barmann sich mit seiner Begleiterin unterhielt, legte er immer wieder seine Hand auf ihren Arm oder ihre Schulter. Was wollte sie von diesem Schleimer? Er sah gut aus, das war aber auch alles. Klinner rutschte auf seinem Stuhl hin und her. Auf einmal war ihm alles zu laut, die Stimmen kreischten. Er sah einer Frau zu, wie sie an ihrer Zigarette lutschte, bis der Filter knallrot war. Er steckte sich selbst eine an. Ein Mann am Nebentisch lächelte ihm freundlich zu. Lächelte er zurück, würde der sofort beginnen, ihm was zu erzählen. Wahrscheinlich über irgendeinen neuesten Schrei, Musik, Club oder Sushi. Der Abend drohte in einem Fiasko zu enden. Nachdem Helen von ihrer gutgelaunten Plauderei zurückkam, kam kein Gespräch mehr zwischen ihnen in Gang. Auf einmal fragte sie ihn, ob er noch auf einen Drink mit zu ihr kommen wollte. Von Schwindel befallen, willigte er ein.

Sie wohnte in einer Wohngemeinschaft am Sielpfad, einer kleinen Gasse, die zur Weser hinführte.

Sie bot ihm einen Platz auf ihrem beigen Zweisitzer an und entkorkte einen Rotwein. Ihre Lippen wurden mit jedem Schluck roter. Er verfiel stückweise den weichen, hypnotisch wirkenden Bewegungen ihrer Lippen und wußte nicht mehr, was sie redete.

Was wollte er hier, das alles paßte nicht zusammen, er betrog sich. Irgend etwas in ihm leistete Widerstand. Andererseits hatte er sie wirklich gern, vielleicht verliebte er sich noch, außerdem war ein bißchen Romantik doch in Ordnung ...

„Was ist los, Til, warum antwortest du nicht?"

Schließlich ergab er sich den zweifelnden Stimmen. Er schaffte gerade noch eine hastige Verabschiedung, bei der er sie etwas zu heftig umarmte. Im Gehen stolperte er linkisch über einen herumliegenden

Stapel Zeitungen. Ein stechender Schmerz fuhr in sein Knie. Er machte ein gequältes Gesicht und hinterließ eine verwirrte junge Frau.

Im Bett onanierte er ohne Befriedigung.

***

Der Morgen des nächsten Tages war wie ein zäher Brei. Der Nebel draußen hatte dieselbe Farbe wie die Schwere in Klinners Kopf. Die Welt war über Nacht auf Distanz zu ihm gegangen. Sein vergifteter Körper war zugleich betäubt und überempfindlich. Nicht so viel sehen zu müssen, kam ihm sehr entgegen. Auf der Fahrt über die Weser verlor sich der Blick in grauer Wolkenmasse, aus der die Schemen der Landungspfosten herausragten. Die Straßenbahn fuhr bis Huckelriede, von dort ging er zu Fuß weiter. Nicole Bering, die Freundin von Peter Kracht, wohnte im Niedersachsendamm 50, einem ehemaligen Kasernenkomplex direkt neben dem Sitz der Bereitschaftspolizei. Auf der Suche nach der richtigen Hausnummer irrte Klinner zwischen den massigen Blocks umher. Kasernengelände, eingezäunt, große Freiflächen, auf denen Unkraut wucherte, hier und da ein alter Kühlschrank. Ein paar türkische Jungs spielten frierend zwischen den Mülltonnen Fangen. Er hoffte, Nicole Bering möge über den Tod von Peter Kracht schon Bescheid wissen, denn das Überbringen von Todesnachrichten war ihm unangenehm. Das Haus, in dem sie wohnte, war ein Neubau, ein etwas zu groß geratener Wohnblock mit breitem Treppenaufgang. Immerhin war dieser freundlicher als der sanierungsbedürftige Kasernenbau nebenan.

Klinner klingelte an der Tür und wartete auf den Summer. Eine tiefe Stimme meldete sich scharf: „Wer ist da?“

„Tilman Klinner, Mordkommission. Dürfte ich bitte einen Moment heraufkommen?“

Kommentarlos wurde der Summer betätigt. Klinner schloß daraus, daß Nicole Bering bereits Bescheid wußte. Er ging das Treppenhaus hinauf, das Platz für Flügelwäscheständer und ausgediente Möbel bot. Der Geruch von Chlorreiniger stach in seiner empfindsamen Nase. An den Türen waren keine Namensschilder angebracht. Im obersten Stockwerk angekommen, blieb er auf dem Absatz stehen. Er hatte bereits mehrmals zögerlich „Hallo“ gerufen, als sich die Tür am Ende des

Ganges öffnete. Die Frau, die im Eingang erschien, war Nicole Bering. Klinner erkannte in ihr die Frau von dem Photo aus Amsterdam. Sie hatte schulterlanges Haar, das vielleicht vom häufigen Färben etwas stumpf war. Das Flurlicht ging aus, so daß er nur noch ihre Umrisse sehen konnte. Breitbeinig und aufrecht stand sie da und versperrte den Zugang zu ihrer Wohnung.

Als er näherkam, sah er ihren abschätzigen Blick, der an ihm heruntergliitt. Klinner fragte sich, was er heute für Kleidung trug. Er wußte es nicht. Er schaffte es, ihrem Blick nicht zu folgen. Vermied es, an sich herabzusehen, um sein Äußeres zu überprüfen. Sie hatte ihn eingeschüchtert. Er strich seine Jacke glatt.

Sie trug Leggings, darunter zeichneten sich muskulöse, etwas füllige Beine ab. Außerdem eine dunkle Bluse, darüber eine wollene Weste. In ihrer Hand glomm eine selbstgedrehte Zigarette. Ihre Gesichtszüge lagen im Schatten. Eine attraktive Frau, schöner Körper, dachte er unweigerlich.

„Was starren Sie mich an?“ fragte sie barsch. Ihre Stimme klang klar, sie hatte keine Drogen intus, soweit Klinner feststellen konnte.

Er fühlte sich ertappt. „Mein Name ist Tilman Klinner. Ich arbeite für die Kripo Bremen und würde Ihnen gerne ein paar Fragen stellen. Kann ich reinkommen?“

„Sie brauchen nicht um den heißen Brei herumzureden, ich weiß, daß Piet tot ist“, sagte sie und bestätigte damit Klinners Vermutung. „Was wollen Sie von mir?“

„Tut mir sehr leid, Sie in einer so unangenehmen Sache belästigen zu müssen, aber ich hätte einige Fragen an Sie zur Person von Peter Kracht. Wenn Sie in der Lage wären, mir da etwas weiterzuhelfen, wäre ich Ihnen sehr dankbar.“

„Sparen Sie sich Ihr Mitleid für Ihre eigenen Angehörigen, ich komm schon klar mit meinem Leben. Ich hatte in letzter Zeit keinen Kontakt mehr zu Piet. Ich wüßte nicht, was es bringen soll, mit Ihnen zu reden.“ Sie stand unbeweglich in der Türöffnung und machte keine Anstalten, ihn hereinzulassen.

Galt die Ablehnung ihm als Polizeibeamten oder der Erwähnung von Peter Kracht? „Warten Sie. Ich muß möglichst viel über Peter Krachts Lebensumstände herausfinden, weil zum jetzigen Zeitpunkt keine Klarheit über seine Todesursache besteht. Sie könnten mir vielleicht weiterhelfen, Licht in die Umstände seines Todes zu bringen."

„Ich hab Ihnen schon gesagt, der Typ interessiert mich nicht mehr. Sie haben an der falschen Tür geklingelt." Es schien ihr ein gewisses Vergnügen zu bereiten, ihn hier im Flur schmoren zu lassen.

„Auch die letzten Jahre könnten für mich von Interesse sein. Ich muß mir ein umfassendes Bild von ihm machen." Nicht besonders einfallsreich, aber es reichte offensichtlich.

„Dann kommen Sie eben rein, ich hab keinen Bock, hier ewig im Hausflur zu stehen." Damit drehte sie sich um und bedeutete ihm zu folgen. Klinner war froh, die erste Hürde genommen zu haben.

„Kaffee?" fragte sie jetzt.

„Wenn es Ihnen nicht zuviel Mühe macht, herzlich gern."

„Hab ich eh gerade gekocht. Setzen Sie sich, wo Sie Platz finden, da ist das Wohnzimmer. Ist ein wenig unordentlich, ich hab keinen Besuch erwartet." Immer noch ein vorwurfsvoller Unterton. Sie ging in die Küche.

Das Zimmer war mehr als unaufgeräumt. Tabakkrümel, herumliegende Kleidung, benutzte Kaffeetassen, volle Aschenbecher. Keine Tablettenpackungen oder andere Zeugnisse von Drogenkonsum, auch keine leeren Schnapsflaschen oder Bierdosen. Die Einrichtung war für die offensichtlich bescheidenen Verhältnisse geschmackvoll. Die Unordnung war nur oberflächlich, das Ergebnis einiger Tage, an denen man keinen Besuch erwartet. Es sah nicht so aus wie ein Dauerzustand.

Er setzte sich auf das Sofa, in dessen durchgesessenen Schaumstoffpolstern er augenblicklich versank. An der Wand hingen einige Photos, unter anderem eines von ihr und Peter Kracht. Die Photographie war schon etwas älter, die beiden sahen jünger aus. Sie strahlten glücklich in die Kamera.

„Das war vor vier Jahren. Da waren wir richtig verknallt. Hat nicht lange gehalten, die Zeit." Sie stellte zwei Tassen, die Glaskanne aus der Kaffeemaschine und Dosenmilch auf den Tisch. Schenkte Kaffee in beide Tassen und setzte sich. „Brauchen Sie Zucker?" fragte sie, während sie sich ihren Tabak vom Tisch nahm. Klinner schüttelte den Kopf und bot ihr eine Filterzigarette an.

„Ich bleib lieber bei meinem Schwarzen Krauser." Eine Weile rauchten sie schweigend.

Klinner war erleichtert. Nicole Bering benahm sich weniger schroff als im Hausflur. Lag es daran, daß sie eine solche Spannung auf die Dauer nicht ertragen konnte, oder wollte sie es nicht? Er glaubte, daß sie es sehr wohl könnte. Sie wirkte stark. „Ist das aufgenommen worden, als Sie sich gerade kennengelernt hatten?“ fragte er mit einem Nicken zu dem Photo hin.

„Nee, nee, wir kennen uns schon ewig, das war, als wir gerade zusammenkamen.“

„Seit wann kennen Sie Peter Kracht?“

„Na, Sie wollen wohl im Sandkasten anfangen? Ich kenne Piet, seit ich auf die Szene kam. Das war vor zehn Jahren. Aber bevor Sie mich hier ausfragen, will ich erst mal was wissen. Hab keinen Bock, die ganze Zeit auf Gerüchte angewiesen zu sein. Wie ist Piet gestorben?“

Darum ging es also. Sie hatte sich ausgerechnet, daß bei dem Gespräch auch etwas für sie herauskam. Natürlich interessierte es sie, wie Kracht gestorben war. Klinner dachte kurz nach. Er war nicht befugt, ihr etwas zu erzählen, sie war keine Angehörige. Andererseits würde sie ihm gegenüber vielleicht auch gesprächiger sein, wenn er mit offenen Karten spielte. Gute Freunde waren ebenso wichtig wie Angehörige, deshalb sollten sie seiner Meinung nach auch dieselben Rechte genießen.

„Peter Kracht ist an einer Überdosis Heroin gestorben, das in seine Halsvene injiziert wurde.“

„Scheiße, also doch.“

Er ließ ihr etwas Zeit, die Nachricht sacken zu lassen.

„Man rechnet immer mit so was. Junkie sein bedeutet, mit dem Tod auf du und du zu stehen, ihn immer vor Augen zu haben. Aber wenns dann passiert ...“ Sie brach ab.

Obwohl Klinner die Frau nicht kannte, wurde er Zeuge ihrer Trauer. Auf der Polizeischule wurde empfohlen, das Bedürfnis nach Genugtuung oder Rache anzusprechen. Wollen Sie nicht, daß der Mörder gefunden und seiner gerechten Strafe zugeführt wird und so weiter. Er sagte aber nichts und wartete.

Nicole Bering saß mit starrem Blick da. Kratzte mit ihren lackierten Fingernägeln geistesabwesend auf ihren Oberschenkeln entlang. Nach einer Weile sagte sie mehr zu sich selbst: „Der hat sich nicht umgebracht, das kann er nicht.“ Sie stoppte die Bewegung ihrer Finger, nahm einen Schluck Kaffee. Dann fragte sie: „Wer hat ihm den Druck gesetzt?“

„Das weiß ich nicht. Vielleicht hat er es selbst gemacht.“

„Nee. Er konnte sich nicht selber in den Hals drücken, hat er noch nie gemacht. Er hatte sowieso nen Film mit Spritzen. Hatte Angst vor den Dingern. Hört sich zwar bescheuert an, ein Junkie mit Angst vor Pumpen, aber so war es. Der hat sich im Leben nichts in den Hals gedrückt, und dann ohne Hilfe. Und was die Überdosis angeht: Das war kein Unfall, der kannte sich aus mit Shore. Der stirbt nicht an einer Überdosis, nicht Piet. Und nicht bei dem Dreck, den es hier zu kaufen gibt. Wie willst du da überhaupt eine Überdosis Heroin zusammenkriegen?“

„Warum glauben Sie, daß er sich nicht umgebracht hat?“

Sie sah ihn prüfend an. Klinner konnte sich vorstellen, was sie dachte: Warum soll ich dir was über meinen Piet erzählen? „Das weiß ich eben.“ Sie blickte weg.

„Wie meinen Sie das?“

Sie sog die Luft durch die Nase ein und schnaufte, sagte aber nichts. Der Kommissar wartete. Es kam keine Antwort. Bei den Erfahrungen, die sie im Laufe ihrer Drogenkarriere mit Polizisten gemacht haben mochte, konnte er nur verlieren.

„Ich weiß, Sie mißtrauen mir. Ist Ihr gutes Recht. Ich kann mir gut denken, daß Sie in dieser Situation jeden anderen besser gebrauchen können als einen Bullen. Trotzdem bin ich hier. Mein Job ist, die Wahrheit über den Tod Ihres ehemaligen Partners rauszukriegen. Dabei könnten Sie mir helfen. Sie können es tun oder bleiben lassen. Ich kann Ihnen Vertraulichkeit im Umgang mit Ihren Informationen anbieten, viel mehr nicht.“

Sie kehrte mit ihrem prüfenden Blick zu ihm zurück. Er hielt stand. Braune Augen, so dunkel, daß er die Pupillen kaum ausmachen konnte. Er tropfte an ihr ab, die Undurchdringlichkeit ihres Blickes legte ihn lahm. Nach einem quälenden Moment sagte sie: „Wir hatten ne Abmachung.“ Sie hatte sich also entschlossen zu reden.

„Was für eine Abmachung?“

„Er hätte mir Bescheid sagen müssen, bevor er Schluß macht“, sagte sie nach einer Pause.

„Aber Sie hatten doch keinen Kontakt zueinander in der letzten Zeit.“

„Trotzdem.“ Damit schien das Thema für sie beendet. Wenn es stimmte, hatte Klinner einen weiteren Hinweis. Leider keinen Beweis. „Ich glaube auch, daß Peter Kracht sich nicht selbst umgebracht hat.“ Und ich brauche langsam eine Spur, verdammte Scheiße, dachte er, sonst hat sich dieser Fall erledigt. „Erzählen Sie mir etwas über Kracht. Was war er für ein Mensch?“

„Ich bin nicht besonders gut auf den zu sprechen, wissen Sie. Seitdem wir nicht mehr zusammen sind, hat er mich nur noch angeschnorrt. Ich hatte echt keinen Bock mehr auf diesen Drogenfilm. Hab ihn ein paarmal vor die Tür gesetzt, irgendwann ist er dann nicht mehr gekommen.“

„Wann haben Sie sich getrennt?“

„Vor einem Jahr.“

„Wie ist es dazu gekommen? Haben Sie mit den Drogen aufgehört und er nicht?“

„Sie sind ja ein ganz Schlauer. Ist aber tatsächlich das alte Lied, ein Junkie und eine Cleane vertragen sich nicht. Ich war echt durch damit. Piet noch nicht.“

Klinner schwieg. Nicole Bering kam wider Erwarten ins Erzählen. „Wir hatten zusammen mit den Drogen aufgehört und uns diese Wohnung gesucht. Der Traum vom normalen Leben, Familie haben und so. Hat nicht lange gehalten. Nach ein paar Monaten ging der ganze Scheiß wieder los. Ich hab dann noch die Kurve gekriegt und Piet eben nicht. Er ist zusammen mit Pierre drauf hängengeblieben.“

Klinner horchte auf. Da war ein Name, auf den er gewartet hatte. Kracht und Dunker hatten also auch in der letzten Zeit Kontakt zueinander gehabt, vielleicht sogar bis zu Krachts Tod. Er mußte unbedingt noch mehr über diesen Dunker rauskriegen.

„Pierre Dunker war also ein guter Freund von Peter Kracht?“

„Der beste. Die beiden waren unzertrennlich. Zumindest wenn Sie Pierre fragen. Piet hat das manchmal auch anders gesehen, aber letztendlich kam er dann doch nie von ihm los.“

„Sie scheinen nicht besonders gut auf Pierre Dunker zu sprechen zu sein.“

„Das können Sie mir glauben. Jeder Scheiß in Piets Leben fängt mit Pierre an und hört auch mit ihm auf." Sie blickte ihm kurz ins Gesicht und dann auf ihre Hände, die die vierte Zigarette drehten.

„Also hat Peter Kracht auch in der letzten Zeit viel mit Pierre Dunker zu tun gehabt?"

Nicole Bering schwieg und rauchte. Klinner wartete. Sie wich aus. „Was erwarten Sie von mir, Mann? Daß ich Ihnen hier alles mögliche über Piets Freunde erzähle oder was?"

„Ich habe lediglich gefragt, ob die beiden in der letzten Zeit etwas miteinander zu tun hatten. Das ist hoffentlich kein Staatsgeheimnis."

„Ja, hatten sie. Aber da gab es auch Ärger. Warum genau, weiß ich aber nicht."

Sie stand auf und ging aus dem Zimmer. Seine Frage „Um was ging es denn da?" schien sie nicht zu hören. Als sie einen Augenblick später wieder reinkam, sagte sie: „Ich finde, es reicht, Sie verschwinden jetzt besser."

„Bitte setzen Sie sich noch einen Augenblick. Ich muß wissen, was da los war. Dann gehe ich, das verspreche ich Ihnen."

„Ich hab keine Ahnung, um was es da ging, ehrlich. Außerdem wäre ich jetzt gern allein." Sie fixierte ihn mit zusammengezogenen Augenbrauen.

Hier würde er nicht weiterkommen. Auch wenn er ihr nicht glaubte, daß sie keine Ahnung hatte. „Eine Frage noch: Hatte Peter Kracht Feinde?"

Ihr Blick änderte sich schlagartig: „Ha. Mehr als Sie zählen können. Sie wissen ja gar nichts über ihn. Der hat davon gelebt, andere abzuziehen und auszurauben. Was denken Sie, wie die über ihn denken, hä? In unseren besten Zeiten haben wir am Tag ein paar tausend Mark erbeutet. Der hatte soviel Rechnungen offen wie andere Leute Tassen im Schrank."

„Dann gibt es auch genauso viele Leute, die ihm an den Kragen wollten?"

„Nee, so ne Scheiße macht keiner. Der hat in der letzten Zeit öfter was auf die Fresse gekriegt wegen alter Geschichten. Von denen bringt keiner einen um wegen Geld, das glaub ich nicht. Und vor allen Dingen nicht so. Bei dem war ja nichts mehr zu holen."

„Sagt Ihnen der Name Bernd Schaumann etwas?"

„Nee, wer soll das sein?“

„Das ist der Besitzer der Pension, in der Kracht gewohnt hat. Ich dachte, Sie kennen den vielleicht. Wo waren Sie in der Nacht vom 12. auf den 13. November?“

„Ha, das ist ja wie im Fernsehen. Da war mein Typ hier. Hat sich ausnahmsweise mal wieder blicken lassen“, sagte sie mit einem leichten Grinsen. „Wollen Sie wissen, was wir gemacht haben? Die Einzelheiten sind nicht besonders erquicklich, soweit ich mich erinnern kann.“

„Äh – nein danke, das genügt mir vorerst. Ich werde das bei Zeiten überprüfen. Jetzt lasse ich Sie allein. Vielen Dank für die Beantwortung der Fragen.“

Sie begleitete ihn zur Tür. Als er schon auf der Treppe war, sagte sie: „Übrigens. Sie sollten sich ne neue Jacke zulegen. Sieht scheiße aus.“

Drittes Kapitel

Tilman Klinner las den Bericht von Dr. Brusmann. Nach anderthalb Stunden medizinischem Kauderwelsch wußte er nicht mehr als vorher. Das Gespräch mit dem Pathologen hatte bereits alle relevanten Informationen enthalten.

Danach besuchte er Peter Krachts Mutter in der Neuen Vahr. Sie wohnte in einem Wohnblock, dessen Flur so sauber und leer war, daß Klinner sich fragte, ob das Haus überhaupt bewohnt war.

Die Mutter, sie hieß inzwischen Wegner, war eine Arbeiterin, die vorgab, ihr Leben im Griff zu haben. Gleichzeitig spürte Klinner ihr schlechtes Gewissen. Sie hatte einen klagenden Tonfall, der fest in ihrer Stimme installiert zu sein schien. Während sie sich selbst versicherte, doch alles getan zu haben, was in ihrer Macht stand, legte sie ihr Staubtuch nicht aus der Hand. Klinner zählte, wie oft in ihren Sätzen die Worte sauber und ordentlich vorkam. Es war seltener, als er gedacht hatte. Darüber verschwamm der Inhalt ihrer Sätze.

Klinner beendete den Tag in seiner Küche. Er ging seine Notizen durch und bereitete sich auf den nächsten Tag vor. Fünfzehn Vorladungen waren zugestellt worden. Wichtig war vor allem das Gespräch mit Pierre Dunker. Der schien eine Schlüsselposition in Krachts Leben gehabt zu haben.

Klinner stand auf, sah aus dem Fenster und sah die beiden Hofkatzen. Der große Graue war gerade wieder dabei, den schlanken Gestreiften zu jagen. Er schrie und sprang mit atemberaubender Geschwindigkeit auf ein Garagendach, war mit zwei Sätzen am anderen Ende und sprang langgestreckt in den Kleingarten gegenüber. Er hatte wohl gehofft, mit dieser tollkühnen Aktion seinem sadistischen Konkurrenten entkommen zu können. Doch der große Graue war nicht nur der stärkste Kämpfer im Universum des Hinterhofes, er war auch schneller als der Gestreifte, der mittlerweile ein stattliches Alter besaß. Er stürzte sich von oben auf ihn, als er gerade einen Baum hinaufsetzen wollte. Sein Gewicht traf den Alten genau im falschen Moment. Er kippte zur Seite um und gab für einen Sekundenbruchteil seine helle Bauchpartie frei. Der Graue biß zu, und der Gestreifte schrie ein weiteres Mal. Als der Biß gelöst wurde, suchte er mit lahmen Sprüngen das

Weite. Der Sieger verzichtete auf die Verfolgung. Der große Graue hatte ein weiteres Mal klargestellt, daß die Mäuse rechts von der Garage ihm gehörten. Vielleicht würde der Gestreifte es in einigen Wochen wieder versuchen. Für heute schien er genug zu haben.

Klinner verfolgte das Katzenleben auf dem Hinterhof schon, seitdem er in der Römerstraße wohnte. Er hatte den Aufstieg und Fall des gestreiften Katers miterlebt. Er hatte Mitleid mit ihm, wie er sich durch den Hof schleppte und Angst vor der Rache derer haben mußte, die er jahrelang tyrannisiert hatte. Jetzt war der graue Kater der Stärkste.

Klinner wandte sich seinen Notizen zu und wollte sich gerade ein Konzept für die Befragung von Pierre Dunker überlegen, als sein Telephon klingelte.

„Hallo Bulle."

„Helen."

„Stör ich dich?" Sie wartete keine Antwort ab. „Ich wollte fragen, was vorgestern los war. Du bist so plötzlich aufgebrochen."

Er erschrak. Wie sollte er etwas zu einer Sache sagen, die ihm selber völlig unklar war. „Äh, ja."

„Das hab ich mir gedacht. Aber du brauchst jetzt gar nichts zu sagen. Wir verabreden uns einfach und reden in aller Ruhe darüber. Wie wärs mit morgen abend?"

„Ja, ich – ich kann das noch nicht genau sagen. Vielleicht muß ich da noch was arbeiten, mein ich."

„Okay. Ich hab da sowieso nichts vor. Ich werd den Abend zu Hause verbringen. Wenn du deine Verbrecherjagd abgeschlossen hast, ruf mich einfach an, und sonst treffen wir uns nächste Woche."

Es wurde beängstigend eng um seinen Hals. Halbherzig sagte er: „Ja, ich versuchs einzurichten. Ich melde mich dann bei dir."

„Tu bloß nicht zu begeistert, Tilman. Ich könnte mir was drauf einbilden. Sei froh, daß ich so gute Laune habe. Was ist denn mit dir los? Hab ich was falsch gemacht?"

„Ach, ich bin müde, und ich komm nicht voran mit dem Fall, an dem ich gerade arbeite. Alles Mist."

„Na gut. Ich dachte, es hätte was mit mir zu tun."

„Denk das nicht, ich bin nur furchtbar müde", log er. „Ich ruf dich morgen an, ob ich es einrichten kann, okay?"

Nach dem Gespräch aß er eine Tafel Schokolade. Dann rauchte er vier Zigaretten. Als nächstes beschloß er, die Vorbereitung auf die Befragungen morgens beim Frühstück zu erledigen. Er legte sich ins Bett und starrte die Decke an.

***

Nicole Bering ging vor ihrem Kleiderschrank auf und ab. Jedesmal, wenn sie den Spiegel passierte, warf sie einen Blick hinein. Die schwarze Jeans war gut, figurbetont und anders geschnitten als die hautenge Lederhose, die sie heute nicht anziehen wollte, obwohl sie ihr gefiel. Auch nicht die zerfledderte Jeansjacke, ihr altes Outfit. Darin würde sie sich stark fühlen, ihr Gang würde stampfender sein, ihre Stimme rauher, lauter.

Die hellblaue Jacke war zu weibisch. Also die graue Jacke und die schwarze Hose. Vielleicht ein bißchen spießig, aber besser, die Distanz wurde gleich deutlich. Sie überprüfte den Sitz der Hose im Spiegel. „Top, mein Arsch kann sich echt wieder sehen lassen ohne Methadon."

Sie ging ins Badezimmer und beugte sich über das Waschbecken. Ihre Tränensäcke waren geschwollen. Immer, wenn sie weniger als neun Stunden schlief, bekam sie diese häßlichen Säcke unter den Augen. Die Nase ragte groß aus dem Gesicht und ließ sie grobschlächtig aussehen. Zum Glück waren da noch ihre vollen Lippen, die brachten Sinnlichkeit.

Sie half mit einem blaßroten Lippenstift nach. Die Wangenknochen betonte sie vorsichtig mit Rouge. Damit ließen sich die Tränensäcke etwas vertuschen. Mit schwarzem Kajalstift untermalte sie die Augen.

Sie unterzog ihr Gesicht einer abschließenden Überprüfung, zog die Augenbrauen hoch, machte einen Kußmund, eine automatisierte Geste beim Blick in den Spiegel. Perfekt, da gibt es nichts zu verbessern, dachte sie zufrieden und wandte sich ab.

Beim Verlassen der Wohnung steckte sie sich eine Zigarette an. Zur Feier des Tages hatte sie eine Schachtel Prince Denmark hervorgekramt.

Haltestelle Sielwall. Seit sie mit den Drogen aufgehört hatte, vermied sie es nach Möglichkeit, sich im Viertel aufzuhalten. Heute ging es nicht anders. Sie ging am Eck vorbei, ohne sich umzusehen, vorbei an den Leuten, mit denen sie einen großen Teil ihres Lebens verbracht hatte. Geruch von Alkohol und Urin, zäher, träger Sog stieg ihr in die Nase. Hier hatte sie Tage und Nächte verbracht, in diesem Gestank gestanden, gelegen, ihr ganzes Leben um Pillen und Gift herum organisiert. Sie sah Fred in die Augen, den sie seit zehn Jahren kannte. Mit leerem Blick, Speichel im Mundwinkel, taumelte er auf sie zu. Er erkannte sie nicht. Er war total breit. Das hatte Vorteile, dieser Zustand, ein Schuß Gift in die Vene katapultierte die Realität und die Schmerzen aus dem Körper, gemischt mit Koks verschwanden Selbstzweifel und Trägheit gleich mit. Verlockender Schwebezustand. Sie zwang sich, nicht den Trip zu sehen, sondern den Mann, der da vor ihr stand. Ein armes Würstchen war er, den die meisten lieber in den Gully kehren würden. Überhaupt waren alle dreckig, stanken, hatten keinen Ort, an den sie gehen konnten. Hierher wollte sie nicht zurück, nur nicht wieder die Selbstachtung aufgeben und in diesem Sumpf landen, sich selbst als Abschaum sehen. Weiter.

Sie löste sich von dem Anblick ihrer alten Bekannten und ging in Richtung Ziegenmarkt. Sie wollte sich einen eigenen Eindruck verschaffen, sich nicht auf den Kommissar verlassen. Der war zwar ganz nett, irgendwie untypisch für einen Bullen. Er schien ein gutmütiger, bauchiger Teddybär zu sein. Der weckte Wünsche in ihr, nach einer harmlosen Freundschaft, kuscheln und sicher sein. Aber er war und blieb Bulle, und so würde er sich auch verhalten. Dem durfte sie nicht trauen. Außerdem blickte der eh nicht durch. Er würde bei Pierre nicht landen, war viel zu gutgläubig. Pierre würde ihn aussteigen lassen. Sie war vor einem Schaufenster stehengeblieben und beobachtete den Schmuck, umgeben von Feldsteinen, Blusen mit Muster, sauber, gerade, adrett. Sie sah durch die Komposition hindurch. Weiter jetzt, ging es ihr durch den Kopf, du mußt es hinter dich bringen.

Nach ein paar Schritten kam sie in der Steintorschänke an. Es war die Stammkneipe von ihr und Kracht gewesen. Pierre Dunker verkehrte hier immer noch regelmäßig.

Nicole Bering öffnete die Tür. Rauch und abgestandener Geruch schlugen ihr entgegen. Im Dämmerlicht der Kneipe sah sie ihn sofort. Dunker stand mit dem Rücken zu ihr, bemerkte sie nicht, unterhielt sich. Es war wie ein Strudel, der sie erfaßte und sie in vergangene Zeiten katapultierte. Ihr wurde schummrig vor den Augen, sie stolperte zur

Theke und hielt sich am Holz fest. Dunker, den sie bewundert, gefürchtet, verachtet hatte, der untrennbar mit Kracht verbunden war. Fast ein Jahr hatte sie ihn nicht mehr gesehen, sie war nicht scharf darauf gewesen, ihn zu treffen.

Sie bestellte sich ein Bier – zum Glück war die Bedienung neu, erkannte sie nicht – und setzte sich an den einzigen Tisch vorn am Fenster. Dunker unterhielt sich weiter, ohne sie zu bemerken. Das gab ihr Zeit. Der Blick aus dem Fenster. Breiter Gehweg, links eine Litfaßsäule, gegenüber Haushaltswaren, das Swing, vorbeifahrende Straßenbahnen. Bremen-Kino hatte sie es früher genannt. Dieser Blick war genau die Menge Realität gewesen, die sie hatte ertragen können. Später hatte sie oft nur noch den Boden gesehen, den Kopf auf der Tischkante. Sie sah herunter, schwarze Fliesen mit einem gräulich-braunen Schleier belegt. Eine Zigarette im Mund, das Bier in der Hand, fast war es wie früher, alles flößte ihr ein vertrautes Gefühl ein, schmiegte sich an sie wie eine zweite Haut. Die Erinnerung kam. Ein brennendes Ziehen. Wie ein Strudel, der an ihren Beinen saugte. Von unten zog es schrill und stechend aus dem Boden in sie hinein, weiter in den Unterleib und bis nach oben unter die Haare. Dort fing es an zu kribbeln, eine gierige Nervosität, die alles sensibel machte, zum Bersten gespannt. Gefrierender Überdruck. Lust, sich mit Pillen oder Gift einen Schuß zu machen. Eine papierene, weißliche Schicht zwischen sich und die empfindliche Kälte zu zaubern, eine lähmend wärmende Schicht. Suchtdruck – das geht vorbei. Warte nur, gleich. Ihre Hände waren schweißnaß, der Mund trocken.

Piet, der neben ihr saß und da war. Der seine Hand in ihren Nacken legte, dort, wo kleine Härchen waren. Wie ein Katzenjunges hing sie an seiner Hand und ließ sich kraulen. „Komm Nic, laß uns gehen, Liebe machen, hier tut sich heute nichts mehr." Ein Blick in seine Augen, Steckies umgeben von hellem Blau, wie klarer Himmel. Sie stand auf und hakte sich bei ihm unter, legte ihre Wange an seine kühle Lederjakke. Durch die Tür quetschen, ohne sich loszulassen. Der Novemberwind peitschte ihr ins Gesicht und blies den Geruch nach Leder davon. Sie würden ihren Schritt einander anpassen und sich umschlungen halten auf dem Weg in ihr Bett, sich gegenseitig führen durch den kalten Wind.

Er war der erste Mann in ihrem Leben gewesen. Davor hatte sie sich nur vögeln lassen, er war der erste, bei dem sie es wirklich wollte. Sie hatte nicht ohne ihn die Nacht verbringen können und er nicht ohne sie. Der Traum von der Liebe ohne Ende. Hohles Abziehbild, das nicht standhielt, von dem nur Kampf übrigblieb, Neid, Eifersucht, Streit.

Sie nahm einen tiefen Zug aus der Flasche. Der Wind war nicht da, sie saß im Muff der dunklen Kneipe. Er war weg, war tot. Tot, tot. Ein Wort, wie von einem Hammer auf Holz geschlagen, tot, tot, tot. Ganz einfach, der Körper liegt da und verfault langsam. Hatte sie oft genug gesehen, Tod durch Überdosis. Das Herz schlägt nicht mehr, das Hirn hat keinen Sauerstoff und Schluß. Liegt da und rührt sich nicht mehr, so gehts jedem mal. Bei einem, den du nicht kennst, leicht zu verstehen und kein großes Ding. Aber wo war der Blick, der sie bis ins Mark getroffen hatte, wo die weiche Stimme? Nur noch ein Hals, der verfaulte. Wo ging die Farbe der Augen hin, wann löste die sich auf? Ein Teil vom Leben, ein Gegenüber, das verflog. War nur noch Erinnerung, er war weggestorben. Sie wollte sich zusammenrollen, unter der Bettdekke, niemanden sehen und den Kummer herausfließen lassen. Den Drang nach Betäubung bewältigen. Das Bier war ein Fehler gewesen. So fing es an, das wußte sie. Aber sie konnte Pierre nicht gegenübertreten und sagen: Du, ich trink jetzt nur noch Saft. Die Blöße war nicht drin. Sowieso mußte sie zusehen, das brodelnde Faß wieder zu schließen, sich bereit machen für die Begegnung mit ihm.

Um sie herum hatte sich nichts verändert. Dunker stand immer noch da, den Rücken zu ihr. Nur ihr selbst war heiß und kalt geworden, nur sie war abgetaucht, blind geworden und hatte feuchte Hände.

Sie stellte sich sein Gesicht vor. Es war keine Bewegung darin, außer einem leichten Lächeln, unveränderlich. Glatte, fleischige Haut, die keine Kontur durchließ, von kleinen bläulichen Äderchen durchzogen, wie ein aufgeblasener Fisch. Dazu ein schneidender Blick. Sie hatte sich anfangs gewundert, was das für ein Typ war, mit dem ihr Piet immer rumhing. Er schien träge zu sein, hatte eine dicke Zunge, die sich schwerfällig bewegte. Lange verstand sie nicht, wer er war, warum die Leute ihn kannten. Nur ihr Unbehagen in seiner Gegenwart verriet ihr, daß er besonders war.

Einmal überraschte sie Dunker dabei, wie er weinte. Sein Körper schüttelte sich und krümmte sich zusammen. Dieser Mann, der so hilflos aussah, tat ihr leid. Er stand da, gegen eine Wand gelehnt. Sie näherte sich vorsichtig. Als sie neben ihm war, hob er den Kopf. Seine Gesichtszüge waren verkrampft, aber seine Augen blieben trocken. „Verpiß dich."

Sein Weinen war ihr so fremd wie alles andere an ihm. Schwer zu erklären, was komisch war. Er weinte, er lachte. Trotzdem behielt sie ihn mißtrauisch im Auge wie jemanden, der gefährlich war. Wenn er wollte, konnte er auch anders, seine Stimme konnte scharf und schneidend werden, seine Augen konnten bissig blitzen. Dann wurde er gefährlich. Ganz am Ende hatte er Kracht bei ihr rausgeholt. Hatte Koks dabei gehabt. Er hatte mit Kracht zusammen vor ihren Augen was genommen, nachdem sie mit ihm ein halbes Jahr clean gewesen war. Dafür hätte sie Dunker umbringen können. Er hatte ihr ins Gesicht gelacht. Sie wollte ihn rauswerfen, da hatte er ihr gedroht. Sie hatte sich durchgesetzt, ihn aus ihrem Leben verbannt und darüber auch Kracht verloren. Dunkers Drohung war leer und billig gewesen, er hatte sie nie eingelöst. Rausgeschmissen hatte sie ihn aus ihrer Wohnung, mitten in der Nacht. Was ihr beinahe nicht gelungen wäre, er hatte die Fäuste schon geballt, die Knöchel waren weiß geworden. Doch dann hatte er plötzlich angefangen zu lachen. Nicht echt, sondern schrill und künstlich. Er hatte ihr den Arm um die Schulter gelegt, und sie hatte nicht gewußt, ob er gleich zuschlagen oder was sonst passierten würde. Ihr Blick blieb bei seiner Hand, die vor ihrem Hals hing. Keine geballte Faust mehr, langsam strömte wieder Blut hinein in die geöffneten Finger. „Meine Wildkatze", hatte er mit leiser Stimme gesagt, und ihr war dabei ganz kalt geworden. Und dann hatte er zu Peter Kracht gesagt: „Komm, laß uns wohin gehen, wo man seine Ruhe hat." Der hatte die ganze Zeit auf dem Sofa gesessen und sich rausgehalten. Zu ihr sagte Dunker: „Das wirst du noch bereuen." Wie immer hielt Kracht sich raus, ein Schwächling, was Dunker anging. Er war mitgegangen, hatte sie traurig angesehen und kein Wort gesagt, als er die Wohnung verließ. Sie war fast durchgedreht. Der Streit zwischen ihnen ging an diesem Abend zu Ende. Der endlose Streit über Pierre Dunker und die Sucht, den sie führten, seit sie sich kannten.

Noch ganz in ihre Erinnerung versunken, sah Nicole Bering, wie Dunker sich umwandte, weil er ein Bier bestellen wollte. Ihre Blicke trafen sich. Sie bereute, hergekommen zu sein. Sie hatte ihn prüfen wollen, aber sie war nicht genügend vorbereitet auf diese Begegnung. Zu viel Trauer.

Er kam auf sie zu. Die Umarmung war heftig, unkoordiniert. Wunderte er sich nicht, daß sie hier auftauchte? Er stieß ihr Bier um. „Komm, ich hol uns zwei neue."

Es schien ihn nicht zu kümmern, was bei ihrer letzten Begegnung passiert war, daß sie sich lange nicht gesehen hatten, er ging darüber hinweg. Die Umarmung war ihr zuviel, zu massiv. Die Schulter brannte, meldete Kontakt mit einem Fremdkörper. Dunker war angetrunken. Er kehrte mit zwei Flaschen zurück. Sie konnte nicht einschätzen, wie viel er drin hatte, aber das würde sie schon noch merken. Er setzte sich neben sie und sah ihr in die Augen. Ein trauriger Blick sollte es wohl sein. Er war zu breit, um den hinzubekommen. Seinen Mund umspielte dasselbe gezwungene Lächeln wie immer.

„Auf unseren Freund." Er stieß gegen ihre Flasche und nahm einen tiefen Zug. Sie sah ihn an, ohne etwas zu sagen.

„Er war der beste Freund, den ich hatte. Ich bin total beschissen drauf seitdem, ich kapiers einfach nicht. Er ist tot, hat sich umgebracht, ohne was zu sagen. Ich komm nach Hause, und da ist er schon weg. Die Schweine haben ihn noch aufgeschnitten, und jetzt rauscht bei uns so ein Schnüffler rum. Was weiß ich, was der will. Ich habe keine Nacht geschlafen seitdem. Weißt du, all die Zeit, die Erlebnisse, das macht mich echt fertig."

Er sieht echt beschissen aus, dachte sie. Glasige Augen und aufgedunsene Haut.

„Was machst du eigentlich hier, nach so langer Zeit, bist du wieder drauf?" Jetzt erst war es in sein Bewußtsein vorgedrungen. Er lehnte sich zurück, musterte sie von oben bis unten: „Du siehst gut aus, besser als unsereins. Bei mir ist die Richtung vorbestimmt: immer bergab."

Bis jetzt hatte sie noch kein Wort gesagt. „Ich wollte mit dir reden, jemanden sehen, der die letzte Zeit Kontakt zu Piet hatte, damit ich es mal begreifen kann. Du warst doch sein bester Kumpel, ich dachte, du weißt vielleicht was."

„Die ganze Scheiße kotzt mich so an, manchmal denke ich, ich sollte auch Schluß machen, jetzt, wo er weg ist. Ich hatte nur ihn."

Er machte ein Pause, als ob er um Fassung rang. Sie musterte ihn kalt.

„Das muß echt ne totale Kurzschlußreaktion gewesen sein. Der ist nicht so dumm und läßt sich von jemanden einen Druck setzen, dem er nicht hundertprozentig vertrauen kann, so ein Scheiß macht Piet doch nicht. Dieses ganze Gelaber von Mord oder Unfall glaub ich nicht. Der hat sich entschieden zu gehen, und das ist alles.“ Er nahm einen Zug von dem Bier, wischte sich mit der Hand über den Mund, senkte die Stimme und flüsterte fast: „Nur, warum hat er mir nichts hinterlassen, keinen Brief und nichts? Du hast auch nichts bekommen?“

Es versetzte ihr einen Stich, wie er dasaß, mit hängendem Kopf. Auch wenn sie ihn nicht leiden konnte, ihn abstoßend fand, so hatte sie doch die Intensität der Freundschaft bestaunt, die die beiden verbunden hatte. Sie würden nie wieder zusammen herumziehen wie damals. Ihre Kehle schnürte sich zu. Wieder spürte sie den Druck, sich betäuben zu wollen. Sie schüttelte sich: „Es sei denn, es war jemand, von dem er glaubte, er könne ihm vertrauen.“

„Kann ich mir nicht vorstellen“, entgegnete Dunker, „es gab nur drei Leute, die er an seinen Hals rangelassen hat, dich, mich und Pillen-Paule. Du bist raus, Paul sitzt in Frankfurt, und ich war nicht da. Jemand anders kommt nicht in Frage.“

Nicole Bering blickte kurz aus dem Fenster, dann griff sie zu ihrem Tabak. „Was hattet ihr eigentlich für n Streß, du und Piet?“

„Ach, das übliche. Du weißt doch, immer wilder, immer einen Schritt weiter.“

„Hatte das was mit den Sachen zu tun, die ihr für Schaumann gemacht habt?“

Er setzte sich auf: „Was geht denn jetzt ab, ist das hier ein Verhör oder was? Was interessiert dich das?“

„Piet hat mir nur erzählt, daß ihr Streß hattet, ich hab mich gefragt, ob ihr das noch klären konntet, oder ob es dich noch belastet.“ Sie drehte weiter an ihrer Zigarette, sah kurz zu ihm auf. Ihre Hände wurden zittrig.

„Ach, das konnten wir klären.“ Er tat beiläufig. „Sag, warum bist du hier? Du tauchst doch sonst nie mehr hier auf? Wegen mir kann es ja wohl nicht sein.“

„Bei mir ist so ein Bulle aufgetaucht, der denkt, Piet ist umgebracht worden. Und ich hab keinen Brief von ihm und nichts. Ich dachte, du weißt was.“ Sie erinnerte sich an ihre letzte Begegnung mit Piet, aber die würde sie nicht erwähnen, noch nicht.

„Hab ich dir doch gerade gesagt, ich weiß auch nichts.“ Sie sahen sich an. Dunkers Stimme hatte einen aggressiven Unterton bekommen.

Was solls, dachte sie, der wird sowieso nicht sagen, was er denkt. „Piet war bei mir, zwei Tage bevor er starb. Er hat mich gefragt, ob ich ihn nach dem nächsten ersten zu Synanon fahre, er wollte clean werden.“

„Ha! Daß ich nicht lache, da will der doch schon seit Jahren hin, jedesmal, wenn es eng wird.“

„War es denn eng?“

Er knibbelte mit den Fingernägeln an dem Etikett der Bierflasche herum. „Erzähl mir keinen Scheiß, Nicole, er kommt einmal bei dir vorbei und heult dir was vor, und du denkst gleich, alles wird gut, dein Süßer wird clean, und endlich kriegst du auch nen dicken Bauch. Ich glaub nicht, daß der hier weg wollte.“

Haß stieg in ihr auf, er war so ein Schwein. Sie war kurz davor, ihn anzuschreien. Sie beherrschte sich mit Mühe. Trotzdem: Er hatte recht. Natürlich war in ihr die Hoffnung aufgestiegen, alles könnte noch mal gut werden. Piet war nicht nur einmal da gewesen, sondern immer öfter in der letzten Zeit. Sie hatte ihm geglaubt. Hatte er Dunker nichts von seinen Absichten erzählt? Was war gewesen in den letzten Tagen? Hatte er wirklich Selbstmord begangen? Wer könnte ihn umgebracht haben? Dunker mußte etwas darüber wissen.

„Was grübelst du, weißt selber nicht, was du hier willst, wa?“

„Doch, ich will wissen, was du über Piets Tod weißt, Pierre. In was für ne Scheiße du ihn schon wieder reingezogen hast. Was habt ihr gemacht, die letzten Tage, hat das was mit seinem Tod zu tun?“

Sie hatte einen wunden Punkt getroffen. „Meinst du, ich bin es gewesen oder was? Das hätte ich mir denken können. Du Schlampe. Daß du nicht kommst, um dich zu versöhnen, oder weil du Interesse an mir hast. Du kommst, um mich zu beschuldigen. Weil du mich immer als den Bösen gesehen hast, der deinen kleinen Piet verführt, der ihn an die Drogen bringt und sonst woran. Fick dich! Ich weiß, du konntest mich noch nie leiden, aber daß du mir unterstellst, meinen einzigen Freund wegzumachen, Nicole, du bist echt ne dreckige Schlange.“

„Was unterstell ich dir denn, Mann? Bleib mal auf dem Teppich. Ich frag nur, was zwischen euch war die letzten Tage, und du gehst gleich ab. Was ist los mit dir?“

„Ich bin total fertig. Was willst du hier, du weißt doch nicht mehr, wo es langgeht. Halt du deinen Arsch mal schön weiter für Spießer hin. Das macht dich noch lange nicht besser. Du wirst immer ne dreckige Hure bleiben. So wie ich ein Drogenfreak. Aber nur, weil du auf Piet geschissen hast, hab ich ihn noch lange nicht verraten. Du kennst die Gesetze hier, Piet konnte mir vertrauen.“

Nicole Bering stand auf und wandte sich zum Gehen, ohne ein weiteres Wort zu sagen. Er packte sie am Arm, da stieß sie ihn zurück: „Laß mich los.“ Sie verließ die Schänke und rannte davon.

***

Sigrid Kretschmer lag auf ihrem Bett und hielt ihre Nase unter die Achsel. Der säuerliche Geruch ihres eigenen Schweißes stieg mit dem Atem brennend ihre Nase hinauf. Ätzte alle anderen Gerüche weg. Füllte herb die Atemwege. War vertraut, schuf einen Innenraum, ein Geruch, der ihr eigen war, den niemand sonst sich nehmen konnte. Weiter so liegenbleiben, nicht bewegen. Klein zusammenrollen, klein, kleiner in dem eigenen Geruch, der Höhle ihrer Achsel untergehen. Nichts da, außer ihr selbst.

Sie hatte diese Haltung schon ihr Leben lang geliebt, weil sie so nur sich selbst roch und sah.

Sich selbst Geborgenheit geben.

Sobald sie diesen heilen Punkt, diese Kuhle in ihrem Bett, die Nase ihre Achselhöhle verließ, zerschlug die Außenwelt ihr ganzes Ich in Einzelteile, die voneinander wegtrieben und sich nicht mehr treffen wollten. Ihre Umwelt überforderte ihre Sinne. Besonders Gerüche. An die war Schmerz gebunden. Mit der Zeit waren die Gerüche dazu übergegangen, sich zu verselbständigen, zu kommen und zu gehen, wann sie wollten, ob es eine Quelle gab oder nicht. Sie entstanden direkt vor ihrer Nase. Manchmal dachte sie, die Gerüche entstanden in ihr.

Am liebsten die Nase mit der Wurzelbürste auswaschen. Oder mit Koks die Schleimhaut versengen, die Tentakel wegbrennen, nie wieder riechen. Warum war es schon wieder dunkel draußen? Egal, der Tag war sowieso hin.

Sie hatte noch genug Gift und Pillen, um bis morgen hinzukommen. Der Schmerz in den Beinen meldete sich wieder. Sie trennte sich ungern von dem Duft ihrer Achsel. Wußte, was dann kommen würde. Mühsam richtete sie sich auf und versuchte, im Dunkeln ein Feuerzeug zu finden. Durch den Mund atmen, bloß nicht diesen Geruch reinlassen, der sie in ihr ausweglos Leben katapultieren würde. Bei ihrem Schweiß bleiben, der war zeitlos, wie früher. Es mußte irgendwo noch eine Kerze geben. Sie kochte sich den ganzen Rest auf, wollte noch einmal abtauchen, für die Nacht, morgen mußte sie es schaffen, ohne Druck was zu besorgen, vielleicht konnte sie hier im Haus was schnorren. Jetzt nicht mehr denken, nur diesen Geruch loswerden, der die Erinnerungen in ihren Körper pustete, der ihn über sie kommen ließ, mit seiner dreckigen Visage. Sie pulverte etwas Ascorbinsäure auf den Löffel und kochte die Flüssigkeit auf. Fluchte innerlich. Scheiß Silberfischgedanken, kommt gerade jetzt raus, Nachtschattengedanken, geschlängelter Drecksfisch.

Schneidet sich brennend durch den Kopf, Silberstraße trennt mich in Stücke, Fischbahnen im Kopf. Sie sah ihn von hinten kommen und sah sich, wie sie auf den Fußboden kotzte. Schnell schoß sie sich die Ladung Gift in die Vene und tauchte ab.

***

Mit dem Rücken an die Wand gelehnt, blickte Klinner aus dem Fenster im dritten Stock des Kripo-Gebäudes. Er rührte in seinem Automaten-Cappuccino, bis der Schaum sich aufgelöst hatte. Es war der siebte an diesem Tag, er hatte die Becher im Papierkorb gezählt. Er sah die Äste vor dem Fenster, wie sie vom Wind gepeitscht wurden. Sie wischten wild gestikulierend durch die Luft, wechselten abrupt ihre Richtung.

Er führte den Becher an den Mund und nahm einen Schluck, heiß, süß und wäßrig. Eine Krähe schoß aus dem Himmel herab und landete gekonnt auf einem der Äste, klappte ihre Flügel zusammen und zog den Kopf ein, so daß er fast zwischen den angelegten Flügeln verschwand. Sie krallte sich an dem Ast fest und wurde von den Böen geschaukelt.

Er hörte nichts, es war still auf dem Gang. Klinner öffnete das Fenster, um den Wind zu spüren. Kalte Luft und sprühender Nieselregen schlugen ihm entgegen. Er atmete tief durch. Die rauschenden Bäume und der pfeifende Wind waren laut und frisch. Eine Wohltat nach diesen ewigen Gesprächen in trockener Büroluft. Im Hintergrund knallte eine Tür. Klinner trank seinen Cappuccino aus und rauchte eine Zigarette. Sah zu, wie die Asche vom Wind erfaßt wurde und zerbröselte.

Kracht und Dunker hatten zusammen eine Vergewaltigung begangen. Gemeinsam hatten sie Sigrid Kretschmer, vielleicht auch Manuela Lassen vergewaltigt. Erstere hatte gewimmert und geschrien, Manuela Lassen nicht.

Harald Lätsch aus Paderborn war ein glaubwürdiger Zeuge. Was sollte er mit dessen Aussagen anfangen? Sigrid Kretschmer konnte er nicht fragen, die ließ ihn schon stehen, wenn er sich von ihrer Mutter eine Aussage bestätigen lassen wollte. Sie war angespannt und auf der Hut wie ein gejagtes Tier, verpackt in fünf Lagen Kleidung. Wie sollte er es auch anfangen? Entschuldigen Sie, geht es Ihnen vielleicht deshalb so schlecht, weil Sie Opfer einer Vergewaltigung geworden sind? Ist das öfter geschehen? Kann ich Ihnen die Adresse einer Beratungsstelle geben? Da war nichts zu machen.

Manuela Lassen hatte, zu der Aussage von Harald Lätsch befragt, ganz verwundert getan: Was denn für Vorfälle? Bei denen ihr etwas angetan worden sei? Von Kracht? Wo er das denn gehört habe? Nein, nein, so etwas habe sie noch nie erlebt. Dann schwafelte sie herum, wie toll die beiden waren, und was es für ein Verlust für die Welt war, daß Piet gestorben sei.

Klinner hatte nichts außer den Aussagen von Harald Lätsch in der Hand. Vermutungen eines einfältigen Mannes. Er ließ das Band noch einmal ablaufen: „Die waren zu viert bei Pierre im Zimmer, ist ja direkt neben meinem. Die Wände sind wie Gips. Da hört man alles. Die waren also zu viert im Raum, Pierre und Piet, also, der jetzt tot ist, und dann noch zwei Frauen. Diese Manu war das, hab ich auf jeden Fall erkannt. Dann war da noch so ne andere, ich glaub, das war die aus Nummer einundzwanzig, die fast mit niemandem redet."

„Sie meinen Sigrid Kretschmer?"

„Ja, genau. Ich kenn die Stimme. Die redet mit sich selbst."

„Was hat sich da denn abgespielt in dem Zimmer?"

„Na ja, genau kann ich es Ihnen auch nicht sagen, ich war ja nicht dabei, aber das war schon nicht so ganz ohne. Die haben auf jeden Fall viel getrunken und auch andere Sachen genommen, und dann haben die so was, ich meine, haben die Gruppensex oder so was gemacht. Das war aber, äh, ich glaube, das war nicht so richtig freiwillig, zumindest die, also die Kleine, die hat rumgeschrien nachher. So Sachen: ‚Auf so was hab ich keinen Bock, ich will hier raus!' Ich glaub, die haben die Frauen dann auch verprügelt, und nachher hat sie nur noch gewimmert und so."

Klinner stoppte das Gerät. Lätsch war wegen eines Montage-Jobs nach Bremen gekommen. Den hatte er inzwischen verloren. Jetzt hauste er mutterseelenallein in der Pension und kam, nach eigener Aussage, irgendwie nicht mehr weg aus Bremen. Er war ein glaubwürdiger Zeuge. Einer, der es nicht nötig hatte zu lügen. Klinner hatte die Stelle schon mehrmals angehört. Die Verbindung zwischen Dunker und Kracht wurde immer undurchsichtiger. Leider war Pierre Dunker trotz Vorladung nicht zur Vernehmung erschienen.

Die Ergebnisse der übrigen Befragungen waren eher dürftig. Es gab Bestätigungen dessen, was er schon wußte, aber kaum neue Indizien, außer der Aussage von Lätsch.

Die beiden Männer aus dem dritten Stock, die Sigrid Kretschmer am Abend der Tatnacht gesehen haben wollte, hatten bestätigt, das Haus um elf Uhr in Eile verlassen zu haben. Sie hatten vorher in ihrem Zimmer Skat gespielt und waren den Abend über aus den angrenzenden Zimmern gehört worden. Einer von ihnen könnte es getan haben. Es gab aber keine Verbindung zwischen ihm und Kracht, kein Motiv. Kolzyk wußte nichts, hatte ihn nur mit seinen vorsintflutlichen Ansichten über die Droge aufgehalten.

Es war 18.30 Uhr, und eigentlich reichte es ihm. Trotzdem wählte er Nicoles Berings Nummer.

„Ja?"

„Ja, hier Klinner, erinnern Sie sich an mich?"

„Natürlich, was wollen Sie?" Sie hatte eine schöne Stimme, dachte er. Tief, mit einer kaum hörbaren Vibration. „Hallo? Was wollen Sie denn?"

Er hatte zu lang geschwiegen. „Ich hätte noch eine Frage."

„Und zwar?"

„Wo ist Pierre Dunker gewöhnlich um diese Zeit anzutreffen?"
„Sie können es am Ziegenmarkt versuchen. Oder in der Steintorschänke. Sonst weiß ich auch nicht."
„Ach so. Ja, dann – vielen Dank." Klinner wollte noch nicht auflegen, wußte aber nicht, was er sagen sollte.
„Wollten Sie noch was?"
„Nein, eigentlich nicht, jedenfalls im Moment nicht."
„Ja, dann."
„Auf Wiedersehen." Verstört griff Klinner nach seinen Zigaretten.

***

Kriminalkommissar Tilman Klinner stand auf dem Ziegenmarkt und verglich Gesichter. In der Hand hielt er ein Photo von Pierre Dunker, das er aus Krachts Zimmer mitgenommen hatte. Ein paar versprengte Gestalten standen in der Nähe des Supermarktes herum. Gedankenverloren betrachtete er die vorbeifahrenden Autos. Nicole Berings Stimme klang noch in seinem Kopf nach. Diese ölige, tiefe Stimme. Eine wärmende Flamme, die er jetzt gebrauchen könnte, etwas Weiches, ein Klang, der ein brummendes Vibrieren enthielt, das in seinem Bauch Resonanzen auslöste.

Neuerdings befiel ihn eine träge Müdigkeit, wenn er von Gewalttaten hörte, wenn er den Beschreibungen von Zeugen zuhören mußte, die erlebte Gewalt schilderten. Er besaß nicht mehr die Kraft der Empörung, die ihn als jungen Mann vorwärtsgetrieben hatte. Als wollte er sich persönlich an den Tätern rächen, so hatte er sich früher gefühlt. Die Empörung und eine ungetrübte Entschiedenheit im Urteil waren seine Energiequellen gewesen. Das sei eine zuverlässige Handlungsgrundlage, hatte er damals gedacht. Sie hatte sich als unzuverlässig erwiesen. Immer häufiger befiel ihn diese Müdigkeit, es strengte ihn an, die Aufmerksamkeit aufzubringen, die Verhöre erforderten. Die Differenziertheit der Verhältnisse, die ihm begegneten, ließen seine Urteilskraft immer verschwommener werden. Einerseits, andererseits. Die Beurteilung von Gewalt muß die Intention, wegen der sie eingesetzt wurde, berücksichtigen. Nicht meine Aufgabe, dachte er.

Er dachte an die Aussage von Lätsch. War das, was in Dunkers Zimmer geschehen war, sadomasochistischer Gruppensex, eine gemeinsam begangene Vergewaltigung, oder war es Alltag? Es waren – vorurteilsfrei betrachtet – zwei Typen, die zwei Frauen nach erbrachter Dienstleistung auf einen Drink einladen. Und alle waren sich einig, wo es doch zu den Spielregeln gehörte, sich zu wehren. Was hatte er zu schaffen mit einer nicht angezeigten Vergewaltigung? Begangen vom Mordopfer, einige Tage vor dem eigenen Tod? Er würde nicht umhin kommen, Sigrid Kretschmer noch einmal zu befragen.

Klinner blickte auf das Photo. Neben Krachts Gesicht, das ihm mittlerweile vertraut war, war Dunkers Kopf abgebildet. Volles schwarzes Haar fiel ihm bis auf die Schultern. Sein Gesicht war etwas verfettet, aufgeschwemmt. Die Augenbrauen buschig, sie wuchsen in der Mitte fast zusammen. Eine knorrige Nase beherrschte das Gesicht. Das Photo war schon ein paar Jahre alt, Kracht sah noch jugendlich aus. Auf dem Bild waren nur ihre Köpfe zu sehen. Der Ziegenmarkt war fast leer, niemand, der mit der Photographie Ähnlichkeit hatte, hielt sich dort auf. Also würde er sich in die Steintorschänke begeben müssen. Noch nie hatte er diese Kneipe betreten, kannte sie nur vom Hörensagen und Vorbeigehen. Bei der Kripo war sie verrufen. Eine der wenigen Kneipen im Steintorviertel, die kein generelles Hausverbot für Junkies erlassen hatte. Sein Kollege vom Drogendezernat hatte ihm erzählt, über der Theke würde ein Schild mit der Aufschrift hängen: Hier wird jeder bedient!

Mal sehen, ob es stimmt, dachte er sich, als er die Tür öffnete. Neugierige Blicke erwartend, betrat er das Lokal. Seine Kleidung erschien ihm wieder einmal zu gediegen. Er ging zielstrebig zur Theke, bemerkte dabei, wie ihm die Blicke von einigen anderen Besuchern folgten. Die Bedienung, eine etwa dreißigjährige, kräftige, schwarzhaarige Frau, fragte ihn freundlich: „Was willste trinken?“

„Einen Kaffee, vielen Dank.“

„Das dauert. Muß ich erst kochen.“ Damit wandte sie sich ab und ging zum anderen Ende der Theke. Er setzte sich auf einen Barhocker und ließ den Blick durch den Raum schweifen. Seine Augen brauchten Zeit, sich an die Dunkelheit zu gewöhnen. Aus den Boxen tönte eine Musik, die sich irgendwo zwischen Punk und Heavy Metal bewegte. Die Lautstärke verlieh den Gesprächen Vertraulichkeit, alle Geräusche gingen in einem Brei verzerrter Gitarrenklänge unter. Er ließ sich Zeit, die Gesichter der Gäste eingehend zu betrachten. Nach einer Weile entdeckte er Pierre Dunker im hinteren Teil der Kneipe, wo er, an die Wand gelehnt, einem anderen Mann beim Flippern zusah. Er war größer, als Klinner vermutet hatte. Eine Zigarette rauchend, betrachtete er den Mann, von dem er schon einiges gehört hatte.

Klinner bekam den Kaffee serviert und bezahlte gleich. Er trank zu hastig, verbrannte sich die Zunge. Danach erhob er sich und ging hinüber zum Flipper. Dunker bemerkte ihn erst, als sie sich gegenüberstanden. Gut so, dachte Klinner, dieses Gespräch werde ich mir nicht aus der Hand nehmen lassen. Dunker warf ihm einen warnenden Blick zu. Klinner war ihm nähergekommen, als es üblich war, und er spürte, wie sein Gegenüber sich innerlich straffte. „Ich bin Tilman Klinner vom Morddezernat. Ich habe Ihnen einige Fragen zum Tod von Peter Kracht zu stellen. Ich möchte, daß Sie mich aufs Revier begleiten." Er hatte die Worte scharf und bestimmt ausgesprochen.

„Wie, jetzt sofort?"

„Ich kann Ihnen auch eine Vorladung für morgen früh acht Uhr geben, wenn Ihnen das lieber ist, Herr Dunker."

„Sieh an, der Bulle weiß sogar, mit wem er es zu tun hat." Pierre Dunker grinste den beiden Männern zu, die offensichtlich Bekannte von ihm waren.

Derjenige, der flipperte, sagte, während seine Kugel zwischen den Federn hin und her geschleudert wurde und klingelnd Punkte brachte: „Der Typ ist hier falsch. Das ist nicht sein Revier. Kommt hier einfach rein und markiert den Chef." Er hatte nicht zu Klinner gesprochen, sondern zu dem Dritten, der belustigt grinste: „Laß dir nichts gefallen, Pierre. Haste überhaupt ne Hundemarke, Bulle?"

„Wüßte nicht, was Sie das angeht", sagte Klinner und wandte sich Dunker zu. „Können wir jetzt gehen, Herr Dunker?"

„Immer mit der Ruhe, ich hab mein Bier noch nicht ausgetrunken."

„Das lassen Sie besser stehen, und wir gehen jetzt sofort."

Dunker drehte sich zur Theke hin und rief: „Eh, wo bleibt mein Bier?"

Die Bedienung kam und brachte es. „Hier, Pierre, mach mal nicht so einen Aufstand."

Er nahm das Bier von der Theke, sah Klinner kurz in die Augen und sagte: „Ich hab hier ne ungeduldige Verabredung, die läßt mir keine

Ruhe.“ Damit hob er die Flasche an den Mund und leerte sie. Beim Absetzen sah er Klinner an, grinste und rülpste lautstark.

Zu seinen Kumpels gewandt, sagte er: „Wir checken das später weiter aus. Ich geh jetzt erst mal zu meinem Rendezvous mit der Kripo, kann es kaum erwarten.“ Ohne den Kommissar eines Blickes zu würdigen, fügte er hinzu: „Vorher geh ich pissen.“ Kurze Zeit später folgte ihm einer der beiden anderen Männer. Klinner vermutete, daß er sich seiner Drogenvorräte und möglicherweise einer unangemeldeten Waffe entledigte. Sollte er ruhig tun, Klinner wollte ihn nicht wegen unerlaubten Drogenbesitzes drankriegen.

Als Klinner ihm draußen erklärte, sie müßten mit der Bahn bis zum Präsidium fahren, blieb Dunker stehen und sagte: „Das ist nicht dein Ernst. Haben sie dir den Lappen abgenommen, oder was?“

„Ich besitze kein Auto, und in der Stadt kann man sich genauso gut zu Fuß und mit der Bahn bewegen. Ich wäre Ihnen übrigens dankbar, wenn Sie mich siezen würden.“

Während der Fahrt schenkte Dunker Klinner keinerlei Beachtung und unterhielt sich mit einem Bekannten, den er in der Bahn getroffen hatte.

Den muß ich richtig abführen lassen, dachte Klinner, wenn ich ihn beeindrucken will. Und selbst das läßt ihn vermutlich kalt.

Es war ihm zu albern, Dunker das Gespräch zu untersagen, dennoch ärgerte es ihn, daß der andere sich verhielt, als könne er machen, was er wollte.

Im Präsidium angekommen, ging Klinner mit Dunker in den Raum, der für Verhöre hergerichtet war. Ohne Fenster, nur mit zwei Stühlen und einem Tisch möbliert, lieferte er die richtige Atmosphäre für eine Vernehmung mit klaren Verhältnissen. Er schaltete das Aufnahmegerät ein.

Pierre Dunker ließ sich breitbeinig auf dem angebotenen Stuhl nieder und drehte sich eine Zigarette. Zwischendurch sah er mit schiefgelegtem Kopf hoch: „Was wollen Sie von mir wissen, Herr Kommissar?“ Ein leichtes Grinsen umspielte seinen Mund.

Tilman Klinner spürte Wut in sich aufsteigen. Dieser Typ sollte Respekt zeigen, sich unterwerfen. Er ließ sich Namen, Adresse und Geburtsdatum von ihm geben, dann fragte er unvermittelt: „In welchem Verhältnis standen Sie zu dem ermordeten Peter Kracht?“

„Wie, Piet ist ermordet worden?“ Pierre Dunker kam aus seiner zurückgelehnten Sitzhaltung nach vorn und blickte Klinner an. Seine Stimme klang bestürzt. Er ließ seinen Blick sinken. Das Grinsen war immer noch da, obwohl seine Augen und seine Haltung ernsthaftes Interesse signalisierten. Es sah eher aus wie eine Muskelstarre um den Mund. Klinner ließ einige Sekunden verstreichen und betrachtete das Gesicht seines Gegenübers. „Um das zu klären, befasse ich mich mit der Sache. Bitte beantworten Sie meine Frage jetzt.“

„Er war ein Freund von mir.“

„Das halte ich für untertrieben. Sie kannten sich mehr als die Hälfte Ihres Lebens, und es scheint so, als ob Ihre Freundschaft für Sie beide etwas Besonderes war. Jeder, den ich befrage, schildert Ihre Beziehung zueinander als sehr eng und geradezu mysteriös. Warum diese Untertreibung?“

Er schien wieder die Rolle des gelangweilten Junkies einzunehmen, der zum hundertsten Mal von der Polizei verhört wird. „Er war der beste Freund, den ich je hatte. In letzter Zeit haben wir uns allerdings nicht mehr so häufig gesehen.“ Die letzten Worte hatte er etwas gedehnt ausgesprochen, so, daß sie zum Nachfragen anregten. Nicht jetzt, dachte Klinner, als er die nächste Frage aussprach. „Das hat Sie nicht daran gehindert, gemeinsam Aufträge zu erledigen, stimmts?“

„An was für Aufträge denken Sie denn da, Herr Kriminalkommissar?“ Er spielte mit der Zigarettenasche, wirkte völlig nüchtern. Von Angst war nichts zu spüren.

„Wie nah standen Sie sich in den letzten Monaten?“

„Wir haben uns nicht so oft gesehen, aber er war mein bester Kumpel.“

„Ich habe gehört, Sie hätten sich auseinandergelebt?“

„Wüßte nicht, was Sie unsere Freundschaft angeht.“

„Eine ganze Menge. Peter Kracht ist ermordet worden. Da ist es meine Aufgabe, möglichst genau über sein Leben und seine Kontakte zu anderen Menschen Bescheid zu wissen. Also?“

„Phh. Wir haben uns nicht mehr ganz so häufig gesehen, aber das gab es öfter. Piet war mein Macker, der beste Freund, den ich hatte, den verliert man nicht aus den Augen, auch wenn man sich mal nicht so oft sieht.“

„Wann war das ungefähr?“

„Vielleicht vor einem Jahr."

„Lag dem ein bestimmter Vorfall zugrunde?"

„Nicht, daß ich wüßte."

„Vielleicht teilte Peter Kracht einige Ihrer Vorlieben nicht?"

„Was denn für Vorlieben?"

„Vielleicht haben Sie etwas getan, was ihm nicht gefiel?"

„Worauf spielen Sie da an, verdammte Scheiße, hä? Reden Sie mal Klartext, Mann."

„Hatten Sie einen schwerwiegenden Konflikt in der letzten Zeit?"

„Nicht, daß ich wüßte. Wir haben uns gut verstanden."

„Sie haben ihn also nicht unter Druck gesetzt, ihn gezwungen, etwas zu tun, was er nicht wollte."

„Werden Sie mal konkret, Mann. Was sind das hier für Unterstellungen? Wenn das so weitergeht, sag ich nichts mehr ohne Anwalt."

Beide hatten sehr schnell gesprochen, auf eine Äußerung war unmittelbar die Erwiderung erfolgt. Jetzt endlich schien Dunker aufmerksam zu sein, er war erregt, wurde wütend. Das war gut. Klinner steckte sich eine Zigarette an, er hielt Dunker die Schachtel hin. Als der zugriff, fragte er beiläufig: „Wie war das eigentlich damals mit der Vergewaltigung im Heim, hat Piet Sie da gedeckt?"

Pierre Dunker erstarrte kurz, dann nahm er wieder seine lässige Haltung ein. „Na, da haben Sie aber was ausgegraben. Ich bin ganz erschrocken. Jetzt krieg ich echt Schiß. Erst sind Sie so nett zu mir und geben mir sogar eine Ihrer Zigaretten, und jetzt stellen Sie so eine gemeine Frage." Er hatte seine Stimme zittrig klingen lassen. Jetzt sprach er normal weiter: „Lassen Sie doch den Quatsch, Mann." Er zückte sein Zippo-Feuerzeug und zündete sich die Zigarette an. Blies den Rauch in Klinners Richtung.

„Wir sind hier nicht in der Camel-Werbung. Beantworten Sie meine Frage!"

„Da gab es überhaupt keine Vergewaltigung. Das hat sich der Typ alles ausgedacht. Lesen Sie sich das Scheißprotokoll durch, dann wissen Sie, was Sache ist. Mehr sag ich dazu nicht."

„Ich habe die Gerichtsakte gelesen, deshalb frage ich Sie ja. Haben Sie danach noch öfter solche Sachen gemacht?"

„Hören Sie, ich weiß nicht, was Sie von mir wollen. Worauf ich im Bett steh, ist ja wohl nicht Ihr Bier, oder was?“ Dunker wirkte jetzt sehr aufgebracht.

„Hat Kracht Sie bei solchen sexuellen Entgleisungen öfter gedeckt, haben Sie darüber Streit bekommen? Oder hat er dabei mitgemacht, hat ihm das auch gefallen?“

Dunker stand auf und rief in den Raum: „Hallo, Beschwerde! Hier werden unzulässige Fragen gestellt. Mir werden Dinge unterstellt, die niemals geschehen sind. Ich will einen Anwalt. Wenn ich beschuldigt werde, will ich wissen, wofür.“

Klinner entschied sich, nicht weiterzubohren. „Wir werden zu gegebener Zeit über diese Vorfälle sprechen, Herr Dunker. Wo waren Sie in der Mordnacht zwischen einundzwanzig und vierundzwanzig Uhr?“

Dunker kehrte langsam zu seinem Stuhl zurück. „Erst war ich im Aladin auf einem Konzert, und dann war ich noch was trinken im Steintor. Bin so gegen drei oder was zu Hause gewesen.“

Gutes Alibi, dachte Klinner. Jeder würde bestätigen, ihn den ganzen Abend auf dem Konzert gesehen zu haben. Wenn er zwischendurch weggegangen wäre, hätte es niemand bemerkt. „Ich weiß, daß Sie Aufträge für bestimmte Leute erledigt haben. Ist es nicht möglich, daß Sie sich dadurch gemeinsam in Gefahr gebracht haben, daß Sie jemanden gegen sich aufgebracht haben, der ein Interesse daran haben könnte, Sie aus dem Weg zu räumen? Haben Sie darüber nie nachgedacht?“

„Hören Sie schlecht? Bis gerade eben dachte ich noch, Piet hat sich selbst den Rest gegeben, wie soll ich da Angst haben, daß mich einer umbringen könnte?“

„Nun wissen Sie es, was sagen Sie jetzt dazu? Sind Sie in Gefahr, brauchen Sie polizeilichen Schutz?“

„Machen Sie sich nicht lächerlich, Mann. Ich will keinen, und ich würde auch keinen kriegen. Außerdem, was soll ich denn so Tolles ausgefressen haben, daß die mich umbringen wollen. Was für krumme Touren haben Piet und ich denn gemacht?“

„Es wäre schon mal ein Anfang, wenn Sie mir sagen würden, wer ‚die‘ sind. Dann könnten wir uns gemeinsam darüber Gedanken machen, ob Sie in Gefahr sind. Ein Blick in Ihre Polizeiakte reicht, um zu wissen, daß Sie ein Krimineller sind. Außerdem liegen uns Erkenntnisse vor, denen zufolge die Aufträge, die Sie in letzter Zeit erledigt haben, ein höheres Maß an krimineller Energie erforderten als bisherige Aktionen."

„Na, da werden Sie mal konkret, Mann."

„Peter Kracht hat sich da nicht reinziehen lassen wollen, stimmts?"

Im Grunde hatte Klinner nur die Aussage von Sigrid Kretschmer, daß die beiden für Bernd Schaumann Leute erpreßt hatten. Er war aufgestanden und ging im Raum umher. Mittlerweile war die Luft sehr verraucht. Als sich Klinner hinter Dunkers Rücken befand, fragte er: „Haben Sie in letzter Zeit mal Heroin mit einem sehr hohen Reinheitsgehalt angeboten bekommen?"

„Was für Heroin?"

„Heroin mit einem Reinheitsgehalt von mindestens siebzig Prozent."

„Was glauben Sie eigentlich, wen Sie vor sich haben? Bin ich Iggy Pop oder was? So was hab ich überhaupt noch nie in der Hand gehabt. Das gibts in ganz Deutschland nicht, schätze ich, das wird doch schon in Übersee oder spätestens in Amsterdam gestreckt. Ist Piet an so ner Dröhnung gestorben? Mann, der hat sich ja ein Fest gemacht aus seinem Abgang, schade, daß er mich nicht eingeladen hat." Dunker schwieg für kurze Zeit. „Ist der wirklich an so ner Dröhnung gestorben? Das ist ein Hammer. Und jetzt überlegen Sie, wo er die goldene Shore her hatte, das Supergift. Mann, wenn ich die hätte, würde ich dann in der Schänke rumhängen und Bier saufen oder was? Dann würde ich auf nem weißen Ledersofa sitzen und mir mit nem silbernen Spritzbesteck einen Hit nach dem anderen machen. Was glauben Sie denn, wer ich bin? Ich bin ein elender Kleinkrimineller, ein Junkie, der sich Metha reintut. Ich watschel jeden Morgen brav zum Doc und kriech der Sprechstundenhilfe in den Arsch, wenn ich wieder zu spät komme, damit sie mein Metha raustut. Dann nehm ich den Schluck, weil der mich so schön ruhig stellt. Den Rest des Tages langweil ich mich zu Tode, und ab abends warte ich sehnsüchtig, das ich wieder mein Schlückchen Sirup nehmen darf. Alle zehn Tage leiste ich mir mal nen Extra-Schuß, mit nem Stoff, den ich vor zehn Jahren nicht mal genommen hätte, um mir den Kaffee zu süßen. So siehts aus, Alter, ich weiß nicht, was Sie von mir wollen."

„Das muß ja ein ziemlicher Frust sein, früher waren Sie körperlich auf der Höhe, der Stoff war besser, und jetzt ist alles nur noch ein mieser Abklatsch."

„Sie sagen es. Ich war mal richtig cool. But Punk is dead, Mann. Heute latschen wir alle wie die Schäfchen zum Metha-Arzt."

„Herr Dunker, ich weiß nicht, wer Peter Kracht das Heroin gespritzt hat. Aber er hat es nicht selbst getan, soviel ist sicher. Und da es keine Spuren eines Kampfes gibt, kommen nur seine Freunde in Frage. Und da fällt der Verdacht zuerst leider auf Sie. Aber Sie haben ja ein Alibi. Sie waren auf einem Konzert."

„Sie spinnen ja wohl! Mir zu unterstellen, ich hätte meinen besten Freund umgebracht. Sie wissen doch überhaupt nichts, Sie mieser Schnüffler. Ich weiß nicht, wie oft ich Piet von ner Überdosis wieder runtergeholt hab. Wir haben uns so oft gegenseitig das Leben gerettet, soweit können Sie überhaupt nicht zählen, Bürgersöhnchen. Das ist echt ne Nummer. Sie sind für mich gestorben, Mann. Wenn ich eben noch darüber nachgedacht habe, mit Ihnen zusammenzuarbeiten, jetzt können Sie es vergessen. Sie haben ja die einfachste Lektion noch nicht verstanden. Ich will jetzt gehen, machen Sie die beschissene Tür auf."

Dunker war aufgestanden und lief im Raum umher. Sein Blick hatte sich verändert, war unruhiger geworden. Flößte einem Respekt ein. Das Lächeln in seinem Gesicht war verkrampft, eingefroren. Trotzdem war sich Klinner nicht sicher, ob diese Wut vielleicht nur gespielt, kalkuliert eingesetzt war. „Die Tatsache, daß Sie der beste Freund von Peter Kracht waren, spricht Sie leider nicht von dem Verdacht frei, sein Mörder zu sein, Herr Dunker. Oft sind es die nächsten Angehörigen, die einander umbringen. Große Abhängigkeiten erzeugen starke Aggressionen. Und die Freundschaft, die Sie mit Herrn Kracht verband, scheint mir geprägt zu sein von solchen Abhängigkeiten, verstehen Sie?"

„Piet war mein bester Freund, Sie Penner, was wollen Sie eigentlich von mir? Ihr Bullen habt von nichts ne Ahnung. Am wenigsten von Ehre."

„Diese Ehre beinhaltet auch, daß über gemeinsam begangene Verbrechen nicht gesprochen wird, nicht wahr?"

„Was denn für Verbrechen, hä? Ich hab keinen Bock mehr auf Ihr Gelaber. Da steckt doch nichts dahinter."

„Beschweren Sie sich bei meinem Vorgesetzten. Ich möchte, daß Sie die Stadt vorerst nicht verlassen. Ich melde mich bei Ihnen, wenn ich weitere Fragen habe.“

Der Kommissar rief eine der diensthabenden Wachen an und ließ Pierre Dunker hinausbringen.

Zu Hause am Telephon lernte er die Sätze auswendig, mit denen er Helen erklären wollte, warum er sie heute abend nicht treffen konnte, als es schellte. Lieber sitzenbleiben und nicht bewegen, nicht reden, dachte Klinner. Er ging trotzdem zur Tür. Es war nicht Iphigenie – wie er angenommen hatte –, sondern Helen. Sie strahlte ihn an. „Ich war gerade in der Gegend und dachte, ich schau mal nach dir. Wollen wir was machen?“ Sie log wie gedruckt. Sah wunderschön aus, hatte sich sorgfältig geschminkt und frisiert. Klinner dachte nach. Was will sie hier? Läuft sie mir schon nach? Sollte ich die Tür schließen, ihr Jacke und Bluse ausziehen und mich in den Geruch ihrer Haut versenken?

Er fühlte ihre schlanken Hände auf seinem Körper. Die ganze Härte der letzten Monate brach zusammen, ihm war gleichzeitig nach Lachen und Weinen zumute.

„Was ist los mit dir, kannst du nicht mehr sprechen? Soll ich reinkommen, oder hast du keine Zeit?“

„Hallo Helen ... Äh, ich bin etwas überfordert. Komm doch rein. Ich wollte gerade bei dir anrufen und dir absagen, aber wo du jetzt schon mal hier bist ...“ Er machte ihr Platz und ließ sich ihre Jacke geben. Darunter trug sie einen dicken Pullover, keine Bluse.

„Willst du was trinken?“

Sie saßen zusammen in seinem Wohnzimmer, in dem außer Iphigenie lange kein Besuch mehr gesessen hatte. Helen paßte nicht zu seinen Möbeln, hockte wie ausgeschnitten und aufgeklebt auf seinem Lehnstuhl. Sie war unsicher, plauderte drauflos und versuchte gleichzeitig, sich umzusehen. Er folgte ihrem Blick. Die Bilder gefielen ihm nicht mehr, er sollte sie auswechseln, Landschaftsphotos von gemeinsamen Urlauben mit Sabine. Dann müßte man die Wände streichen oder an dieselben Stellen wieder Bilder hängen, wegen der Nikotinränder.

Er bot ihr eine Zigarette an. Rauchen entspannt. Seine Gedanken gingen wild durcheinander. Was tun? Einen Abend mit ihr verbringen? Gut. Gespräche über Filme und Kultur, über ihre Freundinnen, die eine nach der anderen Kinder bekamen. Über seine Arbeit. Könnte klappen. Auf keinen Fall. Er hatte den ganzen Tag geredet. Reden und Zuhören war nicht drin. Fernsehen? Ach komm Tilman, würde sie sagen, wir sind doch nicht verheiratet. Also nicht. Vielleicht könnten wir – ach, nein. Die Frage war unausweichlich. Vielleicht etwas trinken und dann noch mal überlegen.

Sie sah ihn auffordernd an.

Wozu denn eigentlich, laß mich in Ruhe. Ein Glas Wein? Doch, sie war schön. Wartete auf ein Zeichen von ihm, das nicht kommen würde. Warum nahm sie ihn nicht, warum unterwarf sie sich seinem Willen? Sie wartet, daß ich handeln werde, trägt ihre Weichheit vor sich her. Angorapulli, weicher Blick, weiche Stimme, weicher Körper. Sieht mich an, als ob ich über ihr stünde. Was will sie denn? Daß ich handele, ich bin dran. Sie hat sich schon weit genug aus dem Fenster gelehnt.

Er spürte seine steife Hilflosigkeit. Wie sollte er den Graben zu ihr überspringen? Er schwitzte, widerlich, fühlte sich klebrig und übelriechend. Vielleicht sollte er sich die Hände waschen.

Er stand auf. „Entschuldige, ich komm gleich wieder." Er wusch seine Hände im Badezimmer. Er sah in den Spiegel, betrachtete seine Haare; die waren jeden Tag anders. Heute wie ein Vogelnest. Müde sah er aus. Fahle Haut, wie ein Höhlentier. Aufgeblähte Poren, kleine Krater, die Schweiß und Gift ausspucken. Wenigstens die Augen leuchteten.

Er ging zurück ins Wohnzimmer und kam sich furchtbar unbeholfen vor.

Sie blickte zu ihm auf voller Zuneigung. Lächelte ihn nachsichtig an. Klinner wurde von Panik ergriffen. Sie muß so schnell wie möglich gehen, dachte er. Er wünschte sich gleichzeitig, nichts mehr tun zu müssen, sich an den wollenen Körper zu lehnen. Klinner hörte sich sagen: „Ich muß noch arbeiten."

Damit schob er sie höflich, aber bestimmt aus der Tür und blieb allein zurück. Hätte er den ersten Schritt gemacht?

Viertes Kapitel

Leise surrend fuhr der blaue Audi die Landstraße entlang. Es war ein kraftvolles Modell aus dem Wagenpark der Polizei, der immer noch mehrere Dutzend Kilowatt in der Hinterhand hatte, sich beim Beschleunigen anfühlte wie ein Geschoß. Geballte Kraft, die durch alles durchgeht. Genau dieses Gefühl machte Klinner Angst, war verdächtig. Die Lust an der Kraft, die ihn packte und seine Umsicht überwältigte. Aber es fühlte sich stark und entschieden an, aus der Spur zu scheren und dabei schon zu beschleunigen, von 80 km/h auf 130 hochzuziehen und einen Lastwagen zu überholen, dann rasant einzuscheren und weiterzufahren, die Straße entlang, wie auf eine Schnur gezogen.

Sein Schwanz war klein und gekräuselt wie ein zusammengerolltes Reptil. Leergepumpt, ausgequetscht, verausgabt und blind. Er hatte am Morgen unter der Dusche onaniert. Hatte sich dabei erwischt, wie er an Nicole Bering dachte. Das hatte er sich auf der Stelle verboten. Eine Zeugin, das geht nicht. Und doch konnte er an sie denken, und auf der Stelle spürte er sein Herz schlagen. Er versuchte sich einzureden, es sei Zufall, daß er gerade jetzt an Sex dachte, wo sie ihm in den Sinn gekommen war, aber das war Unsinn. Er dachte nicht an Nicole Bering und an Sex. Er dachte an Sex mit Nicole Bering. Und verbat sich genau das. Er mochte die kraftvolle Art, wie sie mit ihm umgegangen war. Die Stimme, ihre abrupten Stimmungswechsel, er wußte nicht, woran er bei ihr war. Das erregte ihn. Eine Zeugin in dem Mordfall, an dem er gerade arbeitete. Und er hatte nichts Besseres zu tun, als sexuelle Phantasien zu produzieren. Das mußte aufhören.

Das Schild ‚Nachtclub Sweet Darling 500m, open end, day and night' führte ihn zu einem zweistöckigen Wohnhaus, dessen unteres Geschoß zu einem Lokal ausgebaut worden war. Der Nachtclub, dessen Besitzer Bernd Schaumann war.

Klinner verriegelte das Auto mit dem Infrarotsender. Schnack, die Türen schlossen synchron. Er ging auf das Haus zu.

Pascal spielte im Bürgerpark Dschungelforscher. Er krabbelte in den Büschen herum und machte sich dabei seine Hose schmutzig. Das würde nachher Ärger geben, seine Mutter mochte es nicht, wenn er sich dreckig machte. Forscher müssen sich dreckig machen, sonst entdecken sie nichts. Das hatte sie bisher meistens besänftigt. Obwohl die Blätter schon größtenteils von den Bäumen gefallen waren, war hier noch alles grün. Büsche, die auch im Winter Blätter haben, wie aus Plastik. Das Gebüsch war an einigen Stellen so dicht, daß man nicht hindurchsehen konnte. Dort mußte er hin, dort waren die Elefanten verborgen. Sie schliefen immer im dichtesten Dickicht. Er pfiff eine kleine Melodie, um sich Mut zu machen. Der Anfang war von einem Geburtstagslied, das sie immer in der Schule sangen. Dann ging es weiter mit einem englischen Lied, das sein Bruder immer hörte. Dort, wo das Gestrüpp am dichtesten war, entdeckte er so etwas wie ein Lager. Da waren aber keine Elefanten. Da waren Menschen.

Sein Pfeifen erstarb. Zuerst wollte er schnell wegrennen. Er hatte Angst. Es könnte jemand da sein, der böse wurde. Pascal hockte sich hin. Wartete, ob sich jemand rühren würde. Es blieb still, niemand hatte sich blicken lassen. Ihm war kalt. Seine Beine waren eingeschlafen. Also entschloß er sich, einen Blick auf das Lager zu wagen. Um sich selbst Mut zu machen, fing er wieder an zu pfeifen. Damit würde er den Besitzer des Lagers vorwarnen. Sein Funkgerät war nur eine Attrappe, die Zentrale, mit der er in Kontakt stand, existierte nur in seiner Phantasie. Trotzdem funkte er ihnen zu, sie sollten Verstärkung schicken, weil er ein Lager von Wilderern entdeckt hatte. Sie seien bewaffnet, und er könne sie allein nicht überwältigen.

Vielleicht gehörte das kaputte Zelt anderen Jungen, die hier spielten wie er. Er inspizierte die Feuerstelle, auf der gekocht worden war. Mehrere geöffnete Dosen lagen herum, die von unten verrußt waren. Die Wilderer hatten mit einem Campingkocher gekocht, einem, der ganz anders aussah als der von seinem Vater. Das war wirklich ein Lager, hier wohnte jemand.

Er erhob sich und ging um das Zelt herum. Es war an der Seite aufgeschlitzt, die ganze Seitenbahn war offen. Deshalb hing es auf der anderen Seite so schlaff herunter. Die Dschungelforscherwelt verblaßte. Das hier war eine richtige Entdeckung. Er horchte, ob jemand kam. Aus dem Zelt drang kein Laut. Ein Zelt mit so einem Loch konnte nicht richtig aufgebaut werden. Da wurde man innen ganz naß, das war klar. Er beugte sich über den Riß. Es war jemand drin. Erschrocken zog er den Kopf zurück. In dem Zelt schlief jemand, ein Mann. Er sah das Gesicht nicht, nur die Beine. Ihm war schwindelig, und das Lied, das in seinem Kopf weitergegangen war, hatte seinen Rhythmus verloren. Er beugte sich noch einmal vor, um die Gestalt zu betrachten. Sie war naß. Jetzt erst bemerkte Pascal den Geruch. Es roch ganz schlimm.

„Hallo?" krächzte er dreimal. Er dachte an seine Mutter, die zu Hause das Essen machte. Er wollte lieber umkehren und weggehen. Als er die Zeltplane anfaßte und zur Seite hob, konnte er das Gesicht sehen. Der Mann sah ganz fürchterlich aus. Blau und weiß war das Gesicht. Und geschwollen. Pascal konnte gar nichts mehr sagen. Stocksteif stand er da und starrte. Der Mann starrte zurück, die Augen bewegten sich nicht. Was jetzt?

„Hallo Sie?" Pascal zuckte zusammen, weil seine eigene Stimme so laut war in der knisternden Stille. Der Mann war naß und blau und weiß, und seine Augen bewegten sich nicht mehr. Er nahm sich einen Stock und pikste, wie er es bei toten Vögeln machte. Das war hart. Er mußte sich schütteln. Dann lief Pascal weg, kämpfte sich, so schnell er konnte, durch das Rhododendron-Gebüsch.

Als Blochner herausgefunden hatte, wer der Tote war, versuchte er mehrmals, über Funk seinen Kollegen zu erreichen. „Mann, Tille, wo treibst du dich wieder rum?" schnaubte er.

Klinner saß im Sweet Darling, umgeben von Plüsch, Bildern von Tänzerinnen mit viel Haut, Diskokugel, Musik von Amanda Lear. Der Mann hinter der Theke hatte die Vormittagsschicht. Verschlafen hörte er Klinner zu, wie dieser übers Wetter plauderte und über seinen Job als Vertreter für Spirituosen. Nebenbei blätterte er in den St.-Pauli-Nachrichten. Klinner erwähnte auch eine Eigentumswohnung in Bremen, im Ostertorviertel, wo er wohnen würde. „Aus Bremen hab ich auch den Tipp, daß hier ein netter Laden sein soll. Kennst du Piet und Pierre? Sind echte Szene-Größen in Bremen. Ich soll Bernd Schaumann von denen grüßen. Ist der Chef zufällig da?"

„Der ist auf Mallorca, weiß nicht, wann der wiederkommt." Kurz hatte der Mann den Blick gehoben, ihn aber sofort wieder auf die Zeitung gerichtet, nachdem er die einsilbige Antwort losgeworden war.

Klinner beugte sich über die Theke: „Was liest du denn da?"

Der Barmann legte das Blatt beiseite. „Ach, nur so ein Tittenblatt."

Der Kommissar hatte, als er sich über die Theke gebeugt hatte, ein paar Zettel gesehen, die an die Theke gepinnt waren. Vielleicht würde er so etwas mehr über den Aufenthaltsort des Chefs erfahren. Über der Theke hing ein Schild: Sandwich: 6,50 DM.

„Wie ist denn eigentlich dein Name?"

„Walter."

„Sag mal, Walter, kannst du mir nicht so ein Sandwich machen? Ich hab total Kohldampf."

„Wenns sein muß, eigentlich ist Küche erst ab sechs." Träge hievte Walter seinen Körper vom Hocker und ging in die Küche.

„Danke, gibt auch ein Trinkgeld."

Während Walter sich ächzend in der kleinen Küche zu schaffen machte, beugte Klinner sich über die Theke und überflog die Zettel, die dort angepinnt waren. Mehrere Botschaften von Freiern für Julika, Beate und Petra, zwei offene Rechnungen, da war der entscheidende Zettel: „Bernd – Mobiltelephon: 0174- ..."

„Was machst du denn da?" Auf einmal stand Walter vor ihm.

Mit dem unschuldigsten Lächeln der Welt antwortete Klinner: „Ich hab nur die Überschriften von deiner Zeitung gelesen."

„Ach so." Er reichte ihm die Illustrierte. „Hinter der Theke hat nämlich niemand was zu suchen."

„Ja. Klar. Ich hatte nur Langeweile." Damit setzte er sich wieder.

Als Walter in der Küche verschwunden war, langte Klinner über die Theke und riß den Zettel mit der Nummer ab. Er überprüfte im Gehen kurz, ob es der Richtige war und verließ das Lokal. Als er auf dem Weg zurück nach Bremen sein Mobiltelephon benutzen wollte, um Bernd Schaumann anzurufen, meldete die Mailbox eine Nachricht. Blochner wollte angerufen werden.

Blochner war erleichtert, als er Klinners Stimme hörte. „Wo bist du?"

„Ich stecke gerade im Stau, zwischen Lilienthal und Bremen."

„Komm mal zum Bürgerpark, rechts vom Park-Hotel. Etwa da, wo die Schwulenklappe ist, aber ein bißchen weiter hinten. In der Nähe von den Gärtnerhäusern. Bei den Rhododendrenbüschen warte ich mit ner zweiten Leiche auf dich."

„Was heißt denn zweite Leiche?"

„Wirst du schon sehen. Komm erst mal her."

Klinner kramte nach dem Blaulicht. Er klemmte es auf dem Dach fest. Bernd Schaumann konnte er später anrufen. Nach einer Viertelstunde kam er am Tatort an.

Inzwischen hatte es angefangen zu regnen. Der Photograph und die Männer von der Spurensicherung wateten in dem aufgeweichten Boden herum, in diesen Kriporegenmänteln, die Klinner nie anzog. Trotz des Regens ging ein spürbarer Leichengeruch von dem Zelt aus.

Werner Blochner stand mit Elke Prestel etwas abseits, die Hände in den Taschen. „Das hier gehört zu deinem Fall. Ich bin drauf angesetzt worden, bevor ich erfuhr, daß der in demselben Hotel gewohnt hat wie Piet."

„Was? Wer ist der Tote?"

„Rüdiger Bensch." Der Zimmergenosse von Willi, der keine geschlossenen Räume ertrug und Himmel über sich brauchte, der nach Willis Aussage einen Deal mit Bernd Schaumann hatte, war tot. Elke Prestel erzählte Klinner, daß Rüdiger Bensch seit mindestens einer Woche tot war. Er war beim Sozialamt das letzte Mal vor 16 Tagen gesehen worden, obwohl er sich wöchentlich dort seine Sozialhilfe abholte. Über das Polizeirevier Schwachhausen hatte sie herausbekommen, daß Rüdiger Bensch seit etwa zwei Monaten sein Zelt in dem Rhododendron-Gebüsch aufgeschlagen hatte. Davor hatte er am Werdersee geschlafen. Er war nach Aussage der Polizei ein friedlicher und umgänglicher Mann, deshalb hatten sie ihn im Park geduldet, so lange er den Platz einigermaßen sauberhielt. Daß der keinem was zuleide getan hatte, darüber waren sich die Beamten von der Wache einig.

Bensch war furchtbar verprügelt worden und an seinen Verletzungen oder an Unterkühlung gestorben. Klinner ging mit Elke Prestel zum Tatort, um sich einen Eindruck zu verschaffen. Es war das Lager eines Penners ohne Besonderheiten.

„Er muß mit einem stumpfen Gegenstand erschlagen worden sein", sagte Elke Prestel, „er hat Schwellungen und blaue Flecken an mehreren Stellen des Körpers, sehen Sie, hier, der Schädel ist eingeschlagen, eine Delle wie von einem Baseballschläger oder einem Baumstumpf."

Klinner erzählte ihr knapp, was er von Wilfried Hauckner über Bensch gehört hatte, bat sie, die Personenrecherche in Auftrag zu geben, Sozialamt, Krankenkasse, Angehörige, soziale Einrichtungen, in denen er verkehrt hatte, die Gärtner des Parks. Er selbst würde noch einmal in die Friedrich-Ebert-Straße fahren und dort wieder Befragungen durchführen. Damit verschwand er.

Werner Blochner blickte ihm hinterher und schüttelte den Kopf: „Bloß nicht in die Karten gucken lassen, Herr Kommissar."

„Komm", antwortete seine junge Kollegin, „wir trinken erst mal was zur Stärkung nach diesem Anblick."

***

Klinner öffnete die Tür zu Wilfried Hauckners Zimmer mit einem Dietrich. Er mußte Krachts Kassette finden, falls es sie gab. Die beiden Todesfälle standen bisher in keinerlei Verbindung zueinander, außer daß beide Toten in der Pension gewohnt hatten. Das nächste Teil im Puzzle mußte in diesem Raum zu finden sein. Klinner war niemand, der sagte: Ich hab das im Gefühl. Oft spürte er gar nichts, wenn er in sich hineinhorchte. Wenn er so etwas wie ein Gespür hatte, dann äußerte es sich eher im Umgang mit Menschen. In diesem Fall war es ganz einfach so, daß der Schnittpunkt zwischen den beiden Fällen in diesem Raum lag, deshalb war es naheliegend, hier nach weiteren Hinweisen zu suchen.

Willi war nicht da, und Ferdinand ließ sich nicht blicken. Er drang in eine fremde Welt ein, zerstörte ihren Zauber. „Der Zweck heiligt die Mittel. – Klinner, du bist ein Lügner. Schöne Scheiße." Jetzt fing er schon an, mit sich selbst zu reden, das mußte an diesem Zimmer liegen, war wahrscheinlich ansteckend.

Er ging zu der Kiste mit den Kassetten. Vielleicht gab es eine Art Dokumentationssystem, durch das die einzelnen Kassetten gekennzeichnet waren, worauf vermerkt war, wer seine Geschichte erzählte. Er fand nichts dergleichen. Auf den Kassetten waren nur alte Beschriftungen, er konnte keinerlei Hinweise entdecken. ‚Patientengesprächsgruppe 21.12.1971', ‚Berta P. Aufnahmegespräch 3.5.1972', und so weiter. Vielleicht gab es eine Liste, die zur Aufschlüsselung diente. Er suchte nach ihr, in der Ecke, wo die Kiste stand. Nichts. Den ganzen Raum konnte er nicht durchsuchen, das würde ewig dauern. Die Kassetten durchhören? Es waren mindestens fünfzig Stück, wenn nicht siebzig.

Klinner versuchte sich zu erinnern, was der Alte beim Aufzeichnen der Geschichte getan hatte. Gab es irgendein Anzeichen dafür, daß er eine besondere Kassette genommen hatte? Hatte er die Kassette hinterher markiert? Klinner konnte sich an nichts erinnern. Wahllos griff er eine heraus und steckte sie in den Apparat. Nachdem er fünf Kassetten eingelegt hatte und sich bei einigen nicht mal sicher war, ob er Stimmen aus den siebziger oder neunziger Jahren zuhörte, gab er auf. Das hatte keinen Sinn.

Ratlos saß Klinner da. Die Energie, die ihn im Park erfaßt hatte, war verpufft. Lustlos stapfte er in dem Raum umher und stieß mit dem Fuß gegen einige Gegenstände. Er könnte genauso gut wieder gehen.

Dann hörte er das Geräusch eines Schlüssels, der sich im Schloß drehte. Hauckner kam. Schweren Schrittes stapfte er die Treppe herauf. Hauckner blieb auf der obersten Stufe stehen und pfiff durch die Zähne. Er zog die Augenbrauen hoch und sah knapp neben Klinner auf den Boden.

„Guten Tag, Willi. Es tut mir leid, hier unangemeldet zu erscheinen und sogar in dein Zimmer eingebrochen zu sein. Aber es ist etwas Schreckliches passiert. Rüdiger Bensch ist ermordet worden."

An der Reaktion erkannte Klinner, daß Hauckner noch nicht vom Tod seines offiziellen Zimmergenossen erfahren hatte. Seine Augen weiteten sich, er öffnete den Mund, sagte nichts. Dann verließ er seinen Platz am Ende der Treppe und ließ sich auf den Sessel fallen. Eine Weile sagte keiner von beiden etwas. Klinner setzte sich ihm gegenüber auf den anderen Sessel und schaute den Alten an. Der starrte ins Leere. Klinner war froh, ihn wiederzusehen. Sein faltiges Gesicht und der leicht muffige Geruch, der von ihm ausging, seine freundlichen Augen, die geschwollenen Hände, das alles beruhigte ihn.

Hauckner nestelte seinen Tabak aus der Hosentasche und drehte sich eine Zigarette. Als er sie angesteckt hatte, fragte er leise: „Wie?"

„Wir haben ihn in seinem Zelt im Bürgerpark gefunden, er ist schon lange tot, schon seit etwa einer Woche. Er hatte viele Prellungen und einige Platzwunden, und das Zelt ist zerstört worden. Er ist wahrscheinlich zu Tode geprügelt worden. Genaues kann ich noch nicht sagen. Er hat dort im Bürgerpark gewohnt, oder?"

„Sein Palast, der Rhododendrenwald, kleine Welt mit Zelt."

Der Alte nahm ihm sein unerlaubtes Eindringen nicht übel. Das war gut. Die Maus rannte über den Boden zu Hauckner hin und rannte an seinem Bein hoch auf den Schoß, von da weiter den Bauch hinauf bis auf die Schulter, dort blieb sie sitzen und schnüffelte an ihrem großen

Gefährten. Sie rümpfte die Nase und witterte mit zitternden Schnurrhaaren. Gedankenverloren nahm Hauckner die Maus in die Hand und hielt sie an seine Wange. Dann hielt er sie vor sein Gesicht und guckte sie traurig an. Mit Blick auf die braunen Knopfaugen sagte er: „War ein feiner Kerl."

„Wann hast du ihn das letzte Mal gesehen?"

„Ist schon ne Weile her, daß der Rudi sich hat blicken lassen. War vorm letzten Zahltag, hatte nichts mehr zu beißen, der Arme. Hat hier ne Suppe geschlürft. Jetzt kommt er nicht mehr."

Aus einer Tasche, die an dem Sessel lehnte, zog Hauckner eine Flasche Korn und schenkte in die Teetasse ein, die vor ihm stand. Fragend blickte er Klinner an. Der schüttelte nur den Kopf. Hauckner trank. Schenkte ein. Trank und wischte sich mit dem Ärmel über den Mund.

Dann stand er auf und begann zu reden: „Kann das einfachste, das kleinste Wort schon die Wut in dem Manne auslösen, der seine Affekte dem Willen nicht unterordnen kann. Ist die Wut einmal entfesselt, muß mit verheerenden Folgen gerechnet werden. So kommt es dazu, daß die schlimmsten Verbrechen geschehen, nur weil der Choleriker es nie lernen konnte, mit seinen Affekten umzugehen, die Wut im Manne zu bezwingen."

Wieder dieses psychiatrische Kauderwelsch, dachte Klinner. „Wer könnte denn der Choleriker gewesen sein, der seine Wut nicht beherrschen konnte?"

„Die Handlung verschafft ihm eine Erleichterung, doch sie hält nur kurz an. Denn auch der cholerische Gewalttäter kennt die Gewissensbisse, die uns alle verfolgt, wenn wir unrecht gehandelt haben. Er verliert die Macht und Stärke, die er vorher empfunden hat, und seine bedürftige, schwache Persönlichkeit kommt zum Vorschein." Er stand da, stocksteif, den Blick auf etwas gerichtet, das weit entfernt schien. Er drehte sich zu Klinner um. „Sind keine Hellseher, können nicht wissen, was der Schnüffler braucht. Woher denn? Was uns nicht heiß macht, das wissen wir auch nicht. Rudi Lebensgeist, der Himmelsschläfer. Gute Welt, haben sie alles gelogen. Macht uns aber heiß. Wo kommt der Mann und gibt den Sinn?"

Den Sinn wovon? Suchte Hauckner doch noch nach einem Sinn in der Welt, im Geschehen um ihn herum? War das der Grund für die vielen Kassetten? Der Wunsch zu verstehen? Dann hatte er sich nicht weit entfernt von seinem ursprünglichen Job. Er hatte nur den Beruf aufgegeben, den Auftrag zu heilen, zu kontrollieren und ruhigzustellen.

„Mordaufklärungskommando, Feuer, Feuer, bäh. Die Schlechten ins Kröpfchen, Klappe-zu-Affe-tot-wozu?“ Jetzt kehrte der Blick wieder zurück, Hauckner wippte auf den Fußspitzen auf und ab und ließ seine leuchtenden Augen fragend auf Klinner ruhen.

Der Blick kam von oben, machte Klinner nervös. Er stand auf, um auf einer Höhe mit ihm zu sein. „Innerhalb von zwei Wochen sind zwei Menschen umgekommen. Beide wohnten in diesem Haus, der eine sogar in diesem Zimmer. Ich wüßte gern von dir, ob du eine Ahnung hast, wer die beiden ermordet haben könnte.“

Hauckner ließ nicht locker. „Gut, böse, Schinkenklöße. Die Zellengröße in deutschen Justizvollzugsanstalten ist, gemessen an der mittleren Rückenlänge eines deutschen Schäferhundes, mit 2,65 Metern deutlich überlang. Die Zahl der Gewaltverbrechen ist innerhalb von Gefängnissen um ein Vielfaches höher als außerhalb.“

„Willi, laß uns das Gefängnis mal außen vor lassen. Willst du nicht wissen, wer solche Taten begangen und Schuld auf sich geladen hat, wer die Gewalt ausgeübt hat?“

Hauckner baute sich vor Klinner auf, er sprach mit anschwellender Stimme, in der keine Spur von Ironie mitklang.

„Was sind wir Menschen doch!
Ein Wonhauß grimmer Schmertzen?
Ein Schavplatz aller Angst vnnd Widerwertigkeit.

Diß Leben fleucht darvon wie ein Geschwätz vnd Schertzen.
Die in Das TodtenBuch der grossen Sterbligkeit
Längst eingeschrieben sind; sind vns auß Sinn und Hertzen:
Der Selen schatz so vielen abgezwungen.

Gleich wie ein eitel Traum leicht auß der acht hinfält
Vnd wie ein Strom verfleust den keine Macht aufhelt;
So werden wir verjagt gleich wie ein Rauch von Winden.

Ein bald verschmeltzter Schnee
Und abgebrannte Kertzen.“

Was war das nun wieder? Aus diesem Mann flossen Fetzen und Zitate heraus! Es hatte traurig geklungen. Der Tod seines Zimmergenossen mußte ihn sehr getroffen haben. Was konnte er ihm zur Tröstung sagen? Nichts kam ihm in den Sinn. „Was sind das für Zeilen, Willi?"

„Bin ein Gryphius, ein alter Zauderer, der keine Hoffnung sieht."

Gryphius, Gryphius, irgendwo hatte Klinner das schon einmal gehört. Andreas Gryphius, gleich neben Walther von der Vogelweide, damals in der Schule, das war so ein Gedichteschreiber aus dem Mittelalter oder Barock. Der Alte grub Zitate aus, das war unglaublich!

„Aus meiner Sicht hast du dich ganz gut eingerichtet mit dem Leben hier. Brauchst nur noch zu beobachten. Erscheint dir wirklich alles so vergänglich und sinnlos im Leben? Auch aus deiner zurückgelehnten Perspektive?"

„Ein bald verschmeltzter Schnee
Und abgebrannte Kerzen."

„Das Leben ist endlich, das ist klar. Deshalb muß es aber noch nicht sinnlos sein. Du sammelst alles Mögliche, Geschichten und kleine Dinge, warum tust du das, wenn es sinnlos ist?"

„Sinn, Sinn, Sinn." Hauckner wurde lauter. „Fragt der Agent nach dem Sinn? Er will nur die Macht verwenden, sie eindringen lassen in den Körper, ihn durchdringen und aufspießen, einschließen in die Zentren der Formung. Die Zellen sind übergroß, wird zu viel gemordet darin."

Er wollte ihn hochnehmen, anders konnte es nicht sein. Wollte ihn verantwortlich machen für Justiz und Strafvollzug. Der hatte gut reden. Schmeißt den Job hin und dann sowas. Was wollte er? Sollte Klinner die Existenzberechtigung von Knästen herleiten?

„Willi! Gemordet wurde doch hier draußen. Erst ist Piet ermordet worden und dann dein Freund Rudi. Grausam erschlagen worden. Findest du es sinnlos, danach zu fragen, wer dafür verantwortlich ist? Was soll jetzt geschehen, findest du: nichts?"

„Was sind wir Menschen doch!
Ein Schavplatz aller Angst vnnd Widerwertigkeit.

Was will er? Verformen, die hilflose Kreatur? Denkt der Schnüffler weiter als bis zum Aufspüren der gewaltigen Kreatur? Einsperren, und alles wird gut. Wird nicht. Ist ein sperriges Ungetüm, die Kreatur, ein Bündel der Gefühle."

„Das ist deine Meinung? Veränderung geht nicht, alles bleibt beim Alten? Das ist eine sehr pessimistische Sichtweise, wo bleibt dein Humanismus?"

Hauckner lachte laut auf. „Ha!" Er drehte sich um und rief in den Raum hinein. „Kommt her, ihr humanen Dünnbrettbohrer." Sah wieder hin zu Klinner. „Siehst du, sie kommen nicht. Aber wer? Die Sezierer des Gehirnkastens, die finden Zentren für jeden Lebenspups. Spritzen Hormone ins limbische System und erkennen die Bedeutung der Amygdala. Der Mandelkern. Er ist der Verhinderer des Wachstums. Macht die Erziehung des Straftäters zur unmöglichen Verrenkung."

„Wovon redest du da? Mandelkern, limbisches System, bist du Neurobiologe? Ich dachte, du hörst gern die Geschichten von Menschen, ihre bewegten Biographien und machst dir Gedanken darüber. Glaubst du nicht an Zufälle und daran, daß das, was geschehen ist, auch anders hätte geschehen können?"

„Der Lebensweg zeichnet einen Fahrweg in die Nervenbahnen. Und da, wo der Morast am feuchtesten ist, wo die urigsten Gefühle zu Beginn schon zum Brodeln gebracht wurden, da ist der Weg am tiefsten ausgefahren, da sinken die Räder des Lebenswagens so tief ein, daß kein Transmitter sie befreien kann aus ihrem Wege, der weiter und weiter sich auswalzt, sich immer enger einschaukelt."

Tilman war verblüfft, wie biologistisch sein Gegenüber argumentierte. „Du läßt dem Menschen keinen Spielraum für Verhaltensänderung? Keine Möglichkeit der Erkenntnis, der Heilung?"

„Nicht, wo der Morast am tiefsten ist. Und hier, wo du stehst und wühlst, da krümmt sich keiner mehr heraus! Da ist der Mandelkern der Beherrscher des Feldes." Hauckner wandte sich ab und setzte sich hin. Er hustete ausgiebig und schien mit dem, was er gesagt hatte, vollauf zufrieden zu sein.

„Du hast mir etwas erzählt über Piet, das mit dem Teufel, an den er sich verkauft hat. Ich vermute, das hast du von ihm. Wer war dieser Teufel?" Klinner hatte sich vorgebeugt, er war nur noch eine halbe Armlänge von Hauckner entfernt, roch seinen Mundgeruch und sah die Poren seiner Haut. Hauckner grinste.

„Was ist? So kommen wir doch keinen Schritt weiter, kannst du mir nicht endlich mal was Vernünftiges erzählen, mir mit den Informationen weiterhelfen, die du hast? Was weißt du über Piet?“ Klinner war am Ende, wie sollte er diesen Sturkopf zur Räson bringen? So aufgebracht, wie er jetzt war, würde er keinen Schritt weiterkommen.

Der Alte nahm noch eine Tasse Korn, hielt dem Kommissar wieder die Flasche hin. Diesmal nahm Klinner das Angebot an, vielleicht würde ihn ein Schluck Schnaps beruhigen. Er holte sich in der Küchenecke ein Glas und nahm einen kräftigen Schluck Strothmann Weizenkorn. Das war eine gute Idee. Der Alkohol rann scharf seine Kehle hinunter und hinterließ eine brennende Leere. Einen Augenblick später spürte er die Wärme in der Magengegend. Das hatte etwas Entschiedenes, so ein Korn. „Was soll denn der ganze Vortrag mit dem Mandelkern bedeuten? Na gut, traumatisierte Menschen verändern sich nicht oder nur sehr schwer. Das ist mir auch klar. Aber wenn sie zu Verbrechern werden, wenn ihre individuelle Leidensgeschichte sie zum Mörder werden läßt, was dann? Plädierst du dafür, einfach zuzusehen, wie noch mehr Menschen sterben? Wie noch einer von deinen Freunden mit einem Knüppel erschlagen wird? Der Schutz der Gesellschaft hat doch auch eine Bedeutung. Du hast das Gesicht von Rudi nicht gesehen. Sein Kiefer war zerquetscht. Da hat ihm jemand mitten ins Gesicht geschlagen mit dem Knüppel. Stell dir vor, dich sieht jemand an und schlägt dir dann die Zähne aus. Grinst dabei vielleicht noch.“

Mit schmerzverzerrtem Gesicht wiegte Hauckner seinen Oberkörper vor und zurück. Er sah Klinner nicht an und sagte nichts. Greinte leise und stöhnte.

Klinner überlegte, was er tun konnte, falls der Alte ihm die Zusammenarbeit verweigerte. Erzwingungshaft. Das war lächerlich. Er konnte sich mit Nicole Bering die ganzen Bänder anhören und hoffen, daß sie die Stimme von Kracht wiedererkennen würde. Doch das war zu aufwendig. „Ich möchte, daß du mir hilfst, den Mörder zu finden, Willi. Ich glaube, daß die beiden Todesfälle etwas miteinander zu tun haben. Ich brauche deine Hilfe. Du bekommst eine ganze Menge mit, das merke ich. Und du weißt mehr, als du mir bisher verraten hast. Sprich nicht in Rätseln, sondern hilf mir. Erzähl mir von Piet. Was glaubst du, wer hat deinen Freund Rudi umgebracht? Ich sehe doch, wie traurig der Tod deines Freundes dich macht. Ich weiß, du traust den Institutionen des

Staates nicht mehr oder hast ihnen noch nie getraut. Aber es gibt keinen anderen Weg, jedenfalls kann ich dir keinen anderen anbieten."

Klinner machte eine kurze Pause, um seinen entscheidenden Satz allein in den Raum zu stellen. „Kannst du mir nicht wenigstens das zugänglich machen, was die Toten sagten? Laß sie wenigstens sprechen. Ich glaube, daß du eine Kassette von Piet hast, und die will ich hören."

Hauckner sah traurig vor sich hin. „Schnüffel, Schnüffel, Schnüfflersackgasse, das Kröpfchen mit den Schinkenklößen, Gut und Böschen. Meinetwegen, Beweiseregen. Ohne Gewähr und Schießen hinterher."

Er griff hinter sich und holte den Karton mit den Kassetten auf seinen Schoß. Er kramte darin herum. Klinner war sprachlos. Klare Frage, klare Antwort. Hauckner betätigte die Starttaste und lehnte sich zurück.

***

Vom Band erklang eine Stimme. Klinner kannte die Stimme von Kracht nicht. Er warf Hauckner einen fragenden Blick zu. Der nickte. Die Stimme des Opfers. Klinner lief ein Schauer über den Rücken. Er war es gewohnt, das Opfer nur als tote Masse zu erleben, die mehr Ding als Lebewesen ist. Die Stimme war leise, fast krächzend, nicht sonderlich sympathisch.

„Ein Gang. Vielleicht ein Keller, dunkel, kein Licht außer einer schwachen Lichtquelle hinter der nächsten Ecke. Wasser tropft von der Decke. Im Hintergrund Musik, Klänge und Stimmen, die im Innern des Kopfes entstehen. Geräusche wie vom Zerschneiden großer Metallstükke, vielleicht Blechplatten. Flüsternde Stimmen, nicht zu verstehen.

Durch den Klangteppich im Kopf dringen Geräusche von außen. Wassertropfen, fließende Laute. Klatschende Geräusche, Haut trifft Haut, Schläge. Näher an der Ecke werden die schneidenden Geräusche lauter. Sie verschlucken die Außengeräusche. An der Ecke angekommen, blitzt das Messer auf, dringt langsam in den Lichtkegel ein, poliertes Metall, schneidet einen Spalt in den Kegel, wirft die Scheibe zurück auf die Quelle, an der Wand ein Stück Licht, das fehlt. Die Musik im Kopf läßt nach, verebbt zwischen den Innenwänden des Schädels. Die Stimmen bleiben. Ein Gewirr, das warnt und zischelnd zur Vorsicht mahnt. Hinter der Ecke ist nichts. Eine Glühbirne an der Decke schaukelt leicht. Wie von einem vorbeistreichenden Körper in Bewegung versetzt. Den Gang entlang, das Messer vorgestreckt. Die Geräusche bleiben. Zischelnde Stimmen, fließendes Wasser, Tropfen, Schläge auf nackter Haut. An der Lampe vorbei behindert der eigene Körper die Sicht. Er malt einen schwankenden Riesenkörper an die Wand. Der Boden wird feuchter, Wasser sammelt sich zu einer Lache, die beim Durchwaten platscht. Das Licht nimmt wieder ab. Es dämmert nach hinten weg.

Eine Tür, die sich öffnen läßt.

Menschen. Im Kopf wieder kreischende Geräusche, berstende Platten, Kreissägen. Mehr Licht, aber auch Nebel, in Blau. Die Menschen, es sind zwei, sind maskiert. Sie beugen sich über eine kleine, nackte, dritte Person. Sie wenden sich um, schwarze Gestalten ohne Gesichter. Das Messer ist auf sie gerichtet, es blitzt, findet den Weg durch den Raum, zieht sich in die Körper und öffnet sie, läßt sie aufplatzen, Blut nach außen dringen, das sich mischt mit dem Wasser auf dem Boden. Das Messer sticht und sticht, bis sich nichts mehr bewegt. Ich bin der Retter."

An dieser Stelle war eine Pause. Das Band lief weiter, knackte und rauschte, gab aber keine Stimmen mehr her. Wilfried Hauckner saß in gebückter Haltung da, den Kopf gesenkt. Klinner war erstarrt. Gebannt hatte er der Stimme vom Band gelauscht, einer krächzenden Stimme, die mit gepreßtem Atem gesprochen hatte. Der Text war literarisch, die Worte gewählt und betont. Was war das gewesen? So etwas dachte sich niemand aus, während er es aussprach. Ein Alptraum? Bevor er zu einem Ergebnis gekommen war, erklang die Stimme wieder.

„Coole Story, wa? Hab ich mal geschrieben, weiß gar nicht mehr, wann. Manchmal würd ich gern mein ganzes Leben aufschreiben, die Dinger, die ich gedreht hab und so. Is aber nich so einfach. Wie willst du ein Koksdruck in Worte fassen, ich mein, so einen richtigen, wo du denkst, du kriegst den Heiland zu sehen, dir platzt der Kopf, ne Stunde lang, ab dem Moment, wo du die Gun abdrückst, schießt dir der weiße Schnee in die Vene, und du gehst ab. Mit Pierre zusammen hab ich schon die wildesten Dinger gedreht auf Koks oder Alk oder *Aitsch*. Der is einfach unglaublich. Ich kenn niemanden – und das mein ich ernst – niemanden, der sich soviel reindrücken kann wie der und dann noch in ne Tanke reingeht und eiskalt die Kasse leermacht, ohne mit der Wimper zu zucken, ohne einen Fehler zu machen. Das is n Kick, sag ich dir. Du hast 1500 Mark in der Hand, und das Ganze hat drei Minuten gedauert. Auf Koks gehst du durch alles durch, und nur die anderen haben Schiß. Wenn wir total breit waren, da gabs so Situationen, da kommt dir jemand quer, und du denkst, den hau ich jetzt weg, den tret ich tot, du siehst dich dann zuschlagen und treten, bis der sich nicht mehr rührt. So ham wir das ja auch oft genug gemacht. Ich sag dir, das ist ein ganz eigener Rausch. Logo, voll auf Koka, da hast du eh so ein Flash, du bist der ganz Große, dein Kopf ist das Zentrum der Welt. Kein Gefühl für Schmerzen mehr. Da kannst du durch alles durchgehen wie ne Lokomotive, schlägst alles weg, was dir in den Weg kommt. Kannst du dir das vorstellen, so ne Phantasie, jemand zu vernichten, eigentlich egal wen, nur wegschlagen, entladen, dich freitreten?

Manchmal konnte ich das gar nicht mehr auseinanderhalten, was in meinem Kopf ablief und was dann wirklich passiert ist. Da wirds echt gefährlich, wenn du am nächsten Morgen aufwachst und nicht mehr weißt, ob du dir nur eingebildet hast, jemandem mit ner Stahlstange den Schädel zu spalten, oder ob du es wirklich getan hast. Oft ist das ja nicht so wie bei dem, was ich am Anfang vorgelesen habe, wo es klar ist, das kann nur ein Traum gewesen sein."

In der Zwischenzeit war Wilfried Hauckner aufgestanden. Er hatte Ferdinand gesucht, ihn mit geflüsterten Liebkosungen gelockt, war gebückt durch den Raum gelaufen. Jetzt hatte er ihn auf dem Arm und wippte mit den Füßen auf und ab. Flüsterte ihm zu. Klinner wurde durch sein Gerede abgelenkt, hatte Schwierigkeiten, sich auf die Aufnahme zu konzentrieren.

„Posaunen, Sopaunen, Geraune, mit Laune. Raut sich auf, dabei ist der weich wie ein Plusterspatz, Eisenstange, bangebange. Haben wir doch gesagt, ist ein feiner Kerl, schnürt sich nur zusammen." Der Alte murmelte seine Sätze vor sich hin. Versonnen kringelte er Ferdinands Schwanz, wickelte ihn um seinen Finger und wieder ab, die Maus zuckte nervös mit den Schnurrhaaren, wehrte sich aber nicht. Das Band lief weiter, und Hauckner brabbelte dagegen an.

„Das war am Ende auch, was mir den Hals gebrochen hat. Aufwachen am nächsten Tag. Manchmal haben wir drei Tage durchgesoffen und gekokst. Keine Pause, die ganze Zeit breit. Was da alles passiert ist, weißt du sowieso nicht mehr, wenn du dann irgendwann aufwachst, und es ist vorbei. Na ja, und genau da drauf konnte ich irgendwann nicht mehr. Aufzuwachen und zu denken, was hast du diesmal angestellt. Ich mein, am Ende wars ja doch immer nur Einbildung, so was hab ich nie wirklich gemacht, jemanden tottreten oder so, aber das Gefühl, du könntest irgendwann so weit gehen, die Grenzen verschwimmen immer mehr, das ist doch Scheiße. Das hat doch alles keinen Sinn."

An dieser Stelle endete das Band.

Die Starttaste sprang hoch und beendete Krachts Worte mit einem harten Klacken.

„Was ist? Geht es nicht weiter? Ist das alles?" Klinner konnte es nicht glauben. Endlich, hatte er gedacht, einen Beweis in die Hand zu bekommen, etwas, womit er ein Stück weiterkäme, wodurch sich eine Lösung abzeichnete. Jetzt hatte er wieder gar nichts bekommen. Gewaltphantasien eines abgehalfterten Junkies, vage Äußerungen.

Hauckner schüttelte den Kopf.

„Von wann ist das?"

„Muß im Sommer gewesen sein, war ein schöner, warmer Tag."

„Jetzt, im vergangenen Sommer?"

„Das will ich meinen!"

***

Tilman Klinner setzte sich in den Dienstwagen und fuhr zu Nicole Bering. Vor der Tür des Hauses, in dem sie wohnte, blieb er stehen und dachte nach. Hatte der Tod von Peter Kracht etwas mit dem Mord an Rüdiger Bensch zu tun? Waren Kracht und Dunker darin verwickelt? Was wußte Nicole Bering darüber? Warum war Rüdiger Bensch umgebracht worden? Hatte es etwas mit Bernd Schaumann zu tun, mit dem Deal, den die beiden hatten, von dem ihm Hauckner erzählt hatte? Aber das war kein Grund, jemanden umzubringen. Er mußte unbedingt mit diesem Typen reden, vielleicht war er gar nicht auf Mallorca. Er rief in der Zentrale an, ließ sich Elke Prestel geben und beauftragte sie, die Fluglisten nach Mallorca zu überprüfen, ob ein Bernd Schaumann ausgereist war, ob er einen Rückflug gebucht hatte und wann. Außerdem sollte sie die Mobiltelephonnummer überprüfen, auf welchen Namen das Gerät registriert war und so weiter.

Dann gab es auch noch diese Vergewaltigung, von der Harald Lätsch erzählt hatte. Das war wirklich ein Sumpf, in den er da hineingeraten war. Sigrid Kretschmer mußte er auch noch einmal befragen. Er mußte seine Kollegen mehr mit einbeziehen, konnte nicht mehr allein weitermachen. Gleich morgen würde er ihnen alles erzählen. Rüdiger Benschs Gesicht war völlig verformt gewesen, wieder und wieder geschlagen worden. Klinner versuchte sich die Situation vorzustellen, in der Bensch getötet worden war. Jemand schlug auf einen alten Mann ein, der versuchte, sich unter seiner Zeltplane zu verbergen. Klinner schüttelte sich.

Auf einmal erklang eine Stimme hinter ihm: „Ganz schön kalt, was?“ Er fuhr herum. Vor ihm stand Nicole Bering, eine Plastiktüte in der einen Hand und den Wohnungsschlüssel in der anderen. „Wollten Sie zu mir?“ Sie schien aus dem Nichts aufgetaucht zu sein, hatte sich vor ihm aufgebaut, die stämmigen Beine in den Boden gerammt. Klinner brachte kein Wort heraus, hatte immer noch die Leiche vor Augen, war überrascht von ihrem Lächeln und dem freundlichen Ton ihrer Stimme.

„Sie haben recht, es ist kalt. Ich war gerade in Gedanken.“

„Was Sie nicht sagen. Wollen Sie zu mir, oder wohnen hier noch andere Leute, die Sie regelmäßig aufsuchen, um ihnen auf die Nerven zu gehen?“

„Oh, vielen Dank für das Kompliment. Nein, ich wollte zu Ihnen.“

Diesmal stritt sie nicht mit ihm und nahm ihn wie selbstverständlich mit in ihre Wohnung. Fast mußte er lachen, als sie ihn erwartungsvoll anblickte. Er hatte hier einen Job zu erledigen. Das sagte er sich und nahm sich vor, ohne Umschweife zum Thema zu kommen. Um nicht durch ihren Anblick abgelenkt zu sein, wandte er sich von ihr ab und sah aus dem Fenster.

Mit Blick auf die kahlen Bäume sagte er: „Ich muß noch einmal mit Ihnen über Peter Kracht reden. Ich will alles über die Beziehung von ihm und Pierre Dunker wissen. Was hat sich zwischen den beiden in den letzten Wochen von Herrn Krachts Leben abgespielt? Sie sind diejenige, die ihn am besten gekannt hat, und deshalb brauche ich Ihre Hilfe.“ Das war mal ein straighter Einstieg, dachte Klinner und war zufrieden mit sich. Erwartungsvoll wandte er sich der Frau auf dem Sofa zu. Entspannt zurückgelehnt saß sie da. Anders als beim letzten Treffen, weniger reserviert. Sie schien nicht überrascht von dem, was er von ihr wollte, eher befriedigt. Es war die Frage, ob sie Pierre Dunker verdächtigte, etwas mit der Sache zu tun zu haben. Oder freute sie sich, daß er sie wieder aufgesucht hatte?

„Um Pierre kommt man in Piets Leben nicht rum, hab ich Ihnen ja gleich gesagt." Sie grinste zufrieden, während sie sich eine Zigarette drehte. Klinner hatte mit einer gänzlich anderen Situation gerechnet, hatte erwartet, sie mühsam zum Öffnen der Tür und zu einem Gespräch bewegen zu müssen. Die Situation war entspannt, er konnte ganz locker sein. Er nahm erst mal eine Zigarette und lehnte sich gegen die Fensterbank. Zur Hetze bestand kein Anlaß. Er atmete tief durch. Draußen wehte der Wind. „Wie meinen Sie das?"

Nicole Bering hatte ein leichtes Lächeln im Gesicht, sie ließ sich mit der Antwort Zeit. Der Kommissar war verunsichert. Er hatte ihr eine Frage gestellt, und sie machte keine Anstalten, sie zu beantworten. Sie sah ihn hintergründig an, sagte aber nichts. Er versuchte, ihrem Gesichtsausdruck zu entnehmen, was sie dachte – über ihn? – oder woran.

„Warum glauben Sie, daß Piets Tod etwas mit der Freundschaft von den beiden zu tun hat?" fragte sie auf einmal zurück.

„Das kann ich Ihnen nicht sagen. Aber mir scheint, daß alles, was Sie bisher über die beiden gesagt haben, genau zutrifft. Vieles in Krachts Leben hatte mit Dunker zu tun. Deshalb muß ich einfach wissen, was für ein Mensch Dunker ist, und wie die Freundschaft der beiden war."

Abrupt erhob sie sich. Ging ein paar Schritte in Richtung Fenster, kam näher, als ihm lieb war. Ein Duft ging von ihr aus, Parfüm oder der Geruch ihres Shampoos. Sie sah aus dem Fenster. Er drehte ihr den Kopf zu, so daß er auf ihr Profil blickte. Kleine Ohren, die Windungen der Muschel ganz fein, mit klarer Linie gezeichnet. Wie zart konnten Ohren sein. Ihm wurde schwindlig. Ein kleiner Ohrring mit grünlichem Stein. Die Haare waren es, die diesen Duft verströmten. Warum kam sie ihm so nah? „Pierre ist total durchgeknallt, wenn Sie mich fragen. Der war Piet immer einen Schritt voraus. Ob es um Drogen oder Abzieherei ging, Pierre war immer einen Schritt weiter und hat Piet mitgezogen. Wie ein Strudel."

Klinner drehte den Kopf noch etwas weiter, um ihr Gesicht in der Spiegelung der Scheibe anzusehen. Die Augen waren halb geschlossen.

„Ein anderer Zeuge hat ausgesagt, Peter Kracht hätte sich an den Teufel verkauft. Das klingt ziemlich eigen, aber könnte damit Pierre Dunker gemeint sein?“

„Was weiß ich? Die beiden waren jedenfalls unzertrennlich, und wenn Sie mich fragen, hat Pierre Piet nicht gut getan.“

„Das ist mir zu einfach. Was hat Kracht denn von der Freundschaft mit Dunker gehabt?“

Sie sah ihn an. „Haben Sie Pierre schon mal getroffen, Kommissar?“

„Ja, einmal. Dank Ihrer Information bin ich ihm in der Steintorschänke begegnet. Bei dem Verhör ist nicht besonders viel herausgekommen, eben weil ich noch nicht genug über ihn weiß. Oder weil es nichts zu erfahren gibt, je nachdem.“ Niemals Gegenfragen akzeptieren, dachte Klinner. Noch eine Zigarette. Er nestelte an der Schachtel in seiner Hosentasche, sie klemmte fest.

„Und was haben Sie für einen Eindruck von ihm?“

„Ist ein undurchsichtiger Typ. Ziemlich durchtrieben. Von der ganz harten Sorte. Für den sind die Bullen das Feindbild schlechthin.“ Immer noch lag ihr prüfender Blick auf ihm. Sollte er unter Beweis stellen, wie er mit Pierre Dunker fertig wurde?

Ihm wurde warm unter ihrem Blick. Sie war auf eine ihn verunsichernde Weise präsent, fast fordernd. Das machte ihn verlegen. Er zog seinen Mantel aus, Schweißperlen auf der Stirn wollte er nicht riskieren. Was ging in dieser Frau vor? Sie trat auf ihn zu und nahm ihm den Mantel aus der Hand. Für einen kurzen Moment berührte sie ihn im Vorbeigehen. Ihre Hüfte streifte seinen herabhängenden Arm. Der fing an zu pochen. Sie brachte den Mantel in den Flur, während Klinner sich Mühe gab, seine innere Ordnung wiederherzustellen. War verdammt eng hier, mit den Sesseln und dem Sofa.

Sie kam zurück, baute sich vor ihm auf, ließ noch einen quälenden Moment verstreichen. „Sie sind nicht der Typ, der mit Pierre fertig wird. Sie sind zu lieb, zu sehr bemüht, daß man Sie mag, Kommissar.“

Fast hätte er ausgerufen: Ich kann auch anders! Wie einer, der Anerkennung will, der respektiert werden möchte. Das schluckte er herunter. Statt dessen gab er den Ball zurück: „Sind Sie denn mit ihm fertiggeworden, Frau Bering?“

„Kommt drauf an. Solange er mich als Nutte gesehen hat, gings. Damit kenn ich mich aus. Später war ich seine Konkurrentin. Das war schwieriger.“ Sie drehte sich um und ging zum Sofa. Setzte sich, legte die Arme neben sich auf die Rückenlehne, mit einer Hand bot sie ihm den Sessel neben sich an. „Im Leben der Männer geht es immer um Sex.“

Er beschloß, diese Äußerung nicht auf sich zu beziehen und stieß sich von der Fensterbank ab, um sich auf den Sessel zu setzen. So konnte er Nicole Bering besser sehen.

Es dämmerte. Auf die Idee, um Licht zu bitten, kam er nicht. Es wurmte ihn, daß sie ihn in seiner Rolle als Kommissar nicht ernst nahm. Sie streifte ihre Schuhe ab und legte die Füße neben sich auf das Sofa. Er sah ihre Füße an. Sie waren schmal und lang, die Zehen waren etwas verbogen, zusammengedrückt, als wenn sie häufig in Schuhe gepreßt worden waren, die zu klein und eng waren. Als er den Blick hob, fühlte er sich ertappt. Sie hatte ihm zugesehen. Mit einem Lächeln sagte sie: „Ich weiß nicht, warum ich sie lackiere. Im Winter sieht es sowieso niemand.“

„Sie lenken ab.“

„Oh, das wollte ich nicht. Herr Kommissar, wie kann ich Ihnen helfen?“ Sie faltete die Hände und spitzte die Lippen. Mit gespieltem Ernst sah sie ihn erwartungsvoll an. Sie lachten gemeinsam. Das tat gut.

„Sie könnten meine Fragen beantworten. Was hat Kracht davon gehabt, mit einem so kaputten Typen wie Dunker rumzuziehen?“

„Wenn ich das damals begriffen hätte, wären wir vielleicht noch zusammen. Keine Ahnung. Pierre stand an einem Ende und ich am anderen. Verstanden haben wir uns nicht, wir haben nur an Piet gezogen.“

„Verstehe ich Sie richtig? Dunker war der, der Kracht immer wieder das Leben mit Drogen und Kriminalität vorgelebt hat, während Sie etwas anderes wollten. Und Herr Kracht konnte sich lange Zeit nicht entscheiden, hat sich am Ende aber für Dunker entschieden?“

„Das haben Sie aber schön gesagt, Herr Kommissar.“

„Ich weiß, die beiden haben eine gemeinsame Vergangenheit, die schon im Heim begann und oft in der Kriminalität eine große Rolle spielt. Aber was war in der letzten Zeit? Warum hatten die beiden Streit? Hat das etwas mit den Geschäften zu tun, die die beiden für Bernd Schaumann erledigt haben?“

Augenblicklich gefror die Stimmung. Sie erhob sich und ging im Raum umher. „Keine Ahnung, was das wieder für Scheißgeschäfte waren.“

„Aber es waren Geschäfte?“

Sie warf ihm einen kurzen, scharfen Blick zu, als wenn er sich daneben benommen hätte. „Was geht mich das an? Und ich wills auch gar nicht wissen. Warum fragen Sie?“

„Ich frage mich, wer Peter Kracht umgebracht haben könnte, falls er umgebracht wurde. Und da ist von Interesse, ob er mit Pierre Dunker in Schwierigkeiten geraten war.“

„Ich glaub, das war keine so große Sache. Eher ne kleine Gefälligkeit. Über größere Schwierigkeiten, in die die beiden gemeinsam geraten sein könnten, weiß ich nichts, ehrlich nicht.“

„Könnte es sein, daß die beiden zusammen ein Gewaltverbrechen begangen haben?“

„Was denn für ein Gewaltverbrechen?“

„Wir haben im Bürgerpark eine Leiche gefunden, und ich frage mich, ob die mit dem Mordfall an Peter Kracht etwas zu tun hat. Der Mann wohnte in derselben Pension.“

Sie sah ihn mit großen Augen an. „Ich wußte, daß da was vorgefallen ist. Etwas, wovon Piet nicht sonderlich begeistert war. Aber der würde niemals jemanden umbringen, da bin ich mir ganz sicher.“

„Aber Dunker würden Sie schon einen Mord zutrauen?“

Sie antwortete nicht.

„Bei unserem letzten Gespräch haben Sie gesagt, der Name Bernd Schaumann sagt Ihnen nichts. Gerade eben reden Sie davon, die beiden hätten irgendwelche kleinen Geschäfte mit ihm gemacht, und jetzt sagen Sie, Sie wußten, da ist etwas vorgefallen. Ich glaube, Sie wissen etwas, Frau Bering, was Sie mir nicht erzählen wollen, etwas, das mit Herrn Kracht und Herrn Dunker zusammenhängt. Wen wollen Sie schützen? Kracht ist tot, und Dunker mögen Sie nicht.“

„So einfach ist das nicht“, sagte sie mit tonloser Stimme. „Piet hat sich selbst verabscheut, wenn er seinen Rausch ausgeschlafen hatte, hat sich oft genug geschworen, den Kontakt zu Pierre abzubrechen. Hat es aber nie geschafft. Es war wie ein Sog. Wenn er schlecht drauf war, gings los.“

„Wann war das? Auch jetzt in letzter Zeit?“ Klinner war ihr zum Fenster gefolgt und stand wieder neben ihr, wie zu Beginn seines Besuchs. Er war gespannt, wartete auf eine neue Information, hoffte, daß Nicole Bering mit ihrem Wissen herausrücken würde, daß ihre Fassade zusammenbrach.

In der Fensterscheibe sah er die Spiegelung ihres Gesichts, ihr standen Tränen in den Augen. Sie fuhr herum, ohne ihn anzusehen, ging in das Zimmer hinein. „Wissen Sie, mich kotzt das alles an. Ich bin seit einem Jahr clean, keine Pillen, keine Drogen, kein Alk. Das kostet ne Menge Energie. Ich bin arbeitslos, und der Typ, der vorgibt, in mich verliebt zu sein, ist verheiratet und hat drei Kinder. Der läßt sich alle drei Wochen für ein paar Stunden blicken. Und dann nölt er mich voll. Wenn ich Glück habe, vögelt er mit mir, aber ... ach ... das erzähl ich Ihnen lieber nicht. Und jetzt kommen Sie an und texten mich zu wegen Pierre und Piet. Das brauche ich echt nicht. Ich hab andere Sorgen.“

Überrascht schwieg Klinner. Was sollte er tun? Er entschloß sich, die letzte Äußerung zu ignorieren. „Ich will noch einmal zurück zu dem, was Kracht Ihnen in der letzten Zeit erzählt hat. Sie haben gesagt, daß er nicht sonderlich begeistert war von dem, was da passiert ist. Wie ist dieses Gespräch verlaufen, was hat er Ihnen erzählt, wann war das?“

„Hören Sie schlecht? Ich hab gesagt, ich hab keinen Bock mehr auf Ihr Gelaber, verpissen Sie sich, machen Sie, daß Sie rauskommen. Ich will Sie nicht haben.“ Sie drehte sich weg. Griff mit der Hand in die Lehne des Sessels und drückte fest zu.

Er konnte es schwer ertragen, sie traurig zu sehen. Er stand hinter ihr, näherte sich langsam, wußte nicht, was er machen sollte, fühlte sich steif, hilflos. Vielleicht sollte er ihr den Arm auf die Schulter legen, sie trösten. Er durfte die Ebenen nicht vermischen. Er hob einen Arm, der fühlte sich schwer an. Er versuchte, ihn ganz leicht auf ihre Schulter zu legen. Sie zuckte zusammen, blieb aber stehen. Er berührte sie nur leicht, hielt das Gewicht seines Armes in der Luft und blieb einen Schritt von ihr entfernt. Das war anstrengend. Nach einer Weile fing der Arm an, weh zu tun. Er ging näher an sie heran. Sie lehnte sich an ihn. Zitterte leicht. Klinner hatte das Gefühl, daß sie leise weinte.

Plötzlich drehte sie sich um. „Gehen Sie bitte.“

Oh nein, ging es Klinner durch den Kopf, bitte nicht. Sie mußte ihm mehr erzählen. Was konnte er sagen? In seinem Kopf rotierten die Gedanken.

Nicole Bering schniefte. Sah ihn an. „Was ist? Haben Sie noch nie ne traurige Frau gesehen? Ich hab vor kurzem erfahren, daß der einzige Mann, den ich geliebt habe, tot ist. Ist ja wohl kein Wunder, daß ich traurig bin."

„Nein. Sie haben recht. Das ist kein Wunder. Es macht mich nur hilflos. Ich tauche immer dann auf, wenn die Leute in Trauer sind. Ich bin immer ein paar Schritte weiter. Ich muß mit meiner Arbeit sofort anfangen, um nicht die Spur zu verlieren. Ich hoffe, Sie verstehen meine Lage."

„Ihre Lage? Ich bin froh, wenn ich meine Lage verstehe. Ich kann Ihnen nicht helfen. Daß ich Pierre alles zutraue, bedeutet – ehrlich gesagt – nicht viel. Ich habe Piet geliebt, und er hat Pierre mehr geliebt als mich. Ich kann über Pierre nicht normal reden. Können Sie das nicht verstehen, Herr Kommissar?" Den letzten Satz hatte sie betont, als ob Klinner dämlich wäre.

Er lehnte sich an die Fensterbank, wollte zum Reden ansetzen, noch mal ausholen. Sie kam ihm zuvor: „Da brauchen Sie sich nicht aufzubauen. Ende der Vorstellung. Abgang", sagte sie nicht unfreundlich, aber bestimmt. Sie kam auf ihn zu, packte seinen Arm und zog ihn in Richtung Flur.

Kurze Zeit später fand er sich auf der Treppe wieder. Das war nicht der letzte Besuch, dachte er, während er die Treppe hinunterstieg.

***

Tilman Klinner fuhr mit dem Audi zurück in die Friedrich-Ebert-Straße. Vor dem Aussteigen zwang er sich, einen Moment innezuhalten und sich zu beruhigen. Er rauchte eine Zigarette und sah den Leuten zu, die aus dem Supermarkt gegenüber kamen. Nichts hatte sie gesagt. Aber sie wußte mehr, das war klar. Er wollte sie nicht verschrecken, sie nicht verletzen. Das wären unprofessionelle Empfindungen für eine Zeugin gewesen, fehlendes ermittlerisches Feingefühl. Man darf nur die Fragen stellen, von denen man weiß, daß sie beantwortet werden. Das hatte er verbockt.

Er ließ das Auto im Halteverbot stehen und stieg die Treppen hoch in den zweiten Stock. Vor der Tür mit der Nummer 21 blieb er stehen. Auf sein Klopfen erhielt er wie erwartet keine Antwort. Er war nicht in der Stimmung, dieselbe Prozedur wie beim letzten Mal zu ertragen. Also hämmerte er laut an die Tür und rief: „Frau Kretschmer, öffnen Sie die Tür, Kriminalpolizei. Ich muß mit Ihnen sprechen."

Kurze Zeit später wurde die Tür geöffnet, und ein entsetztes Gesicht erschien. Sigrid Kretschmer blickte hektisch in den Flur, ob andere Personen da waren. „Sie können nicht so einen Lärm machen! Wenn das die anderen mitkriegen, die machen mir Probleme." Sie sagte diesen Satz mit so eindringlicher Stimme und sah ihn dabei so erschrocken an, daß er nahe daran war, sich zu entschuldigen. Wie verletzlich sie war.

Sein drängendes Anliegen gewann jedoch die Oberhand. „Frau Kretschmer, ich habe keine Zeit für Spielchen. Ich muß mich dringend mit Ihnen unterhalten. Lassen Sie uns in Ihr Zimmer gehen, oder ziehen Sie sich etwas an und kommen heraus. Von mir aus können wir essen gehen oder was auch immer. Aber ich muß unbedingt mit Ihnen reden."

„Ich komme."

Vielleicht sollte er sich doch ein forscheres Auftreten zulegen. Es schien ja was zu nützen. Nach zehn Minuten des Wartens war er sich seiner Sache nicht mehr so sicher. Als sie einen Moment später erschien, war er erleichtert. Sein Magen knurrte, deswegen fragte er: „Darf ich Sie zum Essen einladen? Ich bin nämlich verdammt hungrig."

Sie schien überrascht. „Ich mag keine Restaurants, und ich esse auch nicht alles."

„Ich brauche aber unbedingt etwas zu essen, was schlagen Sie vor?"

„Es darf nicht zu fein sein, das kann ich nicht leiden. Und ich will Nudeln mit Tomatensoße."

„Das ist doch mal ne klare Aussage. Fahren wir also zu dem Italiener im Buntentorsteinweg, da ist es nicht zu voll und auch nicht besonders teuer."

Er hielt direkt vor dem Restaurant. Es war leer, kein Wunder bei diesem Wetter, da ging keiner gerne raus.

Es brauchte ein paar deutliche Gesten, um der Bedienung klarzumachen, daß sie an einer Unterhaltung nicht interessiert waren. Sie brachte das Essen mit einer beleidigten Miene. Klinner haßte es, wenn Friseure und Kellnerinnen glaubten, ein Recht auf Kommunikation mit dem

Kunden zu haben. Während er bedient wurde, hielt er mürrisch den Kopf gesenkt.

Er war so hungrig, daß er eine ganze Weile aß, ohne auf Sigrid Kretschmer zu achten. Sie hatte Spaghetti Bolognese und ein Bier bestellt. Sie hatte sich eine halbe Schale voll Parmesan auf ihre Nudeln geschaufelt und saß nun vor der trockenen, bröselnden Soße. Lustlos stocherte sie darin herum. Ab und zu zog sie mit der Gabel ein paar Spaghetti heraus, biß hinein und sog die Enden auf.

Klinner hatte Mühe, die krosse Pizza so schnell zu schneiden, wie sein Magen nach mehr verlangte. Er schnitt sich Stücke heraus und nahm sie in die Hand. Das brachte sie zum Grinsen. Er nahm ihr Lächeln als Gelegenheit, ins Gespräch einzusteigen. „Ich halte nichts von übertriebenen Tischsitten."

„Die Leute können essen, wie sie wollen, solange sie sich nicht das Gesicht vollschmieren und mir das Essen in ihrem Mund zeigen, das finde ich super eklig, da könnte ich jedesmal kotzen."

Die Äußerung klang so heftig, daß Klinner sich unwillkürlich den Mund mit der Serviette abwischte. Sofort achtete er peinlich genau darauf, zu Ende zu kauen, bevor er das Wort an sie richtete. „Ich habe einige Dinge herausgefunden, die es notwendig machen, noch einmal mit Ihnen zu sprechen. Ich hoffe, Sie können mir weiterhelfen." Klinner konnte, wie beim letzten Gespräch, nur den Schirm ihrer Mütze sehen, hatte aber den Eindruck, daß sie bei seinen Worten erstarrte. „Genauer gesagt geht es um Kracht und Dunker. Was ich bisher herausgefunden habe, läßt darauf schließen, daß die beiden gemeinsam Verbrechen begangen haben. Drogenkonsum, Beschaffungskriminalität und so weiter. Im Zusammenhang mit diesen Verbrechen kam es, nach meinen Informationen, wiederholt zu gewalttätigen Übergriffen."

Ihr Kopf drehte sich weg, nach unten, hin zu ihrem Teller. Klinner machte eine kleine Pause und fragte sich einen Moment lang, warum er mit ihr nicht ins Büro gegangen war. Es war ein sensibles Thema, was er mit ihr besprechen wollte, vielleicht sollte er das lieber von einer Frau machen lassen. Er ließ den Gedanken nicht voll in sein Bewußtsein aufsteigen, verdrängte ihn wieder. Er war zu ungeduldig, mußte herausfinden, ob etwas dran war an den Aussagen von Harald Lätsch. „Frau Kretschmer, haben Sie mir etwas verschwiegen, was Sie über die beiden Männer wissen?"

„Wüßte nicht, was das sein sollte“, war die knappe Antwort, die Klinner keinen Ansatzpunkt liefern sollte. Er hatte sich vorgenommen, sein Thema langsam zu entfalten und sie nicht direkt mit seinem Wissen um die Vergewaltigung zu konfrontieren. Vielleicht sollte er es einfach geradeheraus ansprechen und schauen, wie sie reagierte. Das wiederum erschien ihm fast unmöglich, sie baute schon jetzt eine Mauer um sich auf. „Ich habe Informationen, denen zufolge die beiden andere zum Sex gezwungen haben, also Vergewaltigungen begangen haben.“ Totenstille. Die Worte lagen hart im Raum. „Frau Kretschmer, sind Sie Opfer einer solchen Vergewaltigung geworden?“

Der Blick, der ihn für eine Sekunde lang traf, war voller Haß. Sie warf den Teller um und sprang auf. Einen Moment lang saß Klinner wie versteinert da und beobachtete die Bolognese-Sauce, die zähflüssig die Wachstuchdecke herunterrann, während Sigrid Kretschmer das Lokal verließ. Die Parmesankrumen gaben der roten Sauce eine unappetitliche Konsistenz, wie roter Zement. Der erste dickflüssige Tropfen klatschte auf den Kachelboden, als die Kellnerin eintraf. „Kann ich Ihnen helfen?“

Dieser Satz weckte Klinner aus der Erstarrung. Er sprang auf und zückte sein Portemonnaie. „Manchmal hat man einen schlechten Tag“, sagte sie erleichtert, als sie den Fünfzigmarkschein sah, den er zückte. Sie wollte ihm in die Jacke helfen. Er mußte ihr sofort folgen.

„Geben Sie her!“ Er zerrte an der Jacke, noch immer den Geldschein in der Hand haltend. Als er aufhörte, an der Jacke zu zerren, stolperte die Kellnerin rückwärts, um das Gleichgewicht nicht zu verlieren. „Nehmen Sie!“ Als sie sich anschickte, den Schein anzunehmen, riß er ihr die Jacke aus der Hand und warf den Schein in die Bolognese-Sauce.

Sigrid Kretschmer war nicht mehr zu sehen. Es hatte angefangen zu gießen. Dichte Wasserfäden tauchten die Straße in bläuliches Dunkel. Ein Auto rauschte heran und blendete ihn mit den Scheinwerfern, deren Licht von der Straße reflektiert wurde. Wo war diese kleine Frau hin? Sie war in Richtung Leibnizplatz gelaufen, das hatte er noch gesehen. Vielleicht war sie auf dem Weg zu der Pension. Er lief die Straße ein Stück entlang. Sofort fing die Pizza in seinem Bauch an, sich auf unangenehme Weise nach oben zu bewegen. In den Hauseingängen, an denen er vorbeikam, sah er sie nicht. Vielleicht war sie zur kleinen Weser hochgelaufen. Er spähte den Weg hinauf, der zwischen Altenheim und Museum hindurchführte. Dann sah er eine kleine Person, die die Treppe hochstieg. Das mußte sie sein. Bei dem Regen war nichts genau zu erkennen. Er hastete hinter ihr her und übersah eine tiefe Pfütze, die sich auf dem Sandweg gebildet hatte. Fluchend patschte er den Weg weiter, in seinen Schuhen schwimmend. Als er die Treppe erreichte, war die Person bereits abgebogen. Auf dem Weg, der an dem See entlang führte, holte er sie schließlich ein. Es war tatsächlich Sigrid Kretschmer.

Sie beachtete ihn nicht und marschierte strammen Schrittes stadtauswärts. Klinner wandte sich ihr zu, was ihn dazu zwang, seitwärts zu hoppeln. Der Regen ging unvermindert nieder, der See war von den einschlagenden Tropfen aufgewühlt.

„Warum sind Sie weggelaufen, Frau Kretschmer?“

Keine Antwort.

„Das ist doch albern, hier so durch den Regen zu rennen. Lassen Sie uns in Ruhe über die Sache reden. Wir können auch ins Revier fahren und in einer geschützten Atmosphäre reden. Sie können auch mit einer weiblichen Beamtin sprechen, wenn Sie nicht mit mir reden wollen. Aber lassen Sie uns mit diesem Gerenne aufhören.“ Er war außer Atem und es leid, so neben ihr herzustolpern.

Plötzlich blieb sie stehen. „Ich hasse Frauen. Die tun immer so gekünstelt und benehmen sich so, als würden sie alles und jeden verstehen. Die legen dir bei jeder Gelegenheit die Hand auf den Arm und meinen, damit Wunders was zu bewirken. Das widert mich an.“

„Ist ja schon gut“, sagte Klinner. „Was kann ich also für Sie tun?“ Er war bereit, sich auf alles mögliche einzulassen, was ihn aus diesem Regen rausbringen würde. Sie ging weiter, schien den Regen nicht zu bemerken. „Ich kenne die beiden nicht, verstanden? Verschwinden Sie.“

Einen kurzen Moment hatte ihn ein Blick gestreift, verkniffen und voller Haß, wie in der Pizzeria. Er hatte Mühe, ihr Tempo mitzuhalten und ihr zugewandt zu bleiben. Währenddessen rann das Wasser zwischen seinen Pobacken hinunter. „Frau Kretschmer, das glaube ich Ihnen nicht. Beim letzten Mal waren Sie noch froh darüber, daß Peter Kracht tot ist, da können Sie mir jetzt nicht auftischen, Sie würden beide nicht kennen. Lassen Sie uns hier verschwinden und in Ruhe reden.“

Während er darüber nachdachte, wie er sie zum Reden bringen könnte, fiel er etwas zurück, so daß er nicht sofort hörte, was sie sprach. Mit gesenktem Kopf redete sie wie mit sich selbst.

„... verfluchte Scheiße, diese Nutte, warum hat sie wieder geplaudert, die sollte man abschießen, läßt sich ficken, und dann redet sie auch noch stolz darüber ... die Augen auskratzen ... kleines Mädchen, kann nicht ...“

Klinner bemühte sich, zu ihr aufzuschließen. Er bekam höchstens die Hälfte mit von dem, was sie redete. Der Regen wurde immer stärker und verschluckte jedes Geräusch.

„Der brauchst du nicht mal Geld zu geben dafür, die macht für jeden die Beine breit, weil sie es braucht. Hat Spaß dran. Nicht wie ... kleine dreckige Schlampe, warst wieder so gierig. Hättest wissen können, das geht nicht gut. Geht nie gut mit Typen. Die locken dich und dann treten sie zu ...“

Plötzlich blieb sie stehen. Sie hatte Tränen in den Augen und schrie Klinner an: „Was geht dich das denn an? Ihr Schweine. Jetzt willst du was wissen, und dafür bist du nett zu mir, gibst mir was zu essen, und ich darf deine beschissenen Zigaretten rauchen. Du bist doch nur ein Bulle.“

Damit drehte sie sich wieder um und rannte weiter in Richtung Huckelriede. Sie waren mittlerweile auf der Höhe der Klinik am Werdersee, und Klinner bekam langsam Angst, sich zu erkälten. Er packte sie bei den Schultern und schrie sie an: „Moment mal, ja? Natürlich bin ich kein Zauberer, ich bin auch nicht Ihr Therapeut, der alles wiedergutmacht. Ich bin für die Ermittlung zuständig. Dafür laß ich mich von Ihnen nicht beschimpfen, denn den Job nehm ich ernst. Natürlich kann Sie keiner zwingen, auszusagen. Ich kann Ihnen auch nicht garantieren, daß Ihnen so was nie wieder zustößt. So wie es aussieht, kann ich Ihnen nicht mal garantieren, den Mörder zu überführen, weil nämlich, verdammte Scheiße, überhaupt niemand mir irgendwas erzählen will. Ich hab genug von diesem Theater. Entweder Sie reden jetzt Klartext, oder wir lassen es sein. Klar?“

Der laute Klang seiner Stimme wurde vom Regen verschluckt. Sie standen einander gegenüber. Wasser rann von Sigrid Kretschmers Mütze herunter. Ihr Parka war dunkel und schwer von der Nässe. Eine Weile lang schwiegen sie. Sie mußten sich beide beruhigen, die Wut verklingen lassen. Zumindest machte sie keine Anstalten mehr, davonzulaufen. Als sie irgendwann den Kopf hob und er in ihr Gesicht blickte, bereute er schon wieder, was er gesagt hatte. War er denn völlig bescheuert?

„Es tut mir leid, Frau Kretschmer, ich wollte Sie nicht verletzen. Aber ich komme keinen Schritt voran, und alle sehen in mir nur den Feind, den Bullen. Dabei will ich einen Mord aufklären. Der Mord an Peter Kracht ist nicht das einzige Verbrechen, das in dieser Pension begangen wurde. Sie sind vergewaltigt worden, und außerdem ist noch ein weiterer Bewohner des Hauses ums Leben gekommen. Ich würde gern Pierre Dunker wegen Vergewaltigung hinter Gittern sehen. Aber dafür brauche ich Ihre Aussage. Ich muß endlich jemanden finden, der mir die Wahrheit sagt, der mit mir zusammenarbeitet."

Das Rauschen des Regens erzeugte einen gleichmäßigen Ton, kaum wahrnehmbar. Die dichten Fäden nahmen der Landschaft Farbe und Kontur. Es waren keine Menschen zu sehen. Sie standen nebeneinander, dem See zugewandt. Das Wasser lief Klinner den Rücken herunter. Er rührte sich nicht, sie lief nicht mehr weg, das war gut. Es gab nichts zu sagen, jetzt mußte er warten. Er kämpfte dagegen an, sich zu ihr umzudrehen. Sie stand etwa zwei Meter neben ihm. Langsam drehte er den Kopf. Ihr Gesicht war kaum zu erkennen. Sie hatte die Schultern hochgezogen, die Augen zusammengekniffen. Der Blick war starr geradeaus gerichtet. Eine seltsame Erscheinung, klein, zierlich, mit einem verquollenen Mädchengesicht und kleinen, fleischigen Händen. Sie wandte den Blick vom See ab, sah an sich herunter, griff in ihre Tasche und holte einen Riegel Tabletten heraus, die sie in ihre nasse Hand drückte. Fünf weiße Scheibchen, die sich in der Nässe aufzulösen begannen. Sie warf sie ein, kaute kurz und schluckte trocken.

Dann begann sie mit tonloser Stimme zu sprechen, den Blick dabei auf den See hinaus gerichtet. „Das war an dem Abend, wo ich total blank war. Ich hab gewußt, da stimmt was nicht. Kleines Scheusal. Warum haben die mich mitgenommen. Ich kann das nicht. Ich halt so was nicht aus. Ist nix mit mir. Steh nicht drauf. Und diese andere, diese dumme Nutte. Die hat das wohl echt gewollt oder was. Na ja, is ihr Bier. Jedenfalls bin ich da mit rein und dann gab es erstmal ordentlich was zu saufen. Da hab ich zugelangt, weil ich ja schon nen Affen hatte, Alkohol ist besser als nichts. Dann haben sie noch einen Druck spendiert, richtig für jeden ne eigene Spritze und so. Da war ich erstaunt. Aber nachher fing die andere Scheiße an. Das will ich gar nicht erst erzählen. Das war so widerlich." Mit verstellter Stimme sagte sie: „Ja, wenn Sie es genau wissen wollen, die haben mich zum Sex gezwungen." Dann wandte sie sich zum Gehen. „Und jetzt verpissen Sie sich. Wenn Sie mich vor Gericht kriegen wollen, das können Sie gleich vergessen, das mach ich nicht mit. Und wenn Sie das Pierre erzählen, was ich gesagt habe, dann bringt der mich um, das kann ich Ihnen versprechen. Der macht vor nichts halt."

Sie drehte sich um und ging Richtung Friedrich-Ebert-Straße davon. Sie fluchte vor sich hin. Er wollte ihr hinterherrufen, daß er sie nach Hause bringen könne. Der Satz blieb ihm im Hals stecken.

***

Klinner lag im Bett und wollte nur schlafen. Gedanken flogen durch seinen Kopf und hielten ihn lange wach. Als er endlich einschlief, wartete ein intensiver Traum auf ihn.

Er war in einem Gebäude.

Hohe Gänge, deren Wände mit dunkelgrüner Lackfarbe gestrichen waren. Es roch unpersönlich, stechend nach Bohnerwachs, darunter nach Staub und altem Putz. Beständig bewegten sich Männer durch die Gänge. Alles erinnerte ihn an Schule, nur waren die Männer zu alt. Er mußte den Raum finden. Überall murmelten Gestalten vor sich hin. Sie waren versunken in ihre Aufgabe, Papierstapel von einem Ort zum anderen zu tragen. Er sprach einen der Männer an, wo er den Raum finden könne, er müsse seinen Auftrag erfüllen. Der Mann herrschte ihn an, er solle nicht den Verkehr aufhalten. Er schickte ihn kopfschüttelnd in die Richtung, aus der er gekommen war und machte vage Angaben über einen Treppenaufgang.

Klinner folgte den Anweisungen. Das Gebäude war unübersichtlich, so viele Gänge kreuzten sich. Nach wenigen Minuten wußte er nicht mehr, aus welcher Richtung er gekommen war. Eine Treppe tauchte links auf. Er stieg die Stufen empor und gelangte zu einer zweiten Treppe. Sie wand sich in mehreren Spiralen aufwärts. Er stieg und stieg, voller Zweifel, ob er die richtige Richtung eingeschlagen hatte.

Endlos schienen sich die Spiralen aufwärts zu winden. Als seine Beine schon ganz schwer waren, erreichte er endlich das Ende der Treppe. Er gelangte auf einen Dachboden, der in einzelne Holzverschläge unterteilt war. In den Verschlägen standen Möbel, die mit weißen Tüchern bedeckt waren. Er ging den Gang an den Lattenverschlägen entlang. In einem saß eine Frau wie in einem Käfig. Sie hämmerte auf die Tasten einer riesigen Schreibmaschine. Die Mechanik brachte große Hämmer in Bewegung, die Druckbuchstaben auf eines der Laken druckten. Klinner fragte sie nach dem Weg und versuchte gleichzeitig, den Text zu entziffern. Sie blickte von ihrer Arbeit auf und schüttelte nur den Kopf. Ihre Augen waren weiß, ohne Iris und Pupille.

Klinner ging weiter, ohne auch nur ein Wort entziffert zu haben, er war froh, den Anblick der Frau loszuwerden. Eine Tür am Ende des Ganges führte in eine Halle, die mit vielen alten Stehlampen beleuchtet wurde. Sie gaben dem großen Raum ein gelbliches Licht. Unter einer dieser Lampen saß ein Junge. Versonnen riß er einer Fliege die Flügel aus. Auf dem Fußboden waren mehrere Fliegen, die ihre Flügel schon verloren hatten. Sie sahen aus wie dicke Ameisen und krabbelten hilflos umher. Der Junge schenkte Klinner keine Beachtung, er operierte mit seiner ganzen Aufmerksamkeit die Fliege.

Am Stirnende der Halle entdeckte er einen Mann. Der stand hinter einem gewaltigen Stehpult und war in ein Buch vertieft. Klinner ging zu ihm hinüber. Er war zu klein, um über den Rand des Pults zu blikken.

Klinner überlegte, was er den Mann fragen könnte, ihm fiel nichts ein. Nach einer Weile sah der Mann auf und blickte ihn über seine Lesebrille hinweg erwartungsvoll an. Was er denn suchen würde. Klinner antwortete, er wisse es nicht. Der Mann fuhr ihn an, er habe keine Zeit für lange Gespräche und müsse dieses dicke Buch lesen, Klinner solle sich davonmachen, den Weg wisse er ja.

Klinner wollte noch etwas sagen, er überlegte. Er wußte weder den Weg, noch wußte er, wo er sich hier befand. Der Mann hatte sich wieder in das dicke Buch vertieft, den Kopf über die Seiten gebeugt. Er durfte ihn nicht stören. Was hatte er hier verloren? Schnell hastete Klinner an dem Jungen vorbei, der ihn nicht zu bemerken schien. Im Gang hämmerte die riesige Schreibmaschine bedrohlich laut. Er stieg eine Wendeltreppe hinunter, eine andere als die, über die er gekommen war. Er wollte dem Hämmern der Schreibmaschine entkommen, um nicht mehr die leeren Augen der Frau vor sich zu sehen.

Am Morgen wußte er immerhin, wo er sich befand.

Fünftes Kapitel

„Ihr könnt gleich umdrehen und abzischen, bei mir kommt ihr nicht rein! Das wißt ihr doch."

Die beiden Jungs standen da und sahen Nicole Bering an. Blaß waren die und quelläugig, vielleicht zwölf Jahre alt. Nicht mal Flaum auf der Oberlippe und nachts Indianerträume. Sie hatten den Strudel der Pubertät noch vor sich, der buschiges Haar sprießen läßt und Verwirrung stiftet.

Im Prinzip war es ihr egal, wer hier reinkam, aber diese beiden waren einfach zu jung. Es hingen hier ein paar Jungs rum, die nebenan im Pornokino anschaffen gingen, und die sollten sie nicht treffen, noch nicht. Auch wenn es da sicher Kunden gab, die sich freuen würden.

Die beiden standen da in ihren Skaterhosen mit gierigen Blicken auf die bunten Lichter. Wahrscheinlich wollten sie nur zu den Ballerautomaten.

„Verpißt euch!"

Mit einem „Is ja gut, blöde Zicke" verschwanden sie.

Nicole Bering blieb sitzen in ihrem Glaskasten.

Dieser Kommissar wußte von all dem nichts. So wie der sich bewegte. Der war unbeholfen, wollte den souveränen Bullen mimen und war gleichzeitig dermaßen unsicher. Wie kam so einer bei der Kripo unter? Aus Versehen? Die Augen leuchten so unschuldig und offen, dem wollte man alles erzählen, dachte sie. Gleichzeitig hatte sie Lust, mit ihm zu spielen, ihn zu verunsichern. Dazu lud er ein. War das nur bei ihr so?

„Kannst du mir Fünfmarkstücke geben, Nicole?" fragte ein Mann.

„Ja, bitte."

„Und ein Kaffee, so wie immer."

Sie goß ihm eine Tasse Kaffee ein, gab einen Schuß Milch dazu und reichte ihn durch die offene Tür.

„Du bist ja nicht gerade redselig."

„Stimmt."

Sie sah dem Mann zu, wie er sich wieder vor dem Geldspielautomaten plazierte. Er warf Münzen in drei Automaten und drückte die Knöpfe. Lichter begannen zu blinken. Ein hoffnungsloser Fall. Ein paar blinkende Lichter sehen, ein bißchen Nervenkitzel haben. Um die Kontrolle über sein Leben zu gewinnen. Bis das Geld alle war.

Sie selbst spielte nie. Der Umweg über den Automaten reizte sie nicht. Dann lieber richtig breit sein, oder im Koma. Nichts spüren war das Ziel. Warum sich dann mit Automaten aufhalten?

Der Bulle war nicht so einer, der mit jeder Situation fertig wurde. Er fürchtete sich vor etwas, wenn er ihr begegnete. Das berührte sie, machte ihn sympathisch.

Sie fuhr fort, ihre Nägel zu feilen. Sie durften keine Haken haben oder eingerissen sein. Außerdem mußten sie spitz zulaufen, leichte Andeutung von Wehrhaftigkeit, nicht zu lang. Sie waren immer lackiert und perfekt gefeilt. Eigentlich Unsinn, darauf Zeit zu verwenden. Aber es verschaffte ihr Befriedigung. Fertig. Sie betrachtete ihre Hände, schloß den Glaskasten ab und ging zur Eingangstür. In der offenen Tür rauchte sie eine Zigarette.

Sie dachte an Piet. Wie er früher manchmal ankam: Ich schaff es nicht mehr, Nicole. Ich kann mich nicht mehr grademachen, mich so aufblasen, daß sie Angst vor mir haben. Ich hab doch selber Angst, das merkt jeder. Neulich beim Pola-Bus hatte ich Streit mit jemand. Es ging um nichts Großes, paar Pillen oder so. Tritt der Sack mir einfach gegen das Schienbein. Scheiße. Das Bein war total geschwollen und entzündet, das tat so weh, ich bin einfach zusammengeklappt. Ich muß da raus, hilf mir.

Er würde nie mehr kommen und sich bei ihr ausheulen. Mit ihr eine Zigarette rauchen, sie anschnorren. Dieses Hin und Her war vorbei: Fährst du mich zu Synanon? Kann ich bei dir entgiften? Ich muß unbedingt aufhören, raus aus der Szene, wie soll ich das bloß schaffen?

Einsam wirst du sein, Piet.

Und Pierre? Ich kann den nicht im Stich lassen, der will doch auch nicht mehr.

Pierre? Der schafft es nie, und der will auch nicht. Das weißt du, mach dir nichts vor.

Es war ihm immer schwerer gefallen, sich wieder aufzurichten, sich die Tränen abzuwischen und einen verwegenen Blick in sein Gesicht zu bekommen: Piet, laß es uns zusammen noch mal versuchen, oder hör wenigstens mit diesem Leben auf, du bist doch fertig: Wie er dann weggeschlichen war, sich mehrmals umsehend, bemüht, aufrecht zu gehen, verkrampft. Sie konnte es kaum ertragen. Gut, daß es jetzt vorbei war.

Sie warf die Kippe in den Gully, schloß die Tür und ging wieder zu ihrem Kasten. „Tilman Klinner." Sie sprach den Namen vor sich hin. Wie der schon klang. Noch drei Stunden mußte sie hier rumsitzen, dann kam die Spätschicht. Sie könnte ihm sagen ... Ja, was eigentlich?

Hören Sie, Kommissar, das war ein regelrechter Kampf zwischen den beiden, in dem es darum ging, wer zuerst aufgibt. Ich habe für Piet gekämpft, bis zum Schluß. Und am Ende wollte er aufhören, glauben Sie mir, er war an dem Punkt, oft genug oben gewesen und unten noch viel öfter, da gabs nichts mehr zu erfahren, er hätte es schaffen können. Dann würde der Kommissar vielleicht antworten: Und, Frau Bering, was soll das bedeuten?

Na ja, Sie können sich vielleicht vorstellen, daß Pierre alles versucht hat, um ihn an sich zu binden, damit er nicht weggeht. Für Pierre Dunker gab es den Ausweg nämlich nicht.

***

Bestrebt herauszufinden, was Wilfried Hauckner mit seinem Gerede über Mandelkerne meinen könnte, las Klinner die Ergebnisse der neuen Gehirnforschung in Emotionale Intelligenz von Daniel Goleman nach.

„Die neuen Erkenntnisse schreiben dem Mandelkern eine einflußreiche Stellung im Seelenleben zu; er ist so etwas wie ein psychologischer Wachposten, der jede Sekunde der Erfahrung, jede Situation, jede Wahrnehmung kritisch prüft, der aber nur eine Frage im Sinn hat, die allerprimitivste: ‚Ist das etwas, das ich nicht ausstehen kann, das mich kränkt, das ich fürchte?' Falls ja, reagiert der Mandelkern augenblicklich, wie ein neuraler Stolperdraht, und schickt eine Krisenbotschaft an alle Teile des Gehirns."

Sie lokalisieren den Sitz bestimmter Zentren im Gehirn, weisen nach, welcher Hirnstamm, welche Rinde für welche Funktion, für welchen Teil unseres Gefühlslebens unserer Handlungskontrolle zuständig ist. Der Mandelkern, so erfuhr Klinner, ist Wächter und Alarmglocke. Er wertet bruchstückhaft und auf direktem Wege alle Informationen aus, die aus der Umwelt über die Sinne an uns herangetragen werden. Bewertet er die sensorischen Reize als überwiegend übereinstimmend mit negativen Erinnerungen, so übernimmt er die Kontrolle über unser Handeln, je negativer die Erinnerung, desto schneller und unerbittlicher die Reaktion des Mandelkerns.

Frühkindlich schwer traumatisierte Menschen haben tief eingegrabene Erinnerungen. Diese können so bestimmend sein, daß ihnen extrem wenig Handlungsspielräume bleiben. Ihre Reaktion auf einen als gefährlich eingestuften Reiz kann sehr heftig sein. Diese Schaltungen im Mandelkern wieder zu verändern galt in der neuen Forschung als extrem schwierig.

Erstaunlich, daß der Alte sich mit Forschungsergebnissen der letzten Jahre auseinandersetzte. Um so erstaunlicher, daß er diesen Erkenntnissen Glauben schenkte. Der steckte voller Überraschungen. Klinner fragte sich, was dies in bezug auf den Umgang mit Tätern für eine Relevanz hatte. Daß emotional schwer gestörte Menschen schwer zu therapieren waren, wußte man schon lange. Egal, ob man nun den Mandelkern dafür verantwortlich machte oder die Gene und die Sozialisation.

„Wahrscheinlich trennen sie bei unheilbar Kranken oder pathologischen Gewalt- und Triebtätern demnächst den Mandelkern vom Rest des Gehirns ab, damit der sie nicht mehr zu Extremreaktionen motivieren kann. Lobotomie 2000. Oder sie nehmen das Ding gleich ganz raus. Dann sind die Typen zahm wie Schafe, wahrscheinlich können sie dann keine Frau mehr von einem Kühlschrank unterscheiden.“

Du redest mit dir selbst, Klinner, laß das.

Er erhob sich, ging im Büro auf und ab. Der Schreibtisch von Blochner gegenüber von seinem, ordentlicher, mit Sortierhilfe: Eingang, Ausgang, Aktuell, Ablage. Er selbst mußte für jeden Fall eine neue Ordnung erfinden, ein neues System. Stapel von losen Zetteln, die sich so ineinander fügen mußten wie die Ereignisse zusammenhingen. Notizzettel, die an Vernehmungsprotokolle geheftet wurden und auf Büchern mit Hintergrundinformationen abgelegt werden mußten, um die Vernetzung der Geschehnisse abzubilden. Personenporträts, die ineinander verstrickt und miteinander vermischt wurden, um bei der Durchsicht der Akten zu Verknüpfungen im Denken anzuregen. Kollegen hielten für Unordnung, was System hatte. Er hatte schon einen schönen Teppich aus Akten, Notizen und sonstigen Papieren auf seinem Schreibtisch gewoben, es ergab sich aber noch keine zwingende Verknüpfung, er konnte die Dinge sortieren wie er wollte, es fügte sich nichts zusammen.

„Über was sinnierst du, Tille?“ Blochner stand im Türrahmen, hatte zwei Tassen mit dampfendem Automatenkaffee in den Händen und sah zu Klinner herüber.

„Ach!“ Er ging auf Blochner zu und nahm ihm eine der Tassen ab. „Danke.“

„Sag mal, was läuft eigentlich mit den Frauen? Seit du dich von Sabine getrennt hast, hört man nichts mehr.“

„Danke der Nachfrage. Und selber?“ Wollte Blochner mit einem neuen Abenteuer prahlen, oder hatte er nur keine Lust zu arbeiten?

„Ich hab meine Gaby.“ Er machte ein unschuldiges Gesicht. Tu bloß nicht so, dachte Klinner.

„Nee echt, sag mal. Man hört so gar nichts.“

Weils nichts zu sagen gibt, raus hier, ich will arbeiten, wollte Klinner spontan antworten. Er konnte ja schlecht drüber reden, daß er auf die Ex-Freundin des Mordopfers abfuhr, oder sagen: Du, Werner, Helen interessiert mich nicht mehr, ist mir zu lieb, zu sehr Kaschmirpulli. Aber die Nicole Bering, die zieht mich an, vielleicht weil sie schon mal auf den Strich gegangen ist.

„Mann, du bist ja in Gedanken, ganz woanders. Soll ich wieder gehen?“

„Du hast recht. Ich bin abgelenkt. Ich bekomm da keinen Dreh rein.“ Kinner wies mit einem Nicken auf seinen Schreibtisch.

„Machst du noch was anderes als arbeiten derzeit? Du bist so oft hier. Außerdem siehst du nicht gut aus.“

„Du läßt nicht locker, was? Ich treff mich mit Helen, aber die Luft ist raus.“

„Ist das diese junge Studentin? So lange wie ihr euch schon trefft, ohne daß was läuft, du willst doch nichts von der, oder?“

„Mal so, mal so. Ich weiß eben nicht.“

Werner Blochner ging zum Fenster rüber und rupfte abgestorbene Blätter aus dem vertrockneten Farn. Jetzt müßte Klinner sagen – Hast du dich schon mal in eine Zeugin verknallt, wie gehst du damit um, wenn dich eine anbaggert?

„Du brauchst ne reife Frau, eine mit Erfahrung.“

„Weißt du, ich ...“ Er wollte ansetzen, brach aber ab. Wohin sollte das führen? Die Antwort war klar. „Ich weiß mit dem Junkie nicht weiter, ich muß das mal jemandem erzählen.“

Die Tür ging auf, Elke Prestel kam herein. Blochner räusperte sich, Klinner war erleichtert.

„Sagen Sie, Frau Prestel, wie gefällt Ihnen eigentlich unser Kollege? Finden Sie nicht auch, daß er zuviel arbeitet? Er ist nie guter Laune, fortwährend grübelt er, nie kommt er mal strahlend zur Arbeit. Immer sieht er aus, als wenn gerade jemand gestorben wäre.“ Blochner setzte eine triumphierende Miene auf, mit einem wissenden Seitenblick auf Elke Prestel stellte er seine Frage: „Das Leben genießen, sag, mein Lieber, weißt du, wie das geht?“ Der Nachweis, wie falsch er sein Leben gestaltete, schien erbracht, dachte Blochner. Als wollte er sagen: Na, da hab ich den Nagel auf den Kopf getroffen, was?

Lebensfreude war nichts, was man an- und ausschalten, sich vornehmen konnte. Auf den Kopf getroffen hatte Blochner gar nichts. Das Leben genießen, was für ein Quatsch. Natürlich wußte Klinner wie das ging. Aber das ging nicht jetzt und nicht auf Kommando. Und mit den Frauen sollten sie ihn bloß in Ruhe lassen. Davon hatte er genug. Helen schlich ihm nach, sie war süßlich und unterwürfig geworden in der letzten Zeit. Vielleicht wollte er sich gar nicht verlieben. Ihm fielen die drängenden Gefühle ein, die er Nicole Bering gegenüber empfunden hatte, seine Gedanken unter der Dusche. Ein nackter Körper, der sich an seinen schmiegte, der im nächsten Moment loderte und ihn bedrängte. Er sollte sich mal wieder verlieben – das wäre gut. Verlieben, was wollten die beiden eigentlich von ihm? Er kam nicht klar mit Frauen, suchte sich immer die Falschen aus. Die, wo sich das Desaster von vornherein abzeichnete. Sehnsucht nach Berührung, Zärtlichkeit, nach Sex. Schön und gut. Aber warum Nicole Bering? Warum langweilte ihn Helen auf einmal? Auf der Tapete zeichnete die müde Novembersonne den Schatten des Baumes nach, der hinter dem Haus stand. Jeder Windstoß ließ das Bild verschwimmen.

„Der spricht nicht mit uns, Frau Prestel.“

„Und ihr, bei euch klappt immer alles genau so, wie ihr es plant?“ stieß Klinner unwirsch hervor. „Das ist ja toll, dann will ich mich demnächst auch daran halten. Und jetzt habe ich genug von diesem Palaver. Wir müssen arbeiten.“

Elke Prestel schien sichtlich erleichtert, Blochner grinste, sagte noch: „Till, du bist unverbesserlich“, was eher liebevoll klang.

„Ich war beim Obdachlosensozialamt, und ich hab noch mal mit denen von Stadtgrün gesprochen, mit der Bahnhofsmission und mit der Polizei.“ Sie war stolz und konnte nicht warten. Sie erzählte atemlos. Blochner grinste.

Die Gärtner im Park kannten Rüdiger Bensch als ruhigen Vertreter, der zwar ein bißchen gesponnen hat, aber harmlos war. Sie hatten nie Ärger mit ihm gehabt. Seine biographischen Daten waren unspektakulär: Er war seit etlichen Jahren obdachlos. Eine Mitarbeiterin der Bahnhofsmission hatte angegeben, er habe immer draußen gelebt, habe geschlossene Räume nicht lange ertragen können. Manchmal sei er ein wenig wunderlicher gewesen als sonst, hätte von Geistern und Engeln gesprochen, aber das wäre immer wieder vorübergegangen. Auf die Frage, ob er ein aggressiver Mensch gewesen sei, hatte die Missionarin geantwortet: „Aggressiv war der nicht, da gibts ganz andere. Man durfte dem nicht zu nahe kommen, dann konnte er ein bißchen ungemütlich und nervös werden, aber nur mit den Augen und mit Worten.“

„Die Sachbearbeiterin beim Sozialamt ist eine komische Person, sag ich euch. Zuerst war sie sehr abweisend und wollte mir gar nichts erzählen. Mit viel Mühe und dem richtigen Ton wurde sie langsam zugänglicher. Später wollte die mich gar nicht wieder gehen lassen.“

„Was hat sie Ihnen erzählt?“

„War seltsam. Konnte ich mir noch keinen Reim drauf machen. Sie sagte, er sei in der Friedrich-Ebert-Straße 47 gemeldet gewesen und hätte ihr mehrfach glaubhaft versichert, daß er dort übernachten würde. Sie hatte ihm deshalb regelmäßig einen Kostenübernahmeschein für die Pension gegeben, damit er ein Dach über dem Kopf hatte. Sie hätte auch schon mehrfach mit einem Mitarbeiter der Pension gesprochen, und der hätte das bestätigt. Aber er hat dort nicht geschlafen. Na ja, und vor kurzem, bei seinem letzten Besuch im Sozialamt, wo er seine Sozialhilfe abgeholt hat, hätte er so etwas gesagt wie: Er würde das bald nicht mehr machen, mit dieser Pension, das wäre ihm zu blöd. Auf ihre Frage, was er damit meine, habe er nicht geantwortet. Sie gab an, mehrmals nachgefragt zu haben, ob es Ärger mit seinem Zimmernachbarn oder mit dem Hausmeister gegeben hätte, oder was das Problem sei. Aber er habe nichts mehr sagen wollen. Wäre sogar ungeduldig geworden. Bisher hatte er niemals etwas erzählt, es wäre immer alles in bester Ordnung gewesen. Als ich ihr sagte, er hätte meines Wissens dort schon länger nicht mehr übernachtet, war sie ganz verwundert, sagte, das müsse man nachprüfen und so."

Klinner erzählte den beiden alles, was er bisher herausgefunden hatte. Dabei bemerkte er, wie vage all seine Gedanken waren.

Gemeinsam hatten sie schließlich ein paar Ideen. Elke Prestel präsentierte den beiden folgende Theorie: „Bernd Schaumann ist der Drahtzieher eines Drogenschieber- und Mädchenhandelrings. Außerdem betrügt er das Sozialamt mit der Vermietung von Zimmern an Obdachlose, die diese Zimmer dann gar nicht in Anspruch nehmen. Rüdiger Bensch hat herausgefunden, daß er nicht der einzige ist, der eine Unterschrift für ein Zimmer leistet, welches er gar nicht bewohnt. Er hat Bernd Schaumann gegenüber eine höhere Summe gefordert, sozusagen ein Schweigegeld. Schaumann wollte das nicht mit sich machen lassen und ließ ihn erledigen. Das haben Kracht und Dunker übernommen, nur, Kracht wurde mulmig bei der Sache. Für Bernd Schaumann wurde Bensch zum Sicherheitsrisiko, und deshalb hat er ihn umbringen lassen. Und Dunker muß stillhalten, weil er eben in die Sache mit Rüdiger Bensch verwickelt ist."

„Sag mal, Tilman, du hast doch das Verhör hier im Revier geführt, im Vernehmungszimmer? Hast du auch ne Aufnahme gemacht?"

„Ja, hab ich."

„Vielleicht können wir aus der Aufnahme eine Message mit Dunkers Stimme zusammenschneiden, die wir Bernd Schaumann auf seine Mailbox aufspielen, vielleicht so etwas wie: Hilfe, sie sind hinter mir her, sie haben alles entdeckt. – Wie wäre das?" schlug Blochner vor.

Klinner faßte zusammen. „Ihr glaubt, daß es einen Drahtzieher im Hintergrund gibt. Bernd Schaumann als Mafia-Boß? Ich bin mir da nicht so sicher. Ich glaube manchmal, es gibt kein Motiv für die Taten. Man bringt doch keinen Obdachlosen wegen 400 Mark monatlich um. Ist doch jedem klar, daß wir der Sache auf die Spur kommen. Bensch war da gemeldet, hat aber nicht dort gewohnt, da ist was faul, ganz sicher."

Blochner sprudelte heraus: „Vielleicht gibt es noch zwanzig Leute mehr, bei denen das so läuft, wer weiß. Dann lohnt es sich irgendwann schon. Der Mord im Park sieht aus wie eine Randale von durchgeknallten Typen. Skinheads oder besoffene Proleten, was weiß ich. Und dann der erste Mord. Ich hab darin nur eine Überdosis gesehen, die normalerweise gar nicht untersucht worden wäre. Dieser Rettungswagenfahrer, der die Sache mit dem fehlenden Spiegel verdächtig fand, und eine geltungssüchtige Prostituierte, die einen Heidenaufstand veranstaltet, das war alles reiner Zufall, dachte ich."

***

Die Sache mit der Botschaft war kein Problem. Die Kripo-Tontechniker waren Fachmänner. Zusammen stellten sie aus dem Vernehmungsprotokoll von Pierre Dunker eine technisch annähernd perfekte, holprig klingende Aufnahme her. Hoffentlich würde es reichen: „Sie haben herausgefunden, was mit Piet passiert ist. Ich kann mir vorstellen, daß ich in Gefahr bin. Ich brauche Ihre Hilfe. Wenn ich eben noch darüber nachgedacht habe, mit Ihnen zusammenzuarbeiten, jetzt können Sie es vergessen. Geben Sie mir ne Nachricht unter 0176 – 55 64 32 61." Unter der Nummer war ein Telephon zu erreichen, das eigens für diese Aktion von Blochner unter dem Namen Pierre Dunker gekauft und registriert worden war. Sie würden es ausgeschaltet lassen und darauf hoffen, daß Bernd Schaumann eine Nachricht auf der Mailbox hinterlassen würde.

Bis auf die Zahlen war die gesamte Nachricht Originalton Pierre Dunker, aus seiner Aussage herausgeschnitten und zusammenkopiert. An einigen Stellen klang die Betonung ein wenig seltsam, aber für eine Nachricht auf einer Mailbox dürfte es ausreichen. Um die Unebenheiten zu kaschieren, hatten die beiden noch ein Grundrauschen auf das Band gemischt. Das Rauschen war aus dem Geräusch-Archiv von Radio Bremen. Die einzelnen Ziffern der Telephonnummer stammten aus dem Voice-Decoder, der menschliche Stimmfrequenzen analysieren konnte. Aus einer Stimmdatei wurde eine möglichst ähnliche Stimme ausgewählt und elektronisch noch weiter angeglichen.

Die Techniker stellten keine lästigen Fragen nach Genehmigungen, obwohl sie die Richtlinien sehr wohl kannten. Offiziell bedurfte es einer Sondergenehmigung des Datenschutzbeauftragten der Kripo, um die Stimme eines Menschen für Aufnahmen zu verwenden. Die beiden waren froh, etwas zu tun zu haben, so daß nach einem halben Tag die

Aufnahme fertig war. Klinner gab den beiden den Auftrag, die Botschaft zu übermitteln, sobald das Mobiltelephon von Bernd Schaumann ausgeschaltet war.

Super, dachte er beim Rausgehen. Bei denen kann man sich drauf verlassen, daß sie erledigen, worum sie gebeten werden.

Blochner ging den Bericht der Spurensicherung und das Obduktionsergebnis durch. Damit würde er noch eine Weile zu tun haben. „So viel ist schon mal klar: keine direkten Spuren an der Leiche. Keine Fingerabdrücke, keine Haare, keine Hautpartikel. Todesursache durch einen Schlag mit einem harten Gegenstand auf den Kopf, möglicherweise so etwas wie ein Baseball-Schläger. Der Mörder muß den armen Kerl vertrimmt haben, ohne ihm jemals wirklich nah zu kommen. So kommen wir nicht weiter.“

Klinner fuhr nach Hause. Er wollte sich beim Kismet III etwas zu essen holen und sich ein wenig ausruhen, bevor er noch einmal zu Nicole Bering fuhr. Er hatte das Auto behalten, um beweglicher zu sein. In der Römerstraße gab es mal wieder keinen Parkplatz, so daß er durch die angrenzenden Straßen fahren mußte. „Das hast du nun davon. Scheißkiste!“ murmelte er vor sich hin, während er zwischen parkenden Autos und anthrazitfarbenen Pfählen hindurchsteuerte. Auf der Humboldtstraße sah er Sigrid Kretschmer. Sie sah aus, als wenn sie auf Kunden wartete. „Der bleibt auch nichts erspart.“

Einem plötzlichen Impuls folgend, griff Klinner zum Telephon und rief die Zentrale an. „Ich möchte Frau Prestel sprechen, ist die noch im Haus?“

„Warten Sie, ich schau mal nach ... nein, die ist schon gegangen.“

„Haben Sie eine Telephonnummer von ihr? Ich muß sie dringend sprechen.“

„Die muß ich erst suchen, Herr Klinner. Warten Sie bitte.“

Nachdem er die Nummer erhalten hatte, rief er an. Nach mehrmaligem Tuten meldete sich eine Stimme. „Ja?“

„Spreche ich mit Elke Prestel?“

„Nein, ich bin ihre Freundin, sie schläft gerade.“

„Könnten Sie sie bitte wecken, es ist dringend.“

„Wenn Sie meinen.“ Damit wurde der Hörer abgelegt.

„Ja – Elke?“ Sie klang müde.

„Klinner hier, Frau Prestel?“

„Herr Klinner?“ Sie war überrascht.

„Wollen Sie was zu tun haben?“

„Öh – ja, ich meine ... ja klar!“

„Wo sind Sie?“

„Zu Hause.“

„Wo ist das?“

„Lübecker Straße 18.“

„Okay, ich hol Sie ab. Sind Sie in fünf Minuten fertig?“

„Ja.“

Er fuhr hin, und sie stand vor der Tür. Perfekt. Warum er sie gefragt hatte, hätte er nicht erklären können. Vielleicht weil Sigrid Kretschmer so ein mißtrauischer Mensch war, weil sie die kalte Professionalität einer Psychologin sofort spüren und ablehnen würde. Die freundlich zugewandte, unerfahrene Engagiertheit einer Anfängerin würde sie vielleicht akzeptieren. Außerdem mißfiel ihm der Gedanke, die Sonderkommission Gewalt gegen Frauen mit einzubeziehen. Die würden ihm die Sache dann ganz aus der Hand nehmen, wie das mit Sonderabteilungen nun mal so war. Denen konnte er auch später noch Bescheid geben.

Er weihte sie kurz ein. „Ich dachte, vielleicht erzählt sie einer Frau, die freundlich und nicht zu professionell daherkommt, mehr als mir.“

„Zu professionell bin ich bestimmt nicht, da könnten Sie recht haben.“

„Haben Sie Zigaretten? Die könnten Sie brauchen.“

„Ich rauche nicht.“

„Na, macht nichts. Stört es Sie, wenn ich rauche?“

„Nein, gar nicht, machen Sie nur.“

Sie wollte gefallen, alles richtig machen, bloß nicht anecken. Aufgeregt saß sie neben ihm, mit seitlich gewandtem Blick saugte sie auf, was er sagte. Vielleicht ist sie zu unerfahren, dachte er.

„Sie brauchen Geld. Sie müssen ihr die Zeit bezahlen, die sie nicht nutzen kann, um zu arbeiten.“ Er gab ihr seine Visitenkarte und vier Zwanzigmarkscheine. „Sechzig Mark müßten genügen für eine Stunde, der Rest ist fürs Café. Gehen Sie nicht in ein schickes Café, da fliegen Sie nur wieder raus. Am besten nehmen Sie das Swing oder so. Ich werde in der Nähe bleiben und Sie beide im Auge behalten. Sie können jederzeit signalisieren, daß Sie Hilfe brauchen. Trauen Sie sich die Sache zu?“

„Ja, ich will das gerne versuchen, Herr Klinner.“ Als sie zu der Stelle zurückkamen, wo Klinner Sigrid Kretschmer gesehen hatte, war sie nicht mehr da. Sie fuhren die Straße ein paarmal auf und ab und fanden sie nirgends. Währenddessen fragte Elke Prestel weiter, was er über Sigrid Kretschmer wußte. Nach einer Viertelstunde verlor Klinner die Geduld. „Das hat keinen Sinn. Ich bring Sie wieder nach Hause. Sie können sie an einem anderen Tag kennenlernen.“

„Ach, lassen Sie mich doch hier raus. Ich geh zu Fuß nach Hause. Ich will ein bißchen draußen sein.“

„Ich fahr Sie gern zurück, macht mir gar nichts aus. Ich hab Sie schließlich rausgeklingelt.“

„Nein, danke. Ich will noch frische Luft schnappen.“

Er hielt an der nächsten Ecke. Als sie ausstieg, sagte er noch: „Ich lasse Sie hier ungern allein.“

„Ich wohn gleich um die Ecke, das wissen Sie doch. Ich kann schon auf mich aufpassen.“ Klinner fuhr ab.

Elke Prestel atmete tief durch. Sie sah dem Auto nach, wie es um die Ecke bog. Ein komischer, fahriger Kauz war das. Schien sich nicht so ganz im Klaren darüber zu sein, was er tat. Zumindest wirkte er so. Dabei verschaffte er ihr die Möglichkeit zu ihrer ersten eigenständigen Ermittlung. Sie dachte an Jodie Foster in Das Schweigen der Lämmer. Eine irre Ausstrahlung hatte diese Frau. Voller Ehrgeiz und Sensibilität, meisterhaft. Konzentrierte Energie, begierig, sich zu beweisen.

Sie sah sich um. Vorerst gab es keine Möglichkeit, ihre Fähigkeiten unter Beweis zu stellen. Ein kalter Novemberabend kroch unter ihren Mantel und ließ sie frösteln. Niemand war zu sehen. Sie war fest entschlossen, auszuharren. Wenn sie bei der Kripo was werden wollte, brauchte sie vor allem eines: Geduld. Leute beschatten konnte dauern. Manchmal passierte zehn Stunden lang nichts, und trotzdem mußte man wachsam bleiben. So lang mußte es ja nicht gleich sein, aber den Abend würde sie schon durchhalten. Sie schlug den Kragen ihres Mantels hoch und ging langsam die Straße entlang. Nach kurzer Zeit bremste ein Auto neben ihr. Sie erschrak, fühlte sich ertappt, weil sie dachte, Klinner wäre zurückgekommen. Die getönte Scheibe des Wagens fuhr herunter, begleitet vom Summen des Fensterhebers. Ein unbekanntes Gesicht erschien. „He Schätzchen, was nimmst du?“

Sie brauchte zwei Sekunden, um zu kapieren: „Verschwinden Sie, ich geh hier spazieren!“ Ohne zu zögern brauste der Wagen davon.

***

Klinner saß im Auto und aß ein Hühnerfleisch-Rollo, das zart und lekker war. Er stieg aus und warf die letzten zwei Bissen in einen Papierkorb. Die wurden immer zu schnell kalt. Zum drittenmal in dieser Woche klingelte er bei Nicole Bering. Wieder war sie zu Hause, wieder war ihre Stimme, als er sich zu erkennen gab, ein wenig freundlicher als beim letzten Mal. Sie fragte nicht: Was wollen Sie schon wieder?, sondern empfing ihn freundlich und bat ihn ohne Umschweife herein. Sie führte ihn in die Küche, wo sie gerade dabei war, ein Brot zu essen. „Auch was?“

„Nein, danke. Ich habe gerade gegessen.“

„Riecht man, ehrlich gesagt. – Den Knoblauch, mein ich.“

Die Küche war geräumig. Er rückte einen Schritt ab. Sie lehnte sich an die Arbeitsfläche, schmunzelte, aß ihr Brot und musterte ihn. Zwischendurch trafen sich ihre Blicke.

„Und?“ fragte sie. „Wieder mal ne Befragung?“

„Wieder mal ne Befragung“, antwortete er. Er war verlegen, wußte nicht recht, wie er anfangen sollte. Er roch wieder ihr Shampoo, sah ihre Ohren, die ihm immer noch gefielen.

„Woran denken Sie?“

„Ich habe nachgedacht. Über Sie und – und Peter Kracht – und Pierre Dunker. Na ja, diese ganze Sache.“

„Ich habe an Sex gedacht. Wie es wohl wäre, mit Ihnen Sex zu haben. Obwohl ich damit eigentlich ziemlich durch bin.“ Sie steckte sich das letzte Stück Brot in den Mund und kaute.

„Äh ... was ...“ Klinner starrte auf den Boden, spürte ihren Blick auf sich. Was hatte sie da gesagt? Er war kaum hereingekommen, schon überfiel sie ihn mit ...

Sein Körper fing an, sich zu verbiegen, wurde unweigerlich nach vorn gezogen, bis er das Gefühl hatte, mit der Nase fast am Boden zu sein. Die Arme hingen schlaff herunter wie lange Seile, die nutzlos hin-

und herbaumelten. Er lehnte sich etwas zurück, um nicht umzufallen. Sein Oberkörper fühlte sich wie ein Brett an, und sein Kopf war heiß, schwoll an. Er versuchte, die Aufmerksamkeit von seinen inneren Vorgängen wieder nach außen zu bringen. Unmöglich, der Kopf war heiß und rot. Draußen geschah etwas. Jemand sprach.

„Ich könnte machen, was Sie wollen, rein handwerklich bin ich da ziemlich gut, wissen Sie. Aber das interessiert mich nicht mehr."

Sie sah ihn an. Wenn sie mich jetzt fragt: Stimmt was nicht mit Ihnen? dann habe ich mich blamiert. Er mußte ihr zuvorkommen. Er öffnete den Mund wie ein Fisch, der nach Luft schnappt, versuchte Worte zu formen. „Was dann?" stieß er mühevoll, mit verzerrter Betonung hervor. Die Worte hallten in seinem Kopf nach.

Sie lehnte sich langsam nach vorn, kam ihm näher. Er unterdrückte den Impuls, mit seinem Brett zurückzuschwingen, dennoch zuckte er kurz, und die Armseile schaukelten. Ihre Gesichter kamen sich näher. Dicht vor ihm hielt sie an. Er konnte die kleinen gerissenen Äderchen in ihren Augen sehen. Die Iris war mehrfarbig, grau, grün und ein wenig braun. Sie grinste ihn an. „Worauf hättest du denn Lust?"

Sein Kopf schwankte hin und her. Jetzt war auch seine Zunge geschwollen. Sie stieß sich von der Arbeitsfläche ab, an der sie lehnte, und ging dicht an ihm vorbei. „Was würde dich interessieren? Hast du dir schon vorgestellt, mit mir Sex zu haben? Wie war das?"

„Wie?"

Sie stand jetzt hinter ihm. „Du hast es dir vorgestellt, stimmts? Das weiß ich, aber mich würde interessieren, wie."

„Ich habs mir kurz vorgestellt. Aber nicht speziell, ich meine, nicht besonders."

Sie kam noch ein wenig näher. Er konnte ihren Atem in seinem Nacken spüren. Genau dort, wo ihn ihr Atem traf, stellten sich die Härchen auf, wurde es noch heißer.

„Ich zieh mal meinen Mantel aus", brachte er hervor, stand auf und wollte in den Flur gehen. Sie griff mit beiden Händen über seine Schultern und faßte in sein Revers. „Bleib hier." Es klang nicht wie ein Befehl, obwohl es einer war. Sie zog den Mantel über seine Schultern herunter und legte ihn neben sich auf einen Stuhl.

Klinner fiel es auf einmal schwer zu stehen. Er hätte sich am liebsten hingesetzt. Doch das würde sie sicher nicht erlauben. So blieb er stehen, mit hängenden Schultern, und war unfähig, sich zu bewegen. Sie flüsterte in sein Ohr: „Ich stelle mir vor, daß du klein bist. Du bist schüchtern und siehst traurig aus, wenn ich dich sehe. Deshalb nehme ich dich mit zu mir nach Hause und bade dich. Ich wasche deinen Rükken und dein Haar. Dann stehst du auf und bist in der Badewanne gerade so groß wie ich. Du schaust mich an mit deinem traurigen Blick, und ich träufele Wasser über deinen Kopf. Du behältst die Augen offen, wenn das Wasser durch dein Gesicht läuft. Dann wasche ich deinen Bauch und den Po. Am Ende dein Pimmelchen, es bleibt ganz klein und empfindsam. Nach dem Abtrocknen nehme ich dich auf meinen Schoß und halte dich ganz fest im Arm. Deine Haut ist ganz rosig und noch feucht vom Baden. Deine Haare duften nach Shampoo. Du hast einen Bademantel an, der dir viel zu groß ist und knallrot. Du bist noch nicht behaart. Du kuschelst dich an mich, ganz eng, so daß dein Bauch an meinem liegt und ich deinen Atem spüre. So sitzen wir da, ganz still."

Sie war immer noch nah bei ihm, atmete ihm in den Nacken. Klinner konnte nicht mehr stehen, sein Kopf war so groß und schwer, er mußte ihn irgendwo ablegen. Langsam griff er nach ihrer Hand und führte sie zum Tisch. Er setzte sich auf seinen Mantel und zog sie auf den anderen Stuhl hinunter. Seinen Kopf legte er auf den Tisch.

Sie rückte nah an ihn heran und strich mit der Hand über seinen Kopf. Eine Weile saßen sie so da.

Die Tischfläche war kühl. Er sah die glatte weiße Resopalfläche, den neutralen Hintergrund, vor dem Nicole Bering, die Ex-Freundin des Mordopfers, mit ihrer Hand über sein Haar strich. Er schloß die Augen und konzentrierte sich auf die Hand, die jetzt auch über sein Gesicht glitt. Die Handfläche war so weich, so glatt und kühl. Plötzlich stand er auf und ging zum Fenster.

„Was ist, war das zuviel für dich?" fragte sie.

Nein, ganz und gar nicht, dachte er, laß uns so weitermachen. Oder besser: Ich weiß nicht, wovon Sie sprechen, Frau Bering, könnten wir jetzt bitte zur Sache kommen. Können wir uns nicht zusammen in Ihr Bett legen und ... Er müßte jetzt eiskalt sein, wenn er sie abblitzen lassen, wenn er das hier jetzt beenden wollte.

Er drehte sich zu ihr um. „Ganz und gar nicht", versuchte er als Einstieg. Er ging zu ihr hin und legte eine große feuchte Hand, die schlaff an seinem Arm hing, auf ihre Schulter. Steif setzte er sich neben sie. Er konnte am Rand ihres Ausschnitts die kleine, runde Vertiefung oberhalb ihres Schlüsselbeines sehen. Er stellte sich vor, wie die kleine Kuhle sich weiterzog, bis sie durch den Schulterknochen begrenzt wurde. Am Hals pochte die Schlagader. Dorthin wollte er seine Hand, am besten den ganzen müden Körper, legen. Langsam kroch sein Blick höher zu den Augen. Sie sah schon die ganze Zeit in seine Augen.

„Mich hat deine Stärke fasziniert“, sagte er, „eine Situation, in der ich die Kontrolle verliere. So wie jetzt.“

„Was hast du dir vorgestellt mit mir?“

„Na ja, eben so eine Situation, wo du die Kontrolle hast.“

„Du willst es nicht erzählen?“ Sie erhob sich und setzte sich auf seinen Schoß und bewegte ihre Zunge in seinem Mund.

Sechstes Kapitel

Elke Prestel straffte sich innerlich und ging auf die kleine Person am Straßenrand zu. Es waren etliche Anbaggereien verstrichen, und sie war nahe daran gewesen, entnervt nach Hause zu gehen. Dann war diese kleine Person aufgetaucht. Sie war sich sicher, daß es Sigrid Kretschmer war. Die Beschreibung paßte. Sie sah eher aus wie eine zu klein geratene Parkplatzwächterin, verhaltene Androhung von Schlagkraft. Nicht wie eine Prostituierte. Vermutlich waren die meisten Männer Stammkunden, die wußten, welche Frauen hier standen, um zu arbeiten. Zwei Stunden hatte sie gewartet und eiskalte Füße bekommen. Aber es hatte sich gelohnt. Sie stellte sich im Abstand von einem Meter neben die kleine Frau. Bei dem Gespräch mit ihr würde etwas herauskommen, und dann wäre sie eine richtige Partnerin in der Ermittlung. Sie mußte sich auf das Bevorstehende konzentrieren.

„Guten Abend."

„Verpiß dich, hier ist mein Platz."

„Sie täuschen sich, ich bin Kundin. Was kostet eine Stunde bei Ihnen?"

Sigrid Kretschmer zog die Brauen hoch und sah Elke Prestel an. „Mit Frauen mach ich es nicht. Da mußt du zu Karolina gehen, die steht da hinten." Sie wies mit der Hand hinter sich, eine unbestimmte Geste. Damit schien die Unterhaltung für sie beendet.

Sei bloß nicht zu höflich, dachte Elke Prestel. „Ich will aber zu Ihnen, Sie sind mein Typ."

Sigrid Kretschmer machte eine kurze, heftige Kopfbewegung, die keine klare Geste enthielt, zumindest erkannte Elke Prestel keine. Sie spürte, wie sie von unsichtbaren Fühlern abgetastet wurde, wie sich hinter der Abgegrenztheit ihres Gegenübers Neugier regte.

„Was willst du?" herrschte sie die Praktikantin an.

„Wir könnten erst mal ein Stück die Straße runterlaufen, vielleicht irgendwo einen Kaffee trinken ..."

Sie lachte auf. „Reden? Mit ner Schlampe? Der Preis bleibt aber derselbe."

„Das versteht sich."

„Ne Stunde kostet hundert."

„Ich geb Ihnen sechzig und im voraus. Ich bezahle die Getränke. Wir gehen ins Rotkäppchen."

Sie schien zu rechnen, abzuwägen, ob sie auf den Vorschlag eingehen sollte. Sie murmelte Zahlen. „Zwanni ..., brauch ich dreißig ... morgen wieder nicht ..." Laut sagte sie: „Für ne Stunde brauch ich achtzig."

„Sechzig." Elke Prestel war ganz ruhig, sie wußte, ihr Gegenüber würde auf den Vorschlag eingehen.

Sigrid Kretschmer murmelte vor sich hin. „... Nimm dir die Drogenschlampe, nimm sie dir, du Schlappschwanz ..."

„Ich kann Sie nicht verstehen."

„Okay. Abgemacht, aber Kasse ist im voraus."

„Ja, hier sind die sechzig. Halten Sie ne Stunde durch?"

Sigrid Kretschmer antwortete nicht. Schweigend gingen sie nebeneinander die Straße entlang zum Rotkäppchen. Peinlich genau achtete sie darauf, mindestens zwei Armlängen Abstand zwischen ihnen zu behalten, möglichst ein kleines Stück voraus zu gehen. Elke Prestel hielt den Abstand ein, ließ sie laufen, vor der Kneipe überholte sie allerdings, betrat den Raum und suchte einen Tisch in der Ecke aus.

Sigrid Kretschmer setzte sich mit verschränkten Armen auf die Bank und schwieg. Als die Bedienung kam, bestellte sie einen doppelten Korn, Elke Prestel nahm einen Kaffee.

„Sie sind von den Bullen, das riech ich. Warum geben Sie mir Geld, hä?"

„Ich will mit Ihnen reden, und reden geht am besten, wenn Sie auch wollen. Jetzt habe ich Sie bezahlt, und deshalb sitzen Sie hier. Was Sie sagen, bleibt Ihnen überlassen."

Sigrid Kretschmer trank den Korn und drehte sich eine Zigarette. Sie wirkte nicht so, als wollte sie etwas von sich preisgeben. Nach einer Weile fragte sie: „Was hat er Ihnen erzählt?"

„Nicht viel. Daß Sie in einer Pension wohnen und drogenabhängig sind. Daß Sie eine Menge Probleme haben und sehr verschlossen sind. Daß man Eis oder Spaghetti, mindestens aber Zigaretten braucht, um Sie dazu zu bringen, überhaupt ein Wort zu sagen. Daß man sich die Zähne ausbeißt, wenn man mit Ihnen reden will, weil Sie so stur sein können wie ein Esel. Daß Sie sehr nett sein können, aber nur, wenn Sie wollen. Und ..." – An dieser Stelle machte Elke Prestel eine kurze Pause – „... daß Sie vergewaltigt worden sind. Von dem Mordopfer und einem Mann namens Pierre Dunker." Sie biß sich auf die Zunge, in ihrem Kopf spulte sie einen Monolog ab, den sie aber nicht halten würde: Sie müssen für sich klären, ob Sie Anzeige erstatten wollen, wegen der Vergewaltigung. Sie haben aber auch das Recht, zu der Tat die Aussage zu verweigern. Für uns ist es wichtig, herauszufinden, ob ein Zusammenhang besteht zwischen dem Mord an Peter Kracht und der Vergewaltigung. Schließlich sagte sie: „Aber ich rauche gar nicht, also kann ich Ihnen keine Zigaretten anbieten."

Sigrid Kretschmer hatte nichts gesagt. Plötzlich schmunzelte sie. „Das hat er gesagt?"

„Was?"

„Daß man sich die Zähne ausbeißt an mir, daß ich nett bin?"

„Ja, das hat er gesagt."

Mehr sagte die kleine Person nicht. Nichts zu Kracht und Dunker, zu der Vergewaltigung. Wie sollte es jetzt weitergehen? Mehr fragen, reden, ein anderes Thema. Argumente, die sie zur Aussage bringen könnten? Phrasen wie: Die Kripo braucht Ihre Hilfe?

Das konnte es nicht sein, was interessierte sie schon die Kripo. Diese Frau war vergewaltigt worden. Was interessierte sie der Mord an einem der Täter? Sie konnte froh sein darüber, daß er tot war. Elke Prestel war bemüht, sich langsam zu bewegen, keine Nervosität erkennen zu lassen. Eine Stunde war viel Zeit, und ihr Nervenkostüm war hoffentlich besser als das dieser Frau, die schon jetzt anfing, hin- und herzurutschen. Sie wandte sich Sigrid Kretschmer zu. Als deren Blick sie streifte, fragte sie: „Ist Ihnen kalt?"

„Alles zerfällt immer wieder in Teile, nichts bleibt stehen." Sigrid Kretschmer machte eine Pause. Nach einer Weile sagte sie: „Glasgelenke, Fäden im Kopf, zerspringen. Weißt du überhaupt, was Angst ist?" Sie brach ab.

Elke Prestel fragte: „Von welcher Angst sprechen Sie?"

Sigrid Kretschmer schien sie nicht zu beachten. Sie sah aus dem Fenster. Draußen fing es an zu nieseln, es war dunkel geworden. Nach einer Weile stand sie kommentarlos auf, ging an die Theke und bestellte sich noch einen Korn. Sie kam wieder an den Tisch, setzte sich.

Elke Prestel sagte: „Ich bin mal überfallen worden, in der Tiefgarage. Danach hab ich mich ewig nicht mehr aus dem Haus getraut, besonders abends."

Die Schirmmütze hob sich. Sigrid Kretschmer sah sie an, das erstemal direkt in die Augen. Kalt war ihr Blick. „Na und?" Elke Prestel versuchte, einen Blickkontakt mit ihr herzustellen. Doch bevor sie sich orientiert hatte, waren die Augen wieder weg, verborgen unter der Mütze.

Die Bedienung brachte den Korn. Sie stürzte ihn herunter wie den ersten, drehte sich eine Zigarette, sah auf. „Und jetzt? Was wollen Sie?"

Ja. Was jetzt, dachte Elke Prestel. Jetzt war die Situation da, sich auch mal die Zähne auszubeißen. Sie hätte mehr Informationen von Klinner gebrauchen können. „Sie hatten mich gefragt, ob ich wüßte, was Angst ist. Darauf habe ich geantwortet. Ich könnte Ihnen jetzt einen Haufen Fragen stellen. Ich frage mich nur, ob Sie die hören wollen."

„Reden ändert nichts."

Sigrid Kretschmer stand auf, lief den halben Weg zum Tresen, blieb stehen, drehte sich um, kam zurück. Sie stand am Tisch und sah sich um. Ihr Blick fand ein Bild an der Wand. „Haben Sie ihn überhaupt schon gesehen?" fragte sie gegen das Bild. Elke Prestel wußte nicht, wer gemeint war. Sie wandte sich um und sah das Bild an.

„Der zerschneidet mit heißem Schwert."

Das Bild an der Wand war abstrakt, es war keine Person darauf erkennbar. Elke Prestel wollte gerade nachfragen, als sie weitersprach: „Kann nicht bestehen gegen ihn, da ist nichts. Kein Leben. Die Augen, Nachtschattengespenster, dringen durch. Kann nichts verstecken, trennt das Kleine aus mir raus und zerlegt es vor meinen Augen."

„Von wem sprechen Sie, Frau Kretschmer?"

„Willst du den Mörder sehen?"

„Was?"

„Den Mörder, ob du ihn sehen willst?"

„Sie wissen, wer der Mörder ist?" Elke Prestel kam ins Schwitzen. Das war nicht ausgemacht ...

„Der allen die Flügel ausreißt. Nun kommen Sie. Ich weiß, wer er ist und wo er sich aufhält." Sigrid Kretschmer stand da, bereit zu gehen, den Mörder aufzusuchen.

„Äh, warten Sie, ich muß zuerst telephonieren, wir werden dann zusammen mit Herrn Klinner – den kennen Sie doch – dort hinfahren, wo Sie glauben, ihn zu finden. Wo ist denn das?"

Sigrid Kretschmer trat von einem Fuß auf den anderen. Mit der Hand griff sie in die Tasche und befühlte das kalte Metall, das sich dort befand. „Nein. Kommen Sie, nur wir beide. Sie werden ihn durchschauen. Sie haben mich verstanden.“ Sie wandte sich zum Gehen.

In Elke Prestels Kopf arbeitete es fieberhaft. Sie mußte Klinner rufen, konnte nicht auf eigene Faust mit dieser Frau losziehen. Wer konnte wissen, was die vorhatte. Andererseits war sie beeindruckt von dem Vertrauen, das Sigrid Kretschmer ihr entgegenzubringen schien. Wenn sie sich jetzt sperrte, nicht mitging, würde die ihnen dann erzählen, wer der Mörder war? Wußte sie es überhaupt? Was wollte sie vor Ort tun? Das mußten sie genau besprechen. Und sie mußte Klinner Bescheid geben, irgendwie. „Warten Sie, wo ist denn das? Wie kommen wir da hin, soll ich ein Taxi bestellen? Ich muß noch bezahlen.“

„Es ist hier in der Nähe, wir können zu Fuß gehen.“ Sigrid Kretschmer strebte nervös dem Eingang zu, begierig, sich auf den Weg zu machen.

Elke Prestel ging zur Theke, um zu bezahlen. Sie kramte die Visitenkarte von Klinner aus der Tasche, drückte auf ihrem Mobiltelephon seine Nummer. Es klingelte siebenmal, bevor sich eine hörbar gereizte Stimme meldete.

„Wer ist da?“

„Hören Sie, Sigrid Kretschmer will mir den Mörder zeigen, da könnten Sie etwas begeisterter klingen.“

„Was?“ Der Empfang war gut, er hatte alles verstanden, da war sie sicher. Als sie weitersprechen wollte, stand plötzlich Sigrid Kretschmer neben ihr: „Eh! Das kannste vergessen, wenn du jetzt die ganze Scheiß-Kripo mitbringen willst, können wir das gleich lassen. Kein Vertrauen, blöde Kuh.“ Sie hatte die Sätze so laut gesprochen, daß die anderen Gäste verstummt waren und sie anstarrten.

Aus dem Gerät in ihrer Hand quakte die Stimme von Tilman Klinner, neben ihr erschien die Bedienung und fragte gereizt: „Kann ich Ihnen helfen?“

Sigrid Kretschmer kam an sie heran und versuchte, ihr das Telephon aus der Hand zu reißen. „Wir gehen zusammen, das habe ich dir gesagt, ich geh nur mit dir.“

Die Bedienung mäkelte: „Wenn Sie jetzt bitte das Lokal verlassen würden.“ Elke Prestel drückte demonstrativ die Abbruchtaste, so, daß Sigrid Kretschmer es sehen konnte. Jetzt war sie auf sich allein gestellt.

Die Prostituierte führte die Praktikantin um ein paar Häuserblocks in die Schmidtstraße. Dort ging sie gezielt zur Hausnummer 22. Auf dem Grundstück stand ein heruntergekommenes Abrißhaus. Die Eingangstür im Erdgeschoß war vernagelt, ebenso die Fenster bis zum ersten Stock hinauf. Sigrid Kretschmer ging die Treppe zum Keller hinunter und stieß mit der Kraft ihres ganzen Gewichts die Holztür auf. Sie betrat den Keller und bedeutete ihrer Begleiterin, ihr zu folgen. Diese dachte kurz darüber nach, Klinner anzurufen, verwarf den Gedanken aber wieder. Ihre Begleiterin würde es nicht dulden. Statt dessen fragte sie: „Wo gehen wir hin?“

Dabei verschwand sie im Haus, ohne geantwortet zu haben. Sie wußte genau, wohin sie wollte, und sie hatte es gesagt. Sie wollte ihr den Mörder zeigen, da gab es nichts mehr zu besprechen. Widerstrebend folgte Elke Prestel ihr in das Dunkel des Kellers hinein. Sigrid Kretschmer war gezielt über Müllsäcke und zerbrochene Möbel gestiegen und bewegte sich auf einen Durchgang zu. Offenbar war sie schon öfter hier gewesen. Die Polizistin atmete durch den Mund, um den modrigen Geruch nicht zu riechen. Wollen wir nicht lieber wieder gehen, tönte es in ihrem Kopf. Sie schluckte die Worte hinunter und unterdrückte die aufkommende Angst, folgte ihrer Führerin durch die Dunkelheit, ohne zu wissen, wohin sie gingen. Sigrid Kretschmer verschwand durch die Türöffnung. Dahinter war noch ein dunkler Raum. Elke Prestel hätte am liebsten die Dunkelheit weggewischt, es sah aber nicht so aus, als ob es hier Licht gäbe. Sie folgte tastend der eingepackten Gestalt, die sich durch den Keller voranarbeitete. Sie gab alle Macht in die Hand dieser kleinen Person, die doch selbst schwach war, sich in vielen Lagen Kleidung versteckte und den Blick nicht hob. Jetzt schien sie voller Energie, strebte gezielt auf einen zu, den sie für den Mörder hielt. Sie würden keiner Überprüfung ihrer Entschlußkraft standhalten, beide nicht. Würden einbrechen und zu Bündeln voller Angst werden. Sie mußte unbedingt Klinner anrufen. Flackerndes Licht drang von oben durch den Treppenaufgang hinunter, den sie hinter Sigrid Kretschmer hinaufstieg. Das Licht warf sich bewegende Schatten gegen die Wände. Im Erdgeschoß angekommen, erblickte sie zwei in

Decken gehüllte Gestalten, die auf dem Fußboden lagen. Ein Dritter kochte auf einem Löffel Heroin über einer Kerze auf. Elke Prestel trat versehentlich gegen eine der Gestalten. „Eh, kannste nicht aufpassen?“ Unwirsch drehte sich der Liegende herum.

„Entschuldigung, tut mir leid.“ Die Flüssigkeit auf dem Löffel fing an zu sprudeln. Fasziniert blieb sie stehen und sah zu, wie der Mann ein wenig weißes Pulver auf den Löffel schüttete.

„Was ist, noch nie Asco gesehen, oder was?“ Sie lächelte verlegen und zuckte mit den Schultern. Sie wandte sich ab und folgte Sigrid Kretschmer, die schon die nächste Treppe hinaufstieg.

Das Haus hatte keine Türen mehr, sie waren samt den Rahmen herausgebrochen. In den Räumen waren provisorische Übernachtungslager eingerichtet. Schweigend ging Sigrid Kretschmer vorweg.

„Was ist denn Asco?“ fragte Elke Prestel. Sie wollte mit ihrer Begleiterin sprechen, eine Verbindung herstellen. Doch diese stieg wortlos die Treppen hinauf, ließ keine Reaktion erkennen. Elke Prestel beschleunigte ihr Tempo und legte Sigrid Kretschmer beim Erreichen des Treppenabsatzes die Hand auf die Schulter. „Hören Sie zu, so geht das nicht, ich will wissen, wohin wir gehen.“ Es war doch albern, sie konnte nicht weiter hinter einer fremden Frau herlaufen, ohne zu wissen, wohin.

Diese fuhr herum und wischte sich die Hand von der Schulter. „Hab ich dir doch schon gesagt, hier können wir nicht reden.“ Sie hatte die Worte zischelnd hervorgestoßen und dabei den Zeigefinger auf den Mund gepreßt. Ihr stechender Blick ruhte noch einen Augenblick drohend auf Elke Prestel, dann riß sie sich den Finger mit einer heftigen Geste vom Mund, als wäre er dort festgeklebt gewesen, suchte Halt und fand ihn am Treppengeländer. Ihre Bewegungen schienen Elke Prestel auf einmal unkoordiniert, schlaksig. Sie schien sich die Treppe richtiggehend hochziehen zu müssen. Elke Prestel blieb stehen, bis Sigrid Kretschmer um die Kurve der Wendeltreppe verschwunden war, dann zog sie ihr Mobiltelephon aus der Tasche und drückte die Wahlwiederholungstaste.

Sofort meldete sich Klinners Stimme: „Ja.“

„Hören Sie zu, ich bin in der Schmidtstraße 22. Der Eingang ist im Keller.“

Ohne eine Antwort abzuwarten, schaltete sie das Gerät wieder aus. Sigrid Kretschmer schien nichts bemerkt zu haben, jedenfalls sagte sie nichts. Durch ein Loch im Dach tropfte Wasser. Elke Prestel sah einen Stern. Sie fröstelte. Unwillkürlich zog sie die Jacke dichter um sich. Einige Wände waren eingerissen, die herausgeschlagenen Steine lagen in Haufen herum.

Weiter hinauf konnte es nicht gehen. Wo war der Mörder? Sie suchte den Raum mit den Augen ab. In einer Ecke hockte eine Person und wippte mit dem Oberkörper vor und zurück. Wie in Trance und ohne den Kopf zu heben, saß dieser Mensch da und wiederholte dieselbe Bewegung. „Komm, wir sind gleich da", sagte Sigrid Kretschmer und ging auf die rechte Seitenwand des Hauses zu, in der sich ein Loch befand.

Elke Prestel stutzte, als sie einen Durchbruch ins Nebengebäude sah. Ihre Begleiterin bückte sich und krabbelte durch das Loch. Im nächsten Moment war sie im Nebenhaus verschwunden. „Unheimlich", murmelte Elke Prestel und ging langsam auf das Loch zu. Bevor sie sich bückte, sah sie sich noch einmal auf dem Dachboden um, sie wollte wissen, ob sich hier noch andere Menschen aufhielten. Ihr Blick blieb wieder an der wippenden Gestalt hängen. Gebannt sah sie ihr zu und vergaß für einen Moment den Durchstieg ins Nachbarhaus.

Auf einmal zischte eine Stimme durch das Loch: „Jetzt komm endlich, wir haben was vor." Sie erschrak, sofort bückte sie sich und schob sich durch die Öffnung.

Sigrid Kretschmer zog sie hoch und flüsterte: „Wir sind da."

Elke Prestel sah sich um. Es war genauso dunkel wie in dem anderen Raum, auf den ersten Blick konnte sie nichts erkennen. Sie drückte sich mit dem Rücken gegen die Wand und erwartete, so etwas wie ein Ungeheuer zu erblicken. Statt dessen stellte sie fest, daß dieser Raum in besserem Zustand war als das Nachbarhaus. Mehrere Matratzen lagen auf dem Boden herum. Auf der hintersten lag ein Mann und schlief. Da ist er, der Mörder, fuhr es ihr durch den Kopf.

Sigrid Kretschmer verließ den Platz neben ihr und ging auf den Liegenden zu. Die Hände in den Taschen, stieß sie ihn mit dem Fuß an. „Eh!" Er reagierte nicht.

Elke Prestel faßte mit der Hand neben sich an die Wand, dort, wo ihre Begleiterin gerade noch gewesen war. Sie stand nicht mehr neben ihr. Sie waren keine Einheit mehr, die zusammenhielt, wie sie es sich gewünscht hätte. Was hatte sie vor? Elke Prestel wurde bewußt, daß sie erwartet hatte, mit ihrer Begleiterin an der Wand stehenzubleiben und sich den Mörder anzusehen, zumindest solange, bis Klinner eintraf. Aber Sigrid Kretschmer handelte ohne Zögern, hatte den Platz neben ihr verlassen, und jetzt stand sie allein da, als Zuschauerin, die nicht wußte, was gespielt wurde. Wer war der Liegende? Warum weckte sie ihn? Wie lange würde Klinner brauchen, bis er sie fand? Ihre Begleiterin hatte einen Plan, in den sie nicht eingeweiht war.

Sigrid Kretschmer stand vor dem Liegenden und stieß ihn ein weiteres Mal mit dem Fuß an: „Eh! Aufwachen!" Diesmal reagierte er, drehte sich auf den Rücken und stöhnte. Sie hatte die Hände in den Taschen und lief nervös vor ihm auf und ab. „Du hast mich gefickt, obwohl ich es nicht wollte, du Schwein!" Sie versetzte ihm noch einen Tritt.

Der Mann wurde lebendig, rückte instinktiv von ihr ab, mit dem Rücken an die Wand, öffnete die Augen und erkannte Sigrid Kretschmer: „Was willst du? Verpiß dich. Sonst gibts Ärger."

„Darauf kannst du dich verlassen!" Sie machte einen Schritt auf die Matratze und versetzte ihm einen weiteren Tritt, diesmal heftiger.

Er brüllte los, hob die Hände schützend als Deckung und machte Anstalten, sich zu erheben. Er wirkte immer noch benommen. Elke Prestel beugte sich vor, um besser sehen zu können, was geschah. Sie verließ ihren Platz an der Wand nicht. Sigrid Kretschmer nahm die Hände aus den Taschen. In ihrer rechten Hand blitzte die Klinge eines Messers auf. Sie zeigte es dem Mann. „Du bleibst, wo du bist, verstanden?"

„Was ist in dich gefahren, du Schlampe?" Er ließ sich wieder fallen.

Nach rückwärts gewandt, sagte Sigrid Kretschmer: „Kommen Sie her, ich wollte Ihnen den Mörder zeigen, der allen die Flügel ausreißt, das Schwein. Hier liegt er, in seiner eigenen Kotze, in diesem verwanzten Loch, Pierre, der auf allen rumtritt." Sie schnitt mit dem Messer durch die Luft und kam ihm dabei gefährlich nahe.

Dunker bemerkte die Anwesenheit von Elke Prestel. „He, wen haben wir denn da? Hast du zur Verstärkung deine Bewährungshelferin mitgebracht? Sieht nach ner richtigen Schickse aus, die Braut."

Er wollte sich erheben, aber Sigrid Kretschmer hielt ihm das Messer unter die Nase. „Du bleibst, wo du bist, Pierre."

Er schien verunsichert von der Situation und setzte sich mit dem Rücken zur Wand aufrecht hin. „Was ist hier eigentlich los, wer sind Sie?“

Elke Prestel sagte zu ihr gewandt: „Ganz ruhig, die Kripo wird gleich eintreffen, ich habe meine Kollegen schon benachrichtigt.“

„Was? Das war gegen die Abmachung“, war die empörte Antwort.

„Sie sind von der Kripo? Ist ja wundervoll. Und sehen untätig zu, wie ich fast geschlachtet werde? Könnten Sie bitte dafür sorgen, daß diese Verrückte aufhört, mich zu drangsalieren? Die ist gefährlich, hat schon öfter Leute übel verletzt, das kann ich Ihnen sagen“, beschwerte sich Dunker

Elke Prestel verließ ihren Platz an der Wand und ging auf die beiden zu. Sie war verwirrt. Sigrid Kretschmer hatte die Situation augenblicklich eskalieren lassen, das hatte sie nicht erwartet. Die ganze Aktion war kompletter Unsinn gewesen. Sigrid Kretschmer hingegen schien von Anfang an gewußt zu haben, was sie wollte. Sie stieg von einem Bein aufs andere, zwischendurch bückte sie sich und richtete das Messer auf Dunker, gleichzeitig behielt sie die junge Polizistin im Blick. Sollte sie jetzt eingreifen, um die Situation zu entschärfen? Sie war unbewaffnet, hatte keine Möglichkeit, sich Respekt und Autorität zu verschaffen. Die beiden würden schnell merken, wie wenig routiniert sie war. Sie mußte Zeit gewinnen, bis Klinner kam. Das war jetzt am wichtigsten.

„Sie bleiben da sitzen und halten den Mund. Und Sie, Frau Kretschmer, kommen ein paar Schritte da weg, damit wir uns in Ruhe unterhalten können.“

Nichts geschah, Sigrid Kretschmer blieb unverändert stehen, fixierte Dunker wie eine Raubkatze ihre Beute. Elke Prestel bewegte sich trotzdem auf die beiden zu und tippte Sigrid Kretschmer an. Die fuhr herum und stieß sie mit der Hand weg, in der sie kein Messer hielt. Sie zischte mit schneidender Stimme und zu Schlitzen verengten Augen: „Halts Maul!“

Dunker nutzte den unbeobachteten Moment. Er warf die Decke, mit der er sich vorher zugedeckt hatte, auf die Hand, in der Sigrid Kretschmer das Messer hielt und wollte aufspringen. Elke Prestel entfuhr ein: „Vorsicht“, als ob sie Komplizinnen wären.

Sigrid Kretschmer fuhr herum und stach zu. Dunker schrie auf und ließ sich nach hinten fallen, um dem Messer zu entgehen. „Ah, die hat mich gestochen!“ Elke Prestel sah die Angst in seinen Augen aufblitzen. Die Decke hatte den Stich gedämpft, so daß er unverletzt blieb. Er schien unbewaffnet zu sein, sonst hätte er sicher schon seine Waffe gezückt. „Scheiße, die will mich abstechen! He, Sie von der Kripo, Sie müssen was unternehmen. Helfen Sie mir.“

Sigrid Kretschmer fing an zu greinen. „Du sollst da sitzenbleiben, Schwein.“ Sie riß den Stoff vom Messer herunter und fuchtelte damit gefährlich nah vor Dunkers Gesicht herum.

„Ich werde dich abstechen, Blut läuft raus aus dir, Schwarzblut, tropft in den Boden. Ich bin die Glasperson, durch die alle hindurchsehen. Heute werde ich mich erheben über die Stadt und zustechen, dich werde ich töten, die Glasfrau, die niemand sieht, kleine, dreckige.“

Elke Prestel hörte schockiert zu. Sprach da die Mörderin? Eine Verrückte, die sich rächte an ihren Vergewaltigern, die Beherrschung verlor und zwei Morde beging? Würde sie die Zeugin eines Verbrechens werden? Sie mußte eingreifen, mußte diesem Mann helfen, dessen Schuld nicht bewiesen war.

***

Der erste Anruf von Elke Prestel hatte Klinner und Nicole Bering beim Küssen überrascht. Nachdem Klinner das Telephonat beendet hatte, herrschte peinliche Stille. Er sah auf den Boden, atmete schwer, rang mit sich. Schließlich schaffte er es, den Blick zu heben. Er wurde von einem offenen Gesicht empfangen, einem einladenden Mund und fragenden Augen. Klinner mußte die Initiative übernehmen, was er nicht gut konnte. Er hatte keine Wahl. Mit Bedauern in der Stimme sagte er nur: „Ich muß weg.“

„Verdirb mir nicht die Laune“, sagte sie und griff nach seiner Taille, um ihn festzuhalten. Sie grub mit ihrer Hand durch seine Kleidungsstücke bis auf die Haut seines Rückens, dort kratzte sie mit ihren Nägeln die Haut. Er bekam eine Gänsehaut. Wand sich. Sah ihren Mund, der feucht glänzte.

„Notfall. Wir sind dem Mörder auf der Spur.“

„Was?”

Er hatte es geschafft. Die Hand an seinem Rücken war erstarrt, seine Gänsehaut verebbte. Langsam bewegte er sich von der Hand weg, bis sie ihn nicht mehr berührte. Als er seine Fassung wieder ganz gewonnen hatte, sagte er mit seiner Berufsstimme: „Da ist eine Frau, die in der Pension wohnt, sie gibt vor, den Mörder zu kennen. Außerdem ist sie von Peter Kracht vergewaltigt worden. Zusammen mit Dunker. Ich hatte schon länger den Eindruck, daß sie mehr weiß. Genau wie Sie."

Sie antwortete in einer Tonlage, die Klinner erschrecken ließ: „Was soll das? Ich weiß nicht mehr, als ich Ihnen gesagt habe." Sie redete sich in Rage, wurde lauter. „Ich hab mit der Szene nichts mehr zu tun. Piet habe ich gelegentlich noch gesehen, aber nur selten. Von seinen Geschäften hat er mir so gut wie nichts erzählt. Sie schleimen rum, und dann machen Sie wieder einen auf Kommissar. Das kotzt mich an."

Klinner schlug sich innerlich vor den Kopf. Er hatte es versaut. Hatte mit ihr rumgeknutscht, seine schmierigen Sehnsüchte durchbrechen lassen an diesem Ort, an dem sein Auftrag sein Handeln hätte bestimmen sollen. Er stand unter Zeitdruck, und sie war sauer. Während er hier stand, brachte sich Elke Prestel durch seine Schuld in Lebensgefahr.

Sie wandte sich ab, zündete eine Zigarette an. Dann sagte sie, gegen die Wand: „Ich weiß, daß die beiden von Bernd Schaumann den Auftrag hatten, den alten Penner zu zwingen, das Maul zu halten. Die hatten mit Schaumann einen Vertrag, daß sie die Bude sauberhalten. Dabei ist was schiefgegangen, das hat Piet mir erzählt." Sie drehte sich zu ihm um. „Und jetzt raus hier."

„Was ist da schiefgegangen? Was heißt schiefgegangen?"

„Das hat er mir nicht erzählt. Ich hab auch nicht gefragt. Weil es mich nicht interessiert, verstehen Sie? Es ist mir egal. Ich will damit nichts mehr zu tun haben." Ihre Stimme kippte in ein heiseres Kieksen. „Und mit Ihnen auch nicht. Raus hier!"

Sie log, das war klar. Natürlich hatte sie das interessiert. Aber er konnte nicht bleiben. Klinner startete mit quietschenden Reifen. Was war er für ein Idiot. Elke Prestel war eine Praktikantin, Studentin der Kriminalistik im dritten Semester, ohne Erfahrung, ohne die Genehmigung, bei Ermittlungen ohne Begleitung eingesetzt zu werden. Sie war unterwegs mit einer nach seiner Einschätzung emotional ziemlich labilen, wenn nicht verrückten Zeugin. Diese Zeugin wollte Elke Prestel jetzt zu dem Mörder führen, der wahrscheinlich Pierre Dunker hieß. Das konnte nichts Gutes bedeuten. Und er trug die Verantwortung für diese Situation.

„Scheiße!“ Er überholte einen Lastwagen und hielt sich den Gegenverkehr mit der Lichthupe vom Hals. Auf dem Osterdeich ging es ein längeres Stück geradeaus. Er kramte nach seinen Zigaretten. Im Ostertorviertel angekommen, fuhr er die Humboldtstraße entlang und hielt nach den beiden Ausschau. Das machte keinen Sinn, die waren längst weg. Er sah nach, ob im Handschuhfach eine Waffe war. Natürlich nicht. Er lenkte den Wagen in Richtung seiner Privatwohnung. Da klingelte sein Mobiltelephon. „Klinner!“

„Hier Werner. Weißt du was? Bernd Schaumann hat zurückgerufen. Er hat gesagt ... Warte, ich lese es dir vor ...“ Blochner kramte herum.

„Werner, ich hab keine Zeit, ich muß die Leitung freihalten.“

„Warte, dann sag ich es dir ungefähr. – Ach, hier hab ich es schon: ‚Hallo Pierre. Ich kann jetzt nichts dazu sagen. Aber alles kommt in Ordnung, mach dir keine Sorgen, ich kümmer mich drum. Bis bald.‘ Das ist doch mal was, oder?“

„Super, ich ruf dich gleich noch mal an. Kann sein, daß ich dich brauche, halte dich bereit.“

Er schaltete sein Mobiltelephon aus und hielt den Wagen mitten auf der Straße vor seinem Haus an, setzte das Blaulicht aufs Dach und spurtete in seine Wohnung. Dort kramte er die Waffe aus dem Schrank und steckte sie in den Hosenbund. Ganz schön eng. Als er die Wohnung verließ, rief Elke Prestel an und nannte ihm die Adresse. Er rannte zum Auto und fuhr von der Römerstraße in die Schmidtstraße. Ohne auf die Einbahnstraßenschilder zu achten und indem er zwei entgegenkommenden Autos die Vorfahrt nahm, legte er die Strecke in Rekordzeit zurück. Als er das Haus sah, stöhnte er auf. Er suchte noch einmal, diesmal nach einer Taschenlampe. Es war keine zu finden. Eilig stieg er aus und hastete über die Straße. Vor der Tür bremste er und rief Blochner an. „Hör zu. Ich bin in der Schmidtstraße 22. Wahrscheinlich gibt es Ärger. Kann ich nicht einschätzen. Bring zwei Kollegen mit. Aber wartet draußen. Elke Prestel sagt, daß hier der Mörder ist, und sie ist mit Sigrid Kretschmer da drin.“

„Was? Elke Prestel? Was hat die denn damit zu tun?“

„Genau die. Frag nicht, wie das passiert ist. Ich melde mich wieder.“ Er ging die Treppe zum Keller hinunter.

Tilman Klinner brauchte einige Zeit, bis er den Weg ins Obergeschoß gefunden hatte. Er überprüfte mit gezückter Waffe jeden Raum, tastete sich langsam voran, um niemanden in Gefahr zu bringen.

Er kam im oberen Stockwerk an und hatte immer noch keine Spur von der Praktikantin. Ratlos blieb er stehen. Hatte er die beiden übersehen? Er stieß den Mann an, der immer noch dort saß und hin und her wippte. „He! Haben Sie hier ein paar Leute durchkommen sehen?“

Ein irres Gesicht starrte ihn an und wandte sich wieder ab. Klinner überlegte schon, ob er sich im Haus geirrt hatte, da hörte er Stimmen. Er drehte sich um und entdeckte das Loch in der Wand. Vorsichtig ließ er sich auf die Knie nieder und spähte hindurch.

Klinner war baff. Das hatte er nicht erwartet. Elke Prestel stand, mit dem Rücken an die Wand gepreßt, abseits des Geschehens. Pierre Dunker lag auf dem Boden und hielt einen Fetzen Stoff schützend vor sich. Sigrid Kretschmer stand über ihm, beide Arme drohend erhoben, und in ihren Händen ein Messer.

„... werde ich dich zerteilen und dann zertrampeln. Mein Haß löscht dich aus und dann ist er für immer gestillt. Niemand wird mehr durch mich durchsehen, Glasfrau muß ich nicht mehr sein. Ich bin die Rache.“

Sie war bedrohlich nah an Dunker dran und konnte jeden Moment zustechen. Klinner zwängte sich durch das Loch und kam mit vorgehaltener Pistole auf die Beine. „Was ist hier los?“

Sigrid Kretschmer starrte ihn an, sie fror in ihrer Haltung ein.

„Die verrückte Sigrid bedroht mich, sie will mich abstechen, helfen Sie mir, Kommissar!“

Dunker fing an, unter ihr wegzurobben, da herrschte sie ihn an: „Du rührst dich nicht!“ Er erstarrte, gehorchte ihr aber aufs Wort.

„Frau Kretschmer, hören Sie auf damit, Sie sind verhaftet!“

Sie gab einen schrillen Laut von sich und wischte mit der Hand durch die Luft, so als wollte sie die Worte von Klinner fortwischen.

Pierre Dunker schien tatsächlich Angst zu haben. „Setzen Sie die Schlampe fest, Mann. Die will mir das Eisen reinjagen. Sie fuchtelt die ganze Zeit damit rum und sticht nach mir. Sie hat gesagt, daß sie mich umbringt, und so wie die aussieht, macht die das auch.“ Seine Augen blitzen auf, und er hob die Hand, als wenn er seine Widersacherin schlagen wollte.

Klinner wollte ihn gerade zur Besonnenheit ermahnen, als Sigrid Kretschmer zischte: „Bleibe Sie ... Du mieses Schwein, du weißt ganz genau, was los ist. Piet und du, ihr habt mich durchstochen, habt mich mit eurem Schleim markiert, bah.“ Sie spuckte aus, konnte vor Wut kaum sprechen.

„Ach, deshalb“, höhnte Dunker. „Wir haben ein Geschäft gemacht, wir haben dich korrekt bezahlt, ja. Wenn du dich auf den Deal einläßt, dann komm nicht hinterher und beschwer dich. Das hättest du dir vorher überlegen müssen.“

Klinner war während des Wortwechsels langsam auf die beiden zugegangen, er faßte seine Waffe mit beiden Händen und hielt sie auf Sigrid Kretschmer gerichtet. „Ich werde es nicht weiter dulden, daß Sie Menschen bedrohen und davon reden, Pierre Dunker umzubringen, Frau Kretschmer! Sie werden jetzt zurücktreten und Ihre Waffe langsam auf den Boden legen, und dann können wir uns in Ruhe über die Sache unterhalten. Ich weiß, was Ihnen angetan wurde, aber das gibt Ihnen nicht das Recht ...“ Während er sprach, fragte er sich, ob sie fähig wäre, einen Mord aus Rache zu begehen.

„Du wirst mich nicht aufhalten, die Glasfrau muß triumphieren. Komm mir nicht in die Quere.“ Sie legte die andere Hand an das Messer und fixierte Dunker erneut, als wollte sie zum entscheidenden Stoß ansetzen.

Klinner ging weiter auf die beiden zu, bis er etwa einen Meter vor ihnen stand. „Sie nehmen jetzt Abstand, Herr Dunker. Tragen Sie nicht weiter zur Eskalation der Situation bei.“

Dunker krabbelte rückwärts, und Klinner zirkelte sich in einer halbkreisförmigen Bewegung zwischen die beiden. Er hatte die Waffe weiter auf Sigrid Kretschmer gerichtet. Als er sich zwischen den beiden befand, begann er, sie zurückzudrängen. „Sie werden jetzt langsam die Waffe herunternehmen und sie auf den Boden legen, Frau Kretschmer. Dunker wird für das bestraft werden, was er Ihnen angetan hat, das versichere ich Ihnen. Es ändert nichts, wenn Sie das Messer weiter in den Händen halten.“

Sigrid Kretschmer schien die auf sie gerichtete Waffe nicht zu bemerken, sie drehte sich um und ging durch den Raum, weg von Klinner, weg von Dunker, der sich gerade erhob. Klinner und Elke Prestel wechselten einen kurzen Blick. Sie zuckte mit den Schultern.

Sie behielt das Messer in ihrer Hand. Ihr Arm baumelte neben ihrem Bein hin und her, streifte dabei jedesmal ihren Oberschenkel. Stück für Stück sank sie in sich zusammen. Sie kam an der Wand an und ließ ihren Kopf gegen das Mauerwerk prallen.

„Ich will mit Ihnen die Situation in Ruhe besprechen, dabei können wir keine Waffen brauchen, legen Sie das Messer auf den Boden, Frau Kretschmer, damit wir uns unterhalten können."

Dunker war Klinner gefolgt, er stellte sich neben ihn, als wären sie Partner, und sagte: „Da sehen Sie es. Die ist völlig irre."

„Sie halten den Mund!" herrschte Klinner ihn an.

Sigrid Kretschmer drehte sich um und kam auf die beiden zu. „Ich weiß es genau, du wirst sterben heute, du bist schon tot."

„Frau Kretschmer, Sie werden die Waffe jetzt auf den Boden legen!"

Sie wich wieder zurück und ließ ihren Blick auf die Waffe sinken, die Hand, in der sie das Messer hielt, erschlaffte. Haßerfüllt zischte sie Dunker zu „Du bist schon tot", während das Messer klirrend auf den Steinfußboden fiel. Elke Prestel kam dazu und stellte sich neben Sigrid Kretschmer. Sie sah fast aus, als wollte sie sie trösten.

Hatte sie Dunker umbringen wollen? Klinner wandte den Blick zu Elke Prestel und sah sie fragend an. Hatte sie Peter Kracht aus Rache umgebracht? Aber was war mit Rüdiger Bensch? Gab es möglicherweise gar keinen Zusammenhang zwischen den beiden Toten? Sigrid Kretschmer konnte es nicht gewesen sein, auch wenn sie Dunker mit einem Messer angegriffen hatte. Er traute ihr keinen Mord zu. Vielleicht hätte sie ihn verletzt, aber umgebracht? Und den Mord an Kracht, jemanden geplant und eiskalt mit einer Überdosis umbringen? Das paßte nicht. Sigrid Kretschmer sank in sich zusammen. Diese Frau, die ihm immer so verletzlich schien, die ganz spezielle Aufmerksamkeit und Nachgiebigkeit brauchte, um überhaupt etwas zu sagen. Die wird in dieser angespannten Situation nicht reden, dachte Klinner.

„Ich hab dich gesehen." Auf einmal war alles still. Sigrid Kretschmer war sich der Bedeutung ihrer Worte bewußt. Sie hatte den Kopf erhoben und weinte nicht mehr, schien sich plötzlich im Griff zu haben.

Strahlte so etwas wie Stolz aus, wenn das überhaupt möglich war. „Du hast beide umgebracht, du bist ein Mörder."

„Was haben Sie gesehen?" fragte Klinner.

Sie zögerte die Antwort einen Moment lang hinaus, sie schien es zu genießen, im Mittelpunkt der Aufmerksamkeit zu stehen. Wenn sie etwas gesehen hatte, dann hatte er endlich die Zeugin, die er brauchte. Dunker war genauso still wie die anderen.

„Wo haben Sie Herrn Dunker gesehen?" fragte jetzt Elke Prestel.

Sigrid Kretschmer reagierte nicht. Statt dessen wandte sie sich an Dunker und sagte: „Du warst doch der Spitzel von Schaumann. Jeder weiß, daß du ihm den Laden sauberhältst."

„Herr Dunker hat bestimmte Jobs für Bernd Schaumann erledigt, okay, wissen wir auch. Aber damit ist noch lange nicht gesagt, daß er deshalb jemanden umbringt."

Dunker hatte kopfschüttelnd zugehört, jetzt schaltete er sich ein: „Was läuft hier für ne Show ab? Bin ich jetzt der Doppelmörder von Bremen, oder was? Hähähä, Pierre the Ripper, rip of the Junkies. Täte mir gefallen, so ein Image. Was meinst du, Süße, seh ich aus wie einer, der Leute umlegt?" Er drehte den Kopf zu Elke Prestel, beugte sich in ihre Richtung und verzog das Gesicht zu einer Fratze.

„Sie bleiben ruhig, Herr Dunker, ich will wissen, was Frau Kretschmer gemeint hat." Klinner wandte sich wieder ihr zu. „Äußern Sie sich bitte."

„Herr Klinner, vielleicht wäre es sinnvoll, wenn wir die beiden getrennt befragen und dafür aufs Revier gehen?"

Dunker wandte sich an Klinner: „Verdammte Scheiße, ich will nicht schon wieder aufs Revier in dieses Scheißzimmer ohne Fenster. Wir besprechen das hier."

Sigrid Kretschmer fing auf einmal an, im Raum umherzugehen, wobei sie darauf achtete, Dunker nicht zu nahe zu kommen. Sie murmelte vor sich hin.

Er unterbrach sie: „Sehen Sie? Hab ich Ihnen doch gesagt, die ist hinüber, die können Sie besser gleich in die Klapse bringen und dann einen ordentlichen Schuß mit der großen Psychopumpe, am besten so, daß sie gar nicht wieder aufwacht."

Elke Prestel hatte recht. Klinner mußte die beiden vorläufig verhaften und mit aufs Revier nehmen, das hätte er sofort tun sollen. Er wollte gerade ansetzen, da kam ihm Sigrid Kretschmer dazwischen: „Du hast Rudi umgebracht. Alle denken immer, mit mir redet niemand, ich hab keine Freunde und krieg sowieso nichts mit, weil ich verrückt bin, aber das ist nicht wahr. Rudi hatte keinen Bock mehr auf Bernd Schaumann, und du warst drauf angesetzt, ihn wieder zurückzupfeifen, genau wie du mir mal was auf die Fresse gegeben hast, als ich Ärger mit dem hatte. Das ist doch alles klar. Piet hat da mitgemacht, aber ihm ist das zuviel geworden, und ihr habt euch gestritten, und da hast du ihn einfach ausgeschaltet ..."

Sie kam nicht weiter, weil er auf sie losgehen wollte: „Halt die Fresse, dummes Luder, sonst reiß ich dir den Arsch auf."

Klinner ging dazwischen. Es entstand ein Handgemenge zwischen ihm und Dunker. Klinner stieß ihn zurück, so daß er hinfiel. „Es reicht. Sie reißen das Maul auf, als ob Sie sich alles erlauben könnten. Sie sind der Hauptverdächtige in einem Doppelmord und täten besser daran, sich möglichst kooperativ zu verhalten. Ich weiß von der Sache mit Bernd Schaumann. Sie beide sind vorläufig festgenommen und kommen jetzt mit aufs Revier. Unten warten meine Mitarbeiter, und die werde ich jetzt rufen." Er griff zu seinem Mobiltelephon.

Dunker ließ es nicht zu. Während er sich anfangs gefreut hatte, daß der Bulle kam, war er jetzt zu seinem Feind geworden. Seit der davon sprach, aufs Revier gehen zu wollen, wartete er auf seine Gelegenheit. Es ging ein Ruck durch ihn, ganz plötzlich, wie wenn jemand einen Schalter umlegt. Er bewegte sich zielstrebig wie eine Maschine und verbat sich jede Weichheit. Er war wie in Trance, drängte die überschäumende Flut von Bildern in seinem Innern zurück, konzentrierte sich auf die gefühllose Leere, die ihm vertraut war. Weiß und hell mußte es werden in ihm, dahin mußte er sich bewegen. Er bückte sich und hob das Messer auf, das immer noch auf dem Boden lag und das die Umstehenden vergessen hatten. Als er es in die Hand nahm, spürte er die pulsierende Energie, die von der Klinge durch den Griff in ihn hineinströmte, sich wärmend ausbreitete. Die Schärfe der Klinge gab ihm die Macht, spielend leicht in die Körper der anderen einzudringen und das Innere nach Außen zu befördern. Es war leicht, ein Stück Metall in einen Körper zu schieben, es zu drehen und wieder herauszuziehen. Das Messer gab ihm Macht, heizte seine Phantasie an, aber er stach nicht zu. Er entsann sich der Worte, die in seinem Kopf hämmerten, seit Klinner ihn in dem dunklen Raum ohne Fenster verhört hatte. Mühsam hatte er dort um sein souveränes Auftreten gerungen. Innerlich hatte er sich in den Wänden verbissen.

Ich geh nicht wieder in den Knast. Dieser Bulle hatte seine Fährte aufgenommen, hing an seinen Fersen, roch an ihm. Er wollte ihn zur Strecke bringen, ihn vor sich im Dreck sehen. Jetzt gab es kein Zurück mehr. Er durfte nicht in die Angst hineinfallen.

Dunker sah die Leere, die weiße Wand, vor der sich der Satz abhob: Ich geh nicht in den Knast. Um handeln zu können, mußte er sich auf die Leere konzentrieren, auf diesen einen Satz. Das war der Weg. Einmal begonnen, war es ganz leicht. Er machte zwei schnelle Schritte und war bei der jungen Frau, faßte ihr mit der Hand ins Haar, riß den Kopf zurück, so daß ihr Hals freilag und legte die Klinge dorthin. Mit einer weiteren Bewegung postierte er seinen Körper hinter sie. Ganz nah dran. Erschrocken verdrehte sie die Augen und ließ ein angstvolles Weiß sehen und drehte die Pupillen so weit in seine Richtung wie sie konnte. Nun hatte er die Kontrolle über die Situation zurückgewonnen. Dieses junge, kleine Ding, das zitternd und schwitzend vor ihm stand und sich nicht mal traute zu schlucken, damit die Klinge nicht in ihren glatten Hals einschnitt. Er konnte ihren Körper fühlen, wie er sich ängstlich zusammenzog, versteifte, konnte den kalten Schweiß riechen, der aus ihren Poren trat. Ihr Puls jagte: Badamm, badamm, badamm. Eine kurze Bewegung mit seiner rechten Hand, und sie würde schlaff zu Boden sinken und das Leben aus sich herausfließen lassen. Dunker dachte, daß Sigrid Kretschmer schon lange einen kräftigen Stich verdient hatte. Und den Kommissar, das Weichei, den würde er zuletzt erledigen.

„So Bulle, geben Sie mir Ihre Waffe und das Mobiltelephon." Fast gespenstisch klang seine Stimme in die Stille hinein. Klinner starrte ihn fassungslos an.

„Was soll das?" fragte er mit bebender Stimme.

„Machen Sie schon!" Dunker konnte keinen Ungehorsam dulden. Der Kommissar holte seine Waffe aus dem Hosenbund und faßte sie so an, als wollte er sie übergeben. Er zögerte einen Moment, behielt sie in der Hand. Dunker straffte sich und sicherte seine Position hinter der Frau ab. Die rührte sich nicht. Er drückte das Messer stärker an ihren Hals, so daß es in die Haut schnitt. Ein roter Tropfen floß an der Klinge entlang, sammelte sich an der Spitze und tropfte auf den Boden, gefolgt von einem weiteren. Elke Prestels Mund öffnete sich zu einem Schrei, langsam sank sie in sich zusammen. Sie fing sich, der Schrei blieb aus. „Die Waffe, geben Sie die Waffe her, ich mein das ernst!“ Klinner holte sein Mobiltelephon aus der Tasche. Er nahm beides in eine Hand und schleuderte die Gegenstände mit einer gezielten Bewegung durch ein zerbrochenes Fenster aus der Balkontür. Das Telephon flog ungehindert über die Brüstung und schlug kurze Zeit später scheppernd im Hof auf. Die schwerere Waffe knallte gegen das Geländer und blieb auf dem Balkon liegen.

Dunker grinste breit: „Das haben Sie sich so gedacht, Bulle.“ Er herrschte sie und Klinner an: „Legt euch auf den Boden!“

Klinner versuchte, mit ihm zu reden: „Das bringt doch nichts, Herr Dunker.“

Die Worte des Kommissars ließen eine heiße Wut in ihm aufsteigen. Die Angst war weg. Jetzt hatte er die Wahl. Er könnte hingehen und dem Bullen auf den Kopf treten. Er schüttelte sich und gewann die Kontrolle wieder. „Halten Sie die Fresse, und legen Sie sich hin!“ brüllte er. Widerstrebend gehorchte Klinner. Sigrid Kretschmer schien in sich versunken zu sein, sie hatte sich sofort hingelegt, als das Kommando erfolgt war, rollte sich zusammen, als wollte sie schlafen. Nur ihr Kopf war erhoben, die Augen auf Dunker gerichtet.

„Ihr bleibt liegen. Und du kommst mit“, fügte er, an die Praktikantin gewandt, hinzu. Er stieß sie vor sich her zur Balkontür und befahl ihr, zu öffnen. Gleichzeitig behielt er die beiden anderen im Auge. „Ihr bleibt flach liegen, bis wir weg sind, sonst gibts Ärger.“ Er drehte sich um und stieß die Geisel vor sich her auf den Balkon. Ein paar Sekunden später waren sie über das Schrägdach des benachbarten Hauses verschwunden.

Klinner sackte zusammen. Dunker würde sie töten und achtlos vom Dach stoßen, sobald er sich in Sicherheit wog. Und er, Tilman Klinner, seit zwölf Jahren Kriminalbeamter, trug die volle Verantwortung dafür. Er würde seine Marke abgeben müssen, und das wäre noch wenig.

Sigrid Kretschmer neben ihm zitterte und jammerte. Das holte Klinner wieder zurück in die Realität. Okay, das wirst du in Ordnung bringen, sagte er sich. Mit konzentrierter Anstrengung gelang es ihm, die Erschlaffung, die seinen gesamten Körper ergriffen hatte, zurückzudrängen. Er erhob sich und wandte sich der jammernden Frau zu. Sie reagierte nicht. Klinner beugte sich zu ihr hinunter und packte sie an der Schulter. „Eh!"

„Laß mich in Ruhe!"

„Jetzt reichts mir, erst bringen Sie meine Kollegin in Lebensgefahr, und dann liegen Sie hier rum und jammern. Stehen Sie auf, und gehen Sie nach draußen. Dort werden Sie meinen Partner finden und dem erzählen, was hier oben passiert ist. Daß Dunker eine Geisel hat und auf dem Dach ist. Sie sollen Scheinwerfer auf die gegenüberliegenden Häuser bringen. Ist das klar?"

Sigrid Kretschmer hatte sich aufgesetzt und starrte vor sich hin. „Wenn das rauskommt, bringen die mich um." Sie fing wieder an zu wimmern. „Er sollte sterben, sollte ..." Sie weinte.

„Für Gejammer haben Sie keine Zeit." Er griff in ihren Parka und zog sie hoch. „Haben Sie das verstanden?"

Da hob sie den Blick und sah ihn an. „Ist ja gut." Sie blickte um sich, als sei sie gerade aufgewacht.

„Ich werde den beiden jetzt folgen und erwarte von Ihnen, daß Sie da runter gehen, und zwar sofort." Er wies mit der Hand auf das Loch in der Wand. Sie nickte und sah ihm dabei in die Augen. Das wertete Klinner als ernstzunehmende Abmachung. Er wandte sich um, ging auf den Balkon und drehte sich noch mal um. Sigrid Kretschmer stand noch immer da, wie versteinert. Er sagte: „Na los."

Sigrid Kretschmer sah zu, wie der dicke Kommissar sich abmühte, den beiden Geflohenen hinterherzuklettern. Sie biß sich in die Hand, bis sie außer Schmerz nichts mehr spürte. Die roten Abdrücke ihrer Zähne in der rosa Haut betrachtend, wiegte sie ihren Kopf hin und her. „Scheiße, keine Dias mehr. Kleine Glasfrau, von wo sollte das kommen, kannst du doch gar nicht, du schaffst sie nie. Sie sehen durch, verbrennen die Haut, pusten dich weg, ist nicht der Rede wert." Sie spuckte aus. „Dummes Ding, das Messer, war dein Futter, schlachte schlachte Gänschen, nicht die mit dem Schwänzchen, sind zu groß, sind die mit dem Ritzchen, Blut im Schritt ..." Sie erhob sich und ging zum Loch in der Wand. Mit mechanischen Schritten stieg sie die Treppen hinunter, ohne sich umzublicken.

Unten angekommen, brauchte sie Werner Blochner nicht lange zu suchen. Sie trat aus der Tür und wurde unmittelbar von ihm in Gewahrsam genommen. Er hatte einen unangenehmen Mundgeruch. Sie sagte den Spruch auf und wollte gehen. Er stellte noch einige Fragen, die sie über sich ergehen ließ wie einen Regenschauer. Sie wollte weg, weg, nur weg, allein sein, ein paar Pillen nehmen und sich zusammenrollen. Der Mann ließ sie von einem anderen Bullen abführen, und der steckte sie in einen VW-Bus. Sie hatte nicht mal mehr Gras.

Blochner forderte Verstärkung an. Er ließ Scheinwerfer bringen, zehn Polizisten und zwei Gewehre. Mit einigen anderen Beamten ging er in die nächste Querstraße und suchte nach einem Standort, von dem aus er den Hinterhof einsehen konnte. Dem Rest der Einsatzkräfte befahl er, vor dem Haus zu bleiben.

***

Klinner war von dem kleinen Balkon aus auf ein Schrägdach geklettert. Wegen der Nässe waren die Ziegel rutschig. Auf den Knien und mit langsamen Bewegungen gelangte er heil auf die Zinne, auf die er sich rittlings setzen mußte, um auf ihr entlangzurutschen. Verdammt glatt, so ein Dach. Er schaute sich um, ob er schon irgendwo Blochner und die angeforderte Verstärkung erblicken konnte. Nichts. Hoffentlich hatte Sigrid Kretschmer das Richtige erzählt. Vielleicht wäre er besser selbst nach unten gegangen. Ihr war nicht zu trauen, am Ende blieb er mit der Situation allein, das wäre fatal. Er war unbewaffnet und Dunker zu allem bereit. Klinner rutschte langsam das Dach entlang und kochte vor Wut über sich selbst. Wenn er nicht so naiv gewesen wäre und Elke Prestel nicht einbezogen hätte, wäre das alles nicht passiert. Sie wäre nicht in Gefahr geraten. Er hatte Sigrid Kretschmer für ungefährlich gehalten, weil sie auf ihn so unsicher und verängstigt gewirkt hatte. Jetzt stand er dumm da. Nicht auszudenken, wenn Elke Prestel irgend etwas geschehen sollte. Das mußte er verhindern. Er durfte sie nicht in Gefahr bringen, mußte Sicherheitsabstand zu den beiden wahren. Also ließ er sich Zeit. Seine Hose war durchnäßt, und sein Hintern wurde kalt. Er versuchte zu erspähen, wohin die beiden gelangt waren, konnte aber nicht über den Rand des Daches hinaussehen. Vorsichtig bewegte er sich bis ans Ende und beugte sich vor. Er sah eine Dachterrasse, die gut zwei Meter tiefer lag, und Dunker, der machte sich an einer Tür zu schaffen, die von der Terrasse in das Haus führte. Er hatte das Messer in der Hand und hebelte damit an dem Schloß. Die Tür war massiv, sie gab nicht nach. Elke Prestel lag neben der Tür auf dem Boden und hatte Klinner sofort erblickt. Sie bedeutete ihm, sich versteckt zu halten. Er duckte sich.

Fieberhaft überlegte Klinner, wie er verhindern könnte, daß Dunker mit Elke Prestel als Geisel floh. Womöglich waren in dem Haus noch mehr Menschen, die in Gefahr gerieten, wenn die beiden dort eindrangen. Gelegentlich unterbrach Dunker seine Bemühungen und bedeutete ihr: „Immer schön liegenbleiben, Süße."

Klinner zog den Kopf ein. Bevor er eine Möglichkeit sah, einzugreifen, gelang es Dunker, den Schließmechanismus aufzubrechen. „So, jetzt hab ich es", sagte er und sah sich um. Klinner zog den Kopf ein. Elke Prestel kam hinter Dunkers Rücken auf die Füße. Als er die Tür mit aller Kraft aufriß, mußte er zwei Schritte rückwärts machen, um nicht das Gleichgewicht zu verlieren. Sie stellte ihm ein Bein und versetzte ihm einen Stoß, so daß er stolperte und gegen das Balkongitter fiel. Sie floh durch die Tür und zog sie hinter sich zu. Pierre Dunker kam auf die Beine und richtete den Revolver auf die Tür. Er fluchte, ließ die Waffe sinken und rannte auf die Tür zu, griff nach der Klinke. Sie hielt die Tür von der anderen Seite zu und schrie um Hilfe. Er zerrte, stemmte den Fuß gegen die Wand, so gelang es ihm, die Tür ein Stück zu öffnen. „Mach auf, das schaffst du sowieso nicht." Er versuchte, den Revolver durch den Spalt zu stecken und sie zu bedrohen.

In diesem Moment sprang Klinner vom Dach. „Nehmen Sie mich als Geisel, lassen Sie sie gehen."

Dunker riß die Waffe herum und richtete sie auf Klinner. Die Tür klappte zu und zog Dunker ein Stück mit sich. Ihm war die Verwirrung anzusehen, er blickte zur Tür, dann wieder zu Klinner. Sein Gesicht war verzerrt. Der rechte Mundwinkel bewegte sich zuckend nach oben, von einem unsichtbaren Band gezogen.

Klinner stand ihm mit vorgehaltenen Händen gegenüber. „Sehen Sie, ich bin unbewaffnet. Nehmen Sie mich als Geisel und lassen Sie sie laufen." Er hielt ihm die Hände entgegen, als wollte er Dunker auffordern, ihn zu fesseln.

„Scheiße, Mann. Was wollen Sie schon wieder hier? Sie sollten sich doch verpissen." Nervös blickte Dunker zur Tür. „Okay Herr Kommissar, Sie werden jetzt die Scheißtür aufmachen, sonst können Sie was erleben."

Langsam schlichen die beiden umeinander herum, Dunker hielt die Waffe auf Klinner gerichtet, der hielt die Hände erhoben. Er mußte Zeit gewinnen. „Ich werde die Tür erst aufmachen, wenn meine Kollegin in Sicherheit ist. Lassen Sie sie laufen, Sie haben mich als Geisel."

„Machen Sie die verdammte Tür auf, sonst schieß ich Ihnen ins Knie", brüllte Dunker ihn an. Klinner hörte jemanden eine Treppe hinunterlaufen. Elke Prestel brachte sich in Sicherheit, das war gut. Hoffentlich würde sie ohne Schwierigkeiten aus dem Haus kommen. Er fragte mit ruhiger Stimme: „Was gewinnen Sie, wenn Sie mich umbringen, dadurch wird nichts besser, im Gegenteil, Sie haben keine Geisel mehr und einen weiteren Menschen auf dem Gewissen."

„Wen ich auf dem Gewissen habe und wen nicht, das lassen Sie mal meine Sorge sein, und jetzt machen Sie die verdammte Tür auf!"

Klinner mußte Zeit herausschinden. So könnte sie das Haus verlassen und Blochner informieren. „Ein Einsatzkommando wartet draußen vor der Tür. Sie haben keine Chance, geben Sie Ihre Waffe ab und Ihnen wird nichts geschehen, das kann ich Ihnen nur raten."

Pierre Dunker kam auf ihn zu, trat mit dem Fuß gegen sein Schienbein und schlug ihm mit der Waffe ins Gesicht. Klinner ging zu Boden. Bedrohlich stand Dunker über ihm, richtete die Waffe auf ihn, die bis vor einer Stunde noch friedlich in seiner Kommode gelegen hatte. Hätte ich die zu Hause gelassen, dachte Klinner unwillkürlich, als er in die Mündung blickte. „Hören Sie mal zu, Bulle, wenn ich sage, machen Sie die Tür auf, dann heißt das: Machen Sie die Tür auf. Verstehen Sie das? Die Story mit dem Einsatzkommando können Sie sich schenken. So stümperhaft, wie Sie bis jetzt gearbeitet haben, warten da draußen höchstens zwei schlafende Typen in einem Auto. Und jetzt machen Sie."

Klinner kam mühsam wieder auf die Beine und drehte sich zur Tür um. Es half nichts, er mußte mitmachen. Er versuchte die Tür zu öffnen, aber sie ließ sich nicht bewegen. Elke Prestel hatte sie gesichert. Innerlich jubilierte er. „Geht nicht, die Tür sitzt fest, ich kann die Klinke nicht herunterdrücken."

„Was sind Sie eigentlich für eine Memme, Sie kriegen ja nichts hin. Setzen Sie sich da hin." Der Kommissar gehorchte. Dunker versuchte selbst, die Tür aufzumachen. Sie klemmte. Er bekam einen Wutanfall und trat dagegen. „Nur weil Sie mich vollgetextet haben, Sie Arschloch.“ Er versuchte es noch einmal und rüttelte an der Tür. Sie ließ sich nicht öffnen, Elke Prestel hatte ganze Arbeit geleistet. Dunker sah sich nach einem anderen Fluchtweg um. „Sie machen jetzt diese Tür auf. Ich stehe neben Ihnen, und wenn ich sehe, daß Sie sich keine Mühe geben, schieß ich Ihnen ins Knie, ist das klar?“ Er richtete die Waffe auf Klinner und fluchte weiter.

***

Klinner wandte sich der Tür zu. Als er die Hand hob, um sie auf die Klinke zu legen, wurde die Dachterrasse in gleißendes Licht getaucht. Geblendet zog er die Augen zu Schlitzen zusammen. Dunker packte ihn und drängte sich in seinen Schatten. Ihre Gesichter berührten sich fast, das kalte Metall des Pistolenlaufes bohrte sich in Klinners Wange. Dunkers Gesicht war entstellt. Seine sonst weißliche, aufgedunsene Gesichtshaut war rot angelaufen, die Augen blutunterlaufen, der Mund zuckte, Schweißperlen bildeten sich auf seiner Stirn. Eine Stimme, die ebenso überzeichnet war wie das Licht, drang zu ihnen herüber. Klinner verstand die Worte erst jetzt, obwohl sie schon länger sprach. Blochners Stimme dröhnte durch das Megaphon. Das war die Rettung. Trotzdem fühlte er sich wie auf dem Seziertisch, das Licht war so grell, die Stimme so laut. Dunker drehte ihn gewaltsam um, so daß ihm die beiden Scheinwerfer genau ins Gesicht strahlten. Er sah nichts, nur zwei stechende Punkte, die Licht in seinen Kopf gossen. Dunker sprach in sein Ohr: „Sorgen Sie dafür, daß das aufhört, sofort, sonst ...“

„Ich wiederhole, ergeben Sie sich, das Haus ist umstellt, wir sind bewaffnet. Sie haben keine Chance. Legen Sie Ihre Waffe auf den Boden und heben Sie die Hände, Herr Dunker.“ Die Stimme von Blochner war entschieden, unmißverständlich und befehlend. Zusammen mit der Lautstärke und der Helligkeit der Lampen war sie eine fast übermenschliche Kraft, die hinzutrat. „Licht aus, sonst dreh ich durch.“ Dunkers Worte wurden herausgepreßt, mit angehaltenem Atem gesprochen. Klinner spürte, daß die Angelegenheit noch nicht zu Ende war. Er mußte weitere Entscheidungen treffen, Konsequenzen tragen.

Auf einmal ging es um sein Leben. Der ganze Aufwand. Ein Einsatzkommando, viele Augenpaare, die auf ihn gerichtet waren, die bereit waren, zu töten, um ihn zu retten. Er versuchte sich vorzustellen, wie er aus der Perspektive seiner Kollegen aussah. Ein dicker Mann mit einer Waffe an der Schläfe, dahinter der Gejagte, auf den die Schützen anzulegen versuchten. Die den Raum neben seinem Körper abtasteten. Sein Kopf waren die Ringe eins bis fünf auf der Zielscheibe, Dunkers Auge die Zehn. Er verspürte keine Angst. Sie würden nicht schießen, vorerst nicht, dazu war es noch zu früh. Klinner fühlte sich innerlich gelähmt, Blut konzentrierte sich im Hirn, Gedanken statt Handlungen, Zeug, das im Hirn rumspukte.

Die Waffe des Mannes hinter ihm bohrte sich tiefer in seine Wange. „Tun Sie was, Bulle, sonst leben Sie nicht mehr lange."

Und wenn ich mich weigere, mußt du es erstmal bringen, zu schießen, dachte Klinner, räusperte sich und sprach mit heiserer Stimme: „Ich kann versuchen, ein paar Minuten Verhandlungszeit herauszuholen, mehr sicher nicht. Das macht aber nur dann Sinn, wenn Sie sich auch auf Verhandlungen einlassen wollen. Ist das so?" Er versuchte den Kopf zu drehen, doch sofort bohrte sich die Waffe tiefer in seine Wange.

„Machen Sie, daß sie das Licht ausschalten und die Waffen verschwinden, dann reden wir weiter."

Klinner hob den Arm. Blochners Stimme am Megaphon verstummte. „Ich brauche Zeit, um mit Herrn Dunker zu verhandeln. Schaltet die Scheinwerfer ab und legt die Waffen nieder. Wir brauchen zwanzig Minuten."

„Sie dürfen sich nicht von der Terrasse weg bewegen, die Waffe darf nicht auf den Körper der Geisel gerichtet sein, und nach zehn Minuten schalten wir die Scheinwerfer wieder an."

Pierre Dunker antwortete prompt mit lauter Stimme: „Das zweite könnt ihr vergessen, ich kann ja auch nicht überprüfen, ob ihr eure Waffen runternehmt. Außerdem will ich zwanzig Minuten."

„Fünfzehn. Wir behalten euch im Auge."

Die Scheinwerfer gingen aus. Auf einmal war Klinner blind. „Man sieht nichts mehr", sagte er zu sich selbst.

„Halten Sie das Maul."

Sie standen schweigend da, ihre Körper auf ganzer Länge aneinandergeprallt. Dunkers Atem blies in Klinners Haar. Höchstens fünfzehn Meter Luftlinie entfernt warteten Blochner und die anderen Kollegen. Blochner würde sicher gleichzeitig versuchen, mit einer Gruppe vom Sondereinsatzkommando bis hinter die Tür vorzudringen, falls die schon da waren. Es war eine Frage der Zeit, bis sie Dunker haben würden. Unklar war nur, ob ihm oder Dunker etwas geschehen würde. Dieser war bereit zu schießen, ohne Zweifel. Klinner mußte alles daran setzen, ihm die Aussichtslosigkeit seiner Lage zu verdeutlichen.

„Lassen Sie uns reden, wir haben nicht viel Zeit." Er drehte langsam den Kopf, und diesmal ließ Dunker ihn gewähren. Aus dem Augenwinkel sah er sein Gesicht. Dunkers Blick wich ihm aus, fixierte einen Punkt im Dunkel. Auf seiner Stirn standen immer noch Schweißtropfen, und er war immer noch knallrot. Die Nähe dieses Mannes war Klinner unangenehm.

Dunker stand hinter seinem Rücken. Klinner klemmte unwillkürlich die Hinterbacken zusammen. Er versuchte, sich ganz umzudrehen, um Dunker in gleichberechtigter Haltung gegenüberstehen zu können. Sofort spürte er den Druck des Pistolenlaufes an seiner Wange. „Schön ruhig bleiben, Dicker." Mit verdrehtem Oberkörper blieb Klinner stehen, um den Blick auf den Mann richten zu können, der ihn bedrohte.

Dunker mußte der Mörder sein, sonst wäre er nicht dermaßen in Panik geraten. Er wäre sonst mit aufs Revier gekommen und hätte die Vernehmungen über sich ergehen lassen. Was hätte es ihn gekostet? Doch was war das Motiv? Es gab keine Begründung, keine schlüssigen Beweise.

Konnte es sein, daß er zuerst gemeinsam mit Kracht Rüdiger Bensch erschlagen und dann Kracht selbst um die Ecke gebracht hatte? Klinner kamen Willi Hauckners Äußerungen in den Sinn: „Kracht hat sich zuviel getraut, den Weg verbaut, sich dem Teufel verkauft. Er ist nicht mehr losgekommen von dem glänzenden Mann. An der Leine dieses Mannes hing er wie an der Nadel." Hauckner hatte vom Teufel gesprochen, von Psychopathen, die sich andere zu ihren Untertanen machen oder sich bei ihnen einschmeicheln, von oralen Charakteren, die sich an andere klammern, von Pierre Dunker als Psychopath, der sich einen Abhängigen als Freund gesucht hat, von Peter Kracht, der nach einer Orientierung gesucht hatte, der bereit war, sich abhängig zu machen, der sich nicht lösen konnte von dem gewalttätigen, mächtigen Freund.

Löste Dunker den Fall gerade selbst, weil er die Nerven verlor und sich verriet? Oder war er nur ein durchgedrehter Spinner, den die Polizei erschießen würde, weil sie ihn für den Mörder hielt? Wie ernst war die Aussage von Sigrid Kretschmer zu nehmen?

„Jeder Scheiß in Piets Leben fängt mit Pierre an und hört mit ihm auf." Kracht als armes Opfer, verführt von dem bösen Ungeheuer Dunker. So sah ihn Nicole Bering. Krachts eigene Äußerungen auf der Kassette von Willi Hauckner klangen anders. Die Gewaltphantasien und Drogenexzesse waren etwas, was er selbst aktiv mit herbeigeführt hatte, was ein Teil von ihm selbst gewesen war. Er hatte sich bewußt immer wieder darauf eingelassen.

Kinner versuchte in dem Mann, der hinter ihm stand, einen Widerschein der Taten zu entdecken, die er begangen haben mochte. Manchmal war es nur ein Zufall, der Menschen dazu brachte zu morden. Sie hätten sich genauso gut anders entscheiden und die Tat in ihrer Phantasie belassen können. Es gab keine Regel, nichts, auf das man sich verlassen konnte. Dunker sah aus wie jemand, der ohne weiteres zu einem Mord fähig war. Aber jeder war zu einem Mord fähig, wenn die Situation sich entsprechend zuspitzte. Nur weil jemand ein Schläger ist, die Gewalt der Straße kennt, ist er noch lange kein Mörder. Er war mehrfach wegen Gewaltdelikten vorbestraft, sah aus wie jemand, der es gewohnt war zu kämpfen. Aber das hieß nichts.

Klinner begann das Gespräch: „Welche Chance glauben Sie zu haben?"

„Falsche Frage, Mann. Ich geh nicht in den Knast. Das ist die Antwort auf alle Fragen, also gibt es keinen Verhandlungsspielraum." Dunker fixierte ihn kurz, kniff die Lippen zusammen und blies sich das Haar aus dem Gesicht.

„Sie kommen hier nicht raus, das wissen Sie. Keine Chance, jetzt nicht mehr. Sich zu ergeben ist die einzige Möglichkeit, bei der Sie nicht noch mehr Schuld auf sich laden. Warum wollen Sie das nicht?"

„Hören Sie schlecht? Sind Sie schon mal im Knast gewesen, glauben Sie an Gott? Ich nicht, für mich gibt es keine Sühne durch Wände anstarren. Was soll ich verhandeln?"

„Empfinden Sie keine Schuld für das, was Sie getan haben?"

„Was heißt Schuld? Ändert Schuld etwas? Wem hilft Schuld? Schuld bedeutet Gefängnis. Können mir gestohlen bleiben mit Schuld. Kenn ich schon, Ihre Schuld. Typen, die mir was zu sagen haben, Wärter, Bullen, Psychoärsche. Alle sagen dir, was du zu tun hast. Nein danke. Keine U-Haft, keine Vernehmungen mehr. Lieber kratz ich ab und nehm noch ein paar von euch mit." Zur Bekräftigung drückte er die Waffe abermals in Klinners Wange.

Die Zeit drängte; wenn er so weitermachte, würden die fünfzehn Minuten bald ohne Ergebnis verstrichen sein. Dunker pulsierte neben ihm, ein Vulkan kurz vor dem Ausbruch. Er schien überzeugt, nichts mehr zu verlieren zu haben, ließ keinen Ansatzpunkt für Verhandlungen erkennen. Klinner kam sich albern vor. Widersprechen Sie dem Entführer nie, geben Sie ihm Recht, lassen Sie ihn in dem Glauben, er würde das bekommen, was er wollte, bis sich eine Chance bietet. Kriminalpsychologische Binsenweisheiten. Er mußte es dennoch versuchen.

„Ich will ein Blutbad vermeiden. Und heil rauskommen möchte ich hier auch. Vielleicht kann ich was arrangieren. Das geht aber nur, wenn Sie sich kooperativ verhalten."

„Was wollen Sie arrangieren?"

„Daß wir alle heil hier herauskommen."

„Und wie stellen Sie sich das vor?"

„Wir gehen durch das Haus hinaus. Und dann sehen wir weiter."

„Erzählen Sie mir doch keine Scheiße aufs Ohr. Die warten doch nur drauf, daß wir da durchgehen." Er wies mit der Hand auf die Tür hinter sich. „Da bauen sie irgendwo einen Hinterhalt auf und ziehen mir eins über. Haben Sie Zigaretten?" Klinner holte sein Päckchen raus, gab Dunker eine und steckte sich auch eine in den Mund. Es regnete mittlerweile so sehr, daß das Papier schnell durchnäßt war. Dunker gab ihm Feuer.

Klinner drehte sich um, entspannte seinen Rücken, nahm einen tiefen Zug, blies den Rauch in die kalte Nachtluft. Er spürte die bodenlose Hoffnungslosigkeit von Dunkers verpfuschtem Leben, die Unmöglichkeit eines Neuanfangs. Zwangsläufige Verwicklungen bis hin zum Abgrund. Und die Kripo kommt, wenn die unterste Spirale erreicht ist. „Sie haben die Waffe auf meinen Schädel gerichtet, meinen Sie, die riskieren einfach so, daß ich sterbe, oder was?"

„Nee, aber die schauen mir auch nicht zu, wie ich mit Ihnen rumspazier. Ich muß hier schnell abhauen, bevor alles voll mit Bullen ist.“

„Aber wo wollen Sie hin? Wir wissen, wer Sie sind.“

„Das erzähl ich Ihnen oder was? Für wie blöd halten Sie mich? Los, bewegen Sie sich.“ Er schubste Klinner vorwärts. Sie gelangten an das Geländer der Dachterrasse. Dunker warf einen Blick über die Brüstung nach unten. Klinner folgte seinem Blick. Es ging etwa sechs bis acht Meter abwärts, um in einem steinernen Innenhof zu enden, es gab keine Gelegenheit, hinunterzusteigen. Menschen waren nicht zu sehen. Außerdem war die Rückwand des Hauses in voller Sicht der Scheinwerfer. Klinner fragte sich, was Dunker wollte. Der zog ihn seitwärts bis zur Ecke und blickte dort hinunter. Zwischen dem Haus, auf dem sie sich befanden, und dem Nachbarhaus führte ein schmaler Weg hindurch. Drei Meter tiefer war ein Windfang, der einen Eingang schützte.

„Okay, das ist unser Weg. Sie zuerst.“ Auf einmal ging alles schnell. Dunker packte Klinner und schubste ihn über die Brüstung. Unmittelbar hinter ihm grätschte er selbst hinüber und sprang hinunter. Darauf ertönte die Stimme von Werner Blochner und die Scheinwerfer gingen wieder an.

„Bleiben Sie stehen, sonst eröffnen wir das Feuer!“ Klinner fiel seitlich von der Dachterrasse und krachte auf das Vordach. Er blieb benommen liegen. Dunker landete neben ihm auf den Füßen und rollte sich auf ihm ab. Das Dach knarrte bedenklich, als ob der Beton wegbrechen wollte, hielt aber stand. Pierre Dunker erhob sich, trat die Fensterscheibe ein, die sich über dem Dach befand. Er packte Klinner und zerrte ihn hoch.

„Sehen Sie zu, daß Sie da reinkommen.“ Er drängte ihn in die zerborstene Scheibe. Klinner schnitt sich den Mantel auf, eine Scherbe verletzte seinen Arm, den er schützend vor den Kopf gehalten hatte. Die Wunde begann zu bluten. Klinner stöhnte und umfaßte seinen Unterarm.

„Los, wir müssen. Wickeln Sie irgendwas drum.“ Klinner umfaßte mit der anderen Hand die Wunde und versuchte, den Schwindel loszuwerden. Dunker trat mit dem Fuß den Rest der Scheibe aus dem Rahmen. Dann drängte er Klinner, hindurchzusteigen.

Der Kommissar fragte sich, warum er das eigentlich tat. Er könnte sich genauso gut hinsetzen und sagen, ich geh nicht weiter. Mehr als erschießen konnte Dunker ihn nicht. Sie gingen durch das Treppenhaus nach unten. Dunker dirigierte ihn mit der Pistole vor sich her. Er führte ihn ins Souterrain zum Hinterausgang. Die Tür führte in den Hinterhof, der Schlüssel steckte.

Dunker spähte hinaus. „Ha, genau wie ich dachte. Los. Aber halten Sie Ihr Maul.“ Er schloß die Tür auf und öffnete leise. Als sie den Hof betraten, begriff Klinner, was er gemeint hatte. Der Hof war von einer Mauer umgeben, so daß die Scheinwerfer sie nicht erreichen konnten, wenn sie in ihrem Schatten entlangliefen. Dunker stieß ihn vor sich her. Klinner war von dem Sturz noch benommen, außerdem war ihm übel von dem Schnitt in seinem Unterarm. Zeitweise wurde ihm schwarz vor Augen. Er hielt sich an Dunker fest. Der stützte ihn, und so erreichten sie die Mauer am rückwärtigen Ende des Grundstücks.

„Hier müssen wir rüber, Kumpel, dann sind wir gleich in Sicherheit.“

Welcher Kumpel? Eigentlich müßte er alles tun, um seine Kollegen auf sich aufmerksam zu machen, aber sein Magen rebellierte. Es gelang ihm, an die Mauer gelehnt, die aufbegehrende Übelkeit wieder zurückzudrängen. Das Blut tropfte unter seinem Mantel hervor. Die Wunde pochte und brannte. Der Gedanke, den Scheinwerfern und dem Streß zu entkommen, erleichterte ihn in seinem Taumel. Werner Blochners Stimme hallte immer noch schallend durch die Höfe. Was redete er noch, wo sie doch lange weg waren? Dadurch unterstrich er nur seine Hilflosigkeit, ungeschickt war das. Er sollte lieber die Scheinwerfer ausmachen und nachdenken.

Dunker befahl ihm, über die Mauer zu klettern. Mit Hilfe der Mülltonnen, die davorstanden, war es nicht besonders schwierig. So gelangten sie in den Hinterhof des gegenüberliegenden Hauses. Als er die Beleuchtung sah, wurde ihm klar, daß sie sich im Hinterhof eines der Häuser in der Helenenstraße befanden. Die Lampen waren rot, und dikke Samtgardinen hingen vor den Fenstern.

Klinner versuchte, sich umzusehen, ob er irgendwo einen seiner Kollegen erblicken konnte, da zog Dunker ihn weiter. „Kommen Sie schon.“

Zielstrebig eilte er auf die Hintertür des Hauses zu, blieb davor stehen und sah sich nach Klinner um: „Ich hab meine Knarre im Anschlag, wenn Sie aufmucken, wirds blutig.“ Er klopfte zweimal kurz, dreimal lang. „Mein persönlicher Notausgang, hat mir schon gute Dienste geleistet.“ Er wartete, während Klinner sich übergab, dann wiederholte er das Klopfzeichen. Nach dem dritten Versuch wurde geöffnet. Ein rötlicher Lichtkegel fiel auf Klinner, der gebückt und würgend dastand. Er drehte den Kopf und sah die Umrisse einer massigen Gestalt in der Tür stehen.

„Psst. Hi Mala“, sagte Dunker, der neben der Tür an der Wand gestanden hatte. „Können wir kurz reinkommen? Wir haben gerade ein bißchen Ärger.“

„Pierre, Häschen, komm an meine Mutterbrust.“ Die Person zog Dunker mit einer jovialen Geste an ihre Brust. Klinner richtete sich auf.

„Kommt rein. Für dich habe ich immer eine offene Tür“, flüsterte sie. Sie zog Dunker in den Hausflur und wartete auf Klinner. Dann schloß sie die Tür. „So, wie es sich anhört, hast du mächtig Ärger. Wen hast du denn da bei dir?“

Dunker gab keine Antwort auf die Frage. Statt dessen sagte er: „Ich will dich nicht in Gefahr bringen, Schatz, wir müssen schnell wieder verschwinden. Du hast doch mal von dem geheimen Notausgang erzählt, den es aus früheren Zeiten gibt, können wir den benutzen? Nach vorne raus siehts ziemlich grün aus, fürchte ich.“

Klinner lehnte sich an die Wand und atmete tief durch. Der Schwindel ließ langsam nach, jetzt hatte er einen grauenvollen Geschmack im Mund. Mala war riesengroß, sie wog mindestens 120 Kilo, hatte Beine wie Baumstämme und einen schweren Oberkörper. Die Anzahl der Ringe, Ohrringe und Ketten, die an ihr hingen, war schwer zu schätzen.

Ihre Lippen waren blutrot und voll, zwei schwülstige Würmer, die sich lustvoll wanden, während die tiefe sonore Stimme erklang. Irgend etwas an ihr war seltsam, fesselte Klinners Blick. In seinem Schwindel und seiner Übelkeit lehnte er da und glotzte aus geschwollenen Augen auf diese ausladende Figur, als wäre sie eine Erscheinung.

„Natürlich könnt ihr den benutzen, aber es ist weniger ein Geheimgang als ein Zugang zur Kanalisation. Keine besonders angenehme Sache also. Und wenn ich mir deinen Begleiter so ansehe, braucht der was anderes als Jauche.“

Es waren die Bartstoppel und die stämmige Figur. Es paßte alles nicht zusammen. Ein Mann? Klinner schüttelte den Kopf.

„Du brauchst erst mal einen Schluck Wasser und dann einen Verband.“ Mala verschwand um die Ecke und kam kurz darauf mit einem Glas Wasser wieder. „Ihr könnt auch eine Weile hierbleiben, bis die Luft rein ist, was hältst du davon?“

„Das geht nicht, wir müssen weiter. Wir sind hier nicht sicher, und außerdem bringen wir dich in Gefahr.“

Nach einigem Hin und Her, das Klinner mit geteilter Aufmerksamkeit verfolgte, gab sich Mala geschlagen und führte sie die Treppe hinunter in das Untergeschoß. Durch einen kleinen Keller, der gewölbte Decken hatte und nur gebückt zu durchschreiten war, gelangten sie zu einer Luke, die luft- und wasserdicht geschlossen war. Hinter ihr verbarg sich ein kleiner, noch etwas tieferliegender Raum, der entsetzlich stank. In der Mitte des Raumes war ein Loch im Boden, das von einem Sieb bedeckt war. Mala und Dunker hoben es zusammen ab, darunter führte ein Schacht mit metallenen Stufen, die in die Wand eingelassen waren, nach unten.

„Ich bin noch nie unten gewesen. Aber wenn ihr nach rechts geht, erreicht ihr in 100 Metern einen Aufgang wie hier. Der führt euch auf den Garagenhof Im Krummen Arm.“

Die beiden verabschiedeten sich herzlich voneinander, und Mala versicherte Dunker, daß er ihr nicht begegnet sei, falls die Polizei nach ihm fragen würde.

Hoffentlich steht das Wasser nicht zu hoch bei dem Regen, dachte Klinner, als er vor Dunker in die Tiefe kletterte.

Mala hatte Dunker eine Taschenlampe mitgegeben, die ein spärliches Licht in den Tunnel warf.

Der Kommissar mußte sich an die letzte Stufe der Leiter hängen. Unter ihm war ein schmaler Vorsprung, daneben Wasser. Die Schnittwunde riß unter der Spannung weiter auf. Blut rann seinen Arm und dann den Rücken hinab. Er baumelte mit den Beinen und sah nach unten. Sah den Ausschnitt einer Röhre, in der Mitte floß Wasser mit schneller Geschwindigkeit, an den Rändern waren Vorsprünge, breit genug, um darauf zu stehen. Darauf ließ er sich fallen.

„Machen Sie Platz, ich komm nach“, rief Dunker. Klinner wandte sich nach rechts, ging ein paar Schritte und wartete ab, bis Dunker die Leiter herunterkam. Es stank bestialisch, Ratten schwammen im Wasser, huschten an den Rändern entlang und verkrochen sich in Ecken.

Glücklicherweise hielten sie einen Sicherheitsabstand von einigen Metern zu ihm. „Widerlich“, murmelte er.

Klinner zog seinen Ärmel hoch und sah sich im spärlichen Licht der Taschenlampe die Wunde an, ein sauberer Schnitt, der aufklaffte und weißliches Fleisch sehen ließ. Zehn Zentimeter am Unterarm.

Dunker stand hinter ihm. „Ich mag das Gefühl.“ Er zog seinen Ärmel ebenfalls nach oben und leuchtete mit der Taschenlampe darauf. Kreuz und quer hatte er seinen Arm eingeritzt, kleine und große Narben zeichneten sich ab. „Sie werden es überleben. Machen Sie sich auf den Weg.“

Sie gingen schweigend durch den Tunnel. Wegen der geringen Höhe und weil der Weg feucht und glitschig war, kamen sie nur langsam voran. Klinner war nicht mehr übel. Aber sein Arm blutete noch, und sein Rücken schmerzte von dem Sturz. Immerhin war er wieder klar im Kopf. Er dachte darüber nach, wie er der prekären Lage entkommen könnte. Dunker war zu keinen Verhandlungen bereit, wollte um jeden Preis seine Freiheit retten. Dafür würde er sein Leben riskieren und wahrscheinlich sogar einen weiteren Mord.

Als Klinner anfing zu sprechen, klang seine Stimme in den leeren Tunnel hohl und unheimlich. Das Geräusch des fließenden Wassers ließ sie klirren. „Eine seltsame Type, diese Mala, kennen Sie sie schon lange?“

„Ist ein alter Jugendfreund von mir, ziemlich abgedrehter Typ, bläst dir aber so geil einen wie niemand sonst.“

Klinner schluckte. „Ist also doch ein Mann, wie ich dachte. Sieht man nicht sofort.“ Dunker reagierte nicht. „Was haben Sie vor, Herr Dunker?“

„Abhauen, was denken Sie denn?“

Klinner blieb stehen, drehte sich langsam um, bemüht, auf dem schmalen Weg sein Gleichgewicht zu halten. Er sah Dunker an. „Ich weiß nicht. Erscheint mir unrealistisch, das zu schaffen.“ Dunker hob die Lampe, leuchtete Klinner ins Gesicht und sagte: „Und jetzt sagen Sie mal, wo waren Sie in der Nacht von? Haben Sie schon mal daran gedacht, einen Menschen zu töten? Einfach so, weil der Ihnen auf die Nerven ging? Als Angeklagter sind Sie verpflichtet, mir die Wahrheit zu sagen. Sie dürfen die Stadt nicht verlassen. Wir können Sie in U-Haft stecken, bis zu einem halben Jahr.“ Klinner wandte den Blick von der Lichtquelle ab, er brauchte Sicht zur Orientierung, um sein Gleichgewicht halten zu können. Das Abwasser floß noch immer schnell vorbei. Er lehnte sich an die Wand, um nicht von dem fließenden Wasser mitgezogen zu werden.

„Waren Sie schon mal in einer Situation, in der Ihr Leben ein offenes Buch ist, in dem sie nur zu lesen brauchen, wo alles über Sie gespeichert wird? Wo jede Regung verzeichnet und notiert wird, zur weiteren Verwendung?"

„Sie haben entschieden, Rüdiger Bensch zu erschlagen, das war nicht notwendig, Sie hätten es vermeiden können. Wenn ich so etwas tun würde, wären sie auch hinter mir her. Worauf wollen Sie hinaus mit Ihrem Gerede?"

„Das Wissen ist nie genug. Sie brauchen immer noch mehr, wollen noch genauer, noch tiefer in dich reingucken. Wollten Sie schon mal jemandem was auf die Fresse hauen, weil er Ihnen auf die Nerven geht? Ein Zeuge, den Sie verhörten, einer, der Ihnen unterlegen ist. Haben Sie noch nie Ihre Macht mißbraucht? Wie siehts denn bei Ihnen aus, Herr Kommissar? Haben Sie dreckige Phantasien?"

„Und weil sie bei Ihnen so genau hingeguckt haben, sind Sie leider immer wütender geworden, und am Ende ist es dann passiert. Sie verwechseln doch Ursache und Wirkung!"

„Haben Sie sich schon mal von einer Zeugin einen blasen lassen? Kleine Dienstleistung am Rande. Irgend so eine Drogenschlampe, die dafür, daß sie Ihnen ein Vergnügen bereitet, kein Verfahren an den Hals bekam? Sind Sie ein Heiliger, Herr Kommissar? Wo sind Ihre Laster vergraben, erzählen Sie mal, dann bin ich dran." Dunker ließ die Lampe sinken und strahlte das Abwasser an.

Nicole Bering, dachte Klinner. Nein, sie hatte ihm keinen geblasen, und das war gut so. Das Schlimmste war, ein Verbrechen aufzuklären, das man nicht verstand. Er mußte zum Mörder werden, fühlen wie er, ihn und seine Handlungsweisen verstehen lernen, sich seine Ziele und seine Begierden aneignen, nur dann konnte er ihn überführen. „Wie kam es dazu, daß Rüdiger Bensch sterben mußte, ich verstehs nicht. Wieso haben Sie diesen armen Mann erschlagen? Sie waren es doch gemeinsam, Peter Kracht und Sie, oder?"

Sie lehnten jetzt beide an der Wand, einander gegenüber. Die Abwässer der Stadt flossen an ihnen vorbei. Es war, als hätte Klinner die

Frage gar nicht gestellt. Dunker bewegte sich nicht. Er wird es mir nicht sagen, dachte Klinner, keine Chance.

Dunker beugte sich vor, brachte sein Gesicht näher an das von Klinner heran. Das Licht war spärlich, der blasse Widerschein der Taschenlampe von einer grauen Kellerwand. Klinners nasse Kleider waren ausgekühlt, er zitterte. Er erinnerte sich an das Verhör im Polizeigebäude, wo er einem selbstherrlichen Typen gegenüber gesessen hatte. Der keine Regung erkennen ließ, seinen Auftritt perfekt inszeniert hatte. Seine Handlungen waren zielgerichtet, seine Äußerungen gewitzt, ließen die Anspannung nicht erkennen. Jetzt war Dunkers Gesicht entstellt, von der Anspannung zu einer Grimasse verzerrt. Sein Gesicht, sein ganzer Körper verriet ihn. Die Schultern waren hochgezogen, der Kopf nach vorn gereckt, die Beine stelzten. Er bewegte sich steif. Der Ton seiner Stimme war gepreßt, geballt und angespannt. Klinner versuchte seinen Blick zu durchdringen, vergeblich. Seine Augen waren ein eiskalter See. Klinner verlor sich in der Tiefe, ohne Halt. Die Pistole war auf Klinner gerichtet, auf seinen Magen, der sich schmerzlich zusammenzog, hilflos eine Mauer aufzubauen suchte. Mit einer schnellen Bewegung könnte er Dunker ins Wasser stoßen, und wenn der Kanal tief genug wäre, würde er davongetragen werden mit dem Abwasser. Falls Dunker im Fallen schießen würde, könnte er Klinner tödlich treffen. Vielleicht würde er ihn nicht treffen, oder nicht lebensgefährlich. Dunker flüsterte: „Überlegen Sie, mich zu überwältigen, Herr Kommissar, wollen Sie mir die Waffe aus der Hand reißen? Versuchen Sie Ihr Glück. Vielleicht sterben wir beide, und das hier hat ein Ende."

Er trat einen Schritt zurück und ließ die Waffe sinken. „Kommen Sie, greifen Sie mich an. Ein Duell, wie wärs."

„Es wird Ihnen nicht gelingen, mich zu provozieren."

„Es wird Ihnen nicht gelingen, mich zu provozieren", äffte Dunker ihn nach. „Na, dann gehen Sie weiter, Sie haben Ihre Chance gehabt." Er stieß mit der Waffe durch die Luft auf den Kommissar zu.

***

Sigrid Kretschmer starrte aus dem Fenster und rührte sich nicht. Elke Prestel hatte versucht, mit ihr zu reden. Sie hatten zusammen etwas erlebt, eine gefährliche Situation durchgestanden. Sie könnten sich darüber austauschen, lachen, weinen, was auch immer. Aber Sigrid Kretschmer reagierte nicht, tat so, als sei die andere Frau Luft. Nach und nach fiel Elke Prestel in sich zusammen. Sie hatte ihr nicht geholfen, war eine steife, hilflose Person gewesen, die zusah, wie ihre Begleiterin entwaffnet und gedemütigt wurde. Sie war erledigt, fühlte sich vollkommen nutzlos. Die Stille, Sigrid Kretschmers schnaufender Atem kränkten sie.

Sie war dankbar, als die Kriminalpsychologin kam und sich zu ihnen in den VW-Bus setzte. Während die Psychologin sich als Frau Steinkamp vorstellte, packte sie ihre Teekanne aus und goß Sigrid Kretschmer einen heißen Pfefferminztee ein. Die wollte zuerst nicht, aber Frau Steinkamp duldete keine Widerrede. Der Geruch des Tees mischte sich mit dem Wohlgeruch ihres Parfüms. Sie ließ keine Zweifel daran aufkommen, daß sie wußte, wovon sie redete. Mit vollkommener Gelassenheit sprach sie klare Sätze, zog die Aufmerksamkeit auf sich. Sie wahrte eine genau kalkulierte Distanz zu Sigrid Kretschmer, kam ihr nicht zu nahe, ließ sie aber auch nicht entwischen. Sie sprach sie so an, daß sie sich nicht weigern konnte zu antworten. Sie bildete eine Kuppel um sie herum, die sie alle drei einschloß und emporhob.

Die Klarheit ihrer Sprache hatte etwas Zwingendes. „Sie haben einen Menschen mit der Waffe bedroht, Frau Kretschmer, damit haben Sie gegen das Gesetz verstoßen. Aber wir wissen, Sie standen unter einer enormen Anspannung. Es ist von ungeheurer Wichtigkeit, daß Sie über diese Anspannung sprechen, damit wir wissen, in welcher Situation Sie sich zum Zeitpunkt der Tat befunden haben. Sonst können Sie dafür bestraft werden. Bitte beantworten Sie jetzt meine Fragen." Samtweich war diese Stimme. Dabei war das, was sie sagte, hart und bestimmt. Sie lehnte sich zurück und legte die Hände ineinander, wirkte locker und entspannt. Sie schien gutgelaunt, als käme sie gerade vom Urlaub am Meer zurück.

Sigrid Kretschmer hatte ihre Mütze verloren. Ihr Kopf war eine runde harte Kugel. Sie befühlte ihn mit ihrer Hand, als wollte sie ihn umformen, als wäre sie nicht zufrieden mit der Form. Als sie sich unbeobachtet wähnte, hob sie den Blick, um die Frau zu betrachten, die so bestimmt auftrat. Sie trank den Tee und sagte: „Ich habe ihn gesehen, wie er Piet umgebracht hat. Er ging vor mir ins Haus, und dann habe ich gehört, wie er mit Piet sprach. Er sagte, laß uns noch was nehmen. Ich kann dir den Druck machen. Später ist er aus dem Haus gegangen, ich habe ihn aus meinem Zimmer beobachtet. Ich hasse ihn, er soll sterben für das, was er meinem kleinen Mädchen angetan hat." Die Psychologin fragte mit ruhiger Stimme nach, was sie damit meinte. Sigrid Kretschmer schüttelte den Kopf. „Wo ist meine Mütze?"

„Was hat er Ihnen angetan?"

„Ich brauch Pillen, ich komm auf Turkey."

„Er hat Sie vergewaltigt, ist es das, was Sie erzählen wollen?"

„Hat doch Geld genommen, die dreckige Nutte."

„Frau Kretschmer, Sie sind nicht schuld, wenn jemand Sie vergewaltigt und Ihnen weh tut."

„Ich brauch Pillen", sagte sie.

„Sind Sie bereit, eine Zeugenaussage vor Gericht abzugeben?"

„Sie werden mich quälen." Danach war Sigrid Kretschmer nicht mehr bereit, etwas zu sagen.

***

Mala hatte recht gehabt. Nach etwa hundert Metern erreichten die beiden Männer einen Schacht, der nach oben führte. Dunker schickte Klinner vor. Er behielt ihn im Auge und kletterte hinter ihm die eingelassenen Stufen hoch. Klinner mühte sich ab, den Kanaldeckel hochzudrücken, was ihm erst nach einigen Versuchen gelang. Sie stiegen nacheinander aus dem Loch und waren auf dem Garagenhof, von dem Mala gesprochen hatte. Alle Fenster im Umkreis waren dunkel. Trotzdem drängte Dunker Klinner an die nächstliegende Garage, damit sie nicht gesehen werden konnten.

„Los kommen Sie, wir müssen hier weg." Er wies in Richtung der Ausfahrt. Dort angekommen, spähte er in Richtung Schmidtstraße. Dort parkten drei Streifenwagen und zwei Mannschaftswagen. Ein Sondereinsatzkommando stand herum. Zehn Männer, die auf Befehle warteten.

Tilman Klinner sammelte sich. Jetzt war der Moment gekommen. Er konnte nicht weiter in Lethargie verharren. Er mußte Dunkers Kraft und Autorität abschütteln, mußte die Angst vor der Waffe überwinden, sich aus der Umklammerung lösen und bemerkbar machen.

Er trat an Dunker vorbei auf die offene Straße und rief so laut er konnte den Beamten zu: „Hierher, ich bin Kommissar Klinner, die Geisel!“ Die Gruppe drehte sich zu ihnen um.

Klinners Blick fiel auf ihn.

Was ging in ihm vor? Gedankenfetzen rauschten durch Klinners Kopf, die Zeit dehnte sich aus. Er würde sich nicht wieder zum lebenden Schild machen lassen, diesmal nicht. Falls Dunker ihn töten wollte, sollte er es tun. Klinner wich zwei Schritte zurück und hielt die Hände ausgestreckt vor sich, zum Zeichen, daß er als Deckung nicht zur Verfügung stand.

Er hörte hinter sich Kommandos und die Laufschritte der Gruppe.

Pierre Dunker hatte die Waffe auf ihn gerichtet. Durch seinen Ruf hatte Tilman Klinner klar Stellung bezogen. Dunkers Gesicht zerfloß. Gleich würden sie da sein und ihn überwältigen. Angst. Er öffnete den Mund. „Sie ...“ Weiter kam er nicht. Erst jetzt wurde ihm klar, daß sie nicht gemeinsam flohen, Klinner war ein Bulle. Sie würden sich nie verstehen.

„Geben Sie mir die Waffe, dann werden sie uns nichts tun.“ Dunker war verloren, das war ausgemacht.

Sein Gesicht. Zerfiel in seine Bestandteile, wurde schlaff und weich. Der zuckende Mund, harte, schmale Linie, schwoll an. Die Wangen fielen nach unten, hingen schlaff herunter. Es gab nur dieses Gesicht, alles andere verschwamm. Jeder Moment, den Dunker verstreichen ließ, brachte ihn seiner Verhaftung näher. Die Schritte der Polizisten auf dem nassen Pflaster, begleitet von gebrüllten Kommandos, klangen von fern an Klinners Ohr, kamen aus einer anderen Welt. Er versank in dem Blickkontakt mit dem Mann, den zu jagen und zu fangen sein Auftrag war. Er hielt die Hand nach der Waffe ausgestreckt, die auf ihn gerichtet war, als wollte er dem Mörder die Hand reichen, als wollte er sich verbrüdern. Vergebung. Gib mir die Waffe und alles ist gut. Er konnte nicht sprechen. Die Worte, die er in seinem Kopf zu sammeln versuchte, waren überflüssig, ergaben keinen Sinn. Er hatte nichts anzubieten. Ihm die Hand zu reichen, um ihn ins Gefängnis zu führen und dies als gnadenvolle, väterliche Geste zu kleiden, war ein verlogener Akt. Die Enttäuschung in Dunkers Augen war unmißverständlich und bodenlos. Das, was er sonst um sich gebaut hatte, eine knöcherne Androhung der Gewalttätigkeit, der brachialen Macht, war verschwunden. Übriggeblieben war die Art kraftloser Enttäuschung, die auch in den Körpern von Jugendlichen wohnt. Die betont, wie wenig das Leben ihnen zu bieten hat. In diesem Moment wollte Klinner ihn beschützen und ihm ein Leben geben, das ihm anderes bereithielt als den Tod auf nassem Pflaster. Er durfte nicht sterben.

Dunker blickte nach unten und faßte nach dem Griff der Waffe, als drohte sie ihm zu entgleiten. Sie war noch da – metallene Kraft. Als er den Blick hob, sah Klinner die Angst in seinen Augen.

Klinner bewegte sich einen Schritt auf Dunker zu und wiederholte den Satz noch einmal: „Geben Sie mir die Waffe."

„Mir ist klar, ich geh drauf." Dunker machte eine Pause und sah traurig zu den heraneilenden Polizisten, die begannen, sich hinter den umstehenden Autos zu verschanzen.

„Seit wann?"

„Schon lange, ich sehne mich nach dem Tod."

Klinner hatte die Hand gehoben, um anzuzeigen, daß nicht geschossen werden sollte. Die Waffe war noch immer auf ihn gerichtet. Die Schritte waren verstummt. Er stand mit erhobenem Arm da und war von drohender Stille umgeben. Sein Blick konzentrierte sich auf Dunkers Gesicht. Er konnte die anderen nicht sehen, die Blicke und Pistolenläufe brannten heiß in seinem Rücken. Eine Stimme erklang. Blechern hallte sie in die Leere hinein, beißend scharf: „Lassen Sie Ihre Waffe zu Boden fallen und heben Sie die Hände, ergeben Sie sich. Sonst müssen wir von den Schußwaffen Gebrauch machen!"

Klinner erwartete nicht, daß Dunker auf den Satz reagieren würde. Warum sollte er?

„Piet wollte wieder zu Nicole zurück. Mit ihr leben. Er, er hätte das vielleicht schaffen können."

„Geben Sie mir bitte die Waffe, Herr Dunker. Lassen Sie es nicht in einem Blutbad enden." Klinner bettelte förmlich, hing an diesen traurigen Augen, die ihm endlich eine Ahnung gaben.

„Er hat mich verlassen."

„Was hätte Piet schaffen können?"

„Ohne Fixen leben." Dunker sah an sich herunter, dann zu den Einsatzkräften hin.

„Und Sie nicht?"

„Mein Weg führt in den Tod, schon lange. Piet hatte den anderen Weg gewählt, den ich nicht mehr gehen kann.“ Fast flüsternd wiederholte er den Namen: „Piet.“

Er hob die Pistole und drehte sie mit einer langsamen, gleichmäßigen Bewegung von Klinner weg. Die scharfe Stimme des Beamten erklang wieder, überschlug sich mitten im Satz. „Lassen Sie die Waffe fallen, sonst schießen wir!“ Klinner hatte nicht sofort begriffen, was Dunker vorhatte. Erst, als sich dessen Mund öffnete, um den Lauf der Waffe aufzunehmen, reagierte er. Klinner stürzte auf Dunker zu und packte ihn am Arm. Ein Schuß löste sich und pfiff dicht an seinem Ohr vorbei.

Dann spürte er einen heißen Schnitt mitten durch seinen Körper und hörte einen Knall. Klinner klammerte sich mit beiden Händen an die Waffe, die immer noch in Dunkers Hand steckte. Sein Kopf fiel nach unten und nahm seinen Blick mit. Durch einen glasigen Schleier sah er die Pflastersteine. Sie ließen ihre Umrisse fahren, öffneten sich. Aus den Rändern floß roter Saft heraus, floß mit dem Regenwasser zusammen, mischte sich zu einem schillernden Film. Im Hintergrund tanzten Lichter auf ihn zu. Er fing an zu schweben, die Hand an Dunkers Handgelenk. Er mußte sich an den Arm klammern, um nicht wegzufliegen. Mühsam hob er den Blick vom Pflaster und sah in die Richtung, wo er Dunker vermutete. Er blinzelte, konnte nicht mehr klar erkennen, was vor ihm war. Der andere konnte nicht weit sein, sein Arm war da. Klinner wollte noch einmal in seine Augen sehen. Sein Blick sank wieder nach unten. Der Boden zog ihn an, mit seiner schillernden, roten Farbdecke. Darauf ließ er sich nieder, wie auf einem Teppich, sie hatte sich auf dem ganzen Boden unter ihm ausgebreitet. Versank wie in einem Ölbad. Von dem scharfen Schnitt durch seinen Körper breitete sich Wärme aus und schloß ihn ein. Sanft hielt sie ihn, so daß er das harte Pflaster nicht spüren mußte. Er schmiegte sich mit der Wange an die Flüssigkeit, die so warm und weich unter ihm war. Wo war der Arm? Er mußte ihn verloren haben unterwegs, seine Hände waren leer. Wo war die Waffe? Er sah wieder vor sich, wie die Waffe in Dunkers Mund verschwunden war. Nein, wollte er rufen. Es kam kein Ton. Er schloß die Augen und vergaß den Arm, die Waffe. Unter seinen Lidern war es wieder, das Gesicht von Dunker. Weich geworden und traurig, die Augen empfindsam, nicht wie vorher. So müßte man mit ihm sprechen, er würde andere Dinge sagen.

Über ihm waren Stimmen. Er wollte den Kopf heben, um zu sprechen, er hatte etwas gesehen, sie mußten es erfahren. Er versuchte, sich zu konzentrieren, gegen die Trägheit anzukämpfen. Jemand stand auf ihm, auf seinem Brustkorb. Er bekam keine Luft. So kann ich nicht sprechen, dachte er. Eh, geh da runter, du stehst auf meiner Brust! Füße um ihn herum, warum half ihm keiner? Ein Film senkte sich über seine Augen, langsam wurde es dunkler. Die rote Farbe, die seine Sicht verklebte. War das sein Blut? Die Augen, es war in den Augen gewesen. Die Augen von Dunker. Sie hatten den Widerstand aufgegeben. Wo war Werner Blochner? Vielleicht würde er es verstehen. Die Augen, ihr müßt in seine Augen sehen! Er bekam immer noch keine Luft. Es mußte einen Weg geben, ohne Atem zu sprechen. Wie geht das noch mal? Er hatte das im Fernsehen gesehen. Bauchredner. Alles rot. Die Stimmen entfernten sich. Sie würden ihn liegenlassen. Dabei hatte er als einziger die Augen gesehen. Er versuchte, den Arm zu finden. Vielleicht würden sie ihn mitnehmen, wenn er sich an Dunker festhielt, den würde man nicht zurücklassen. Er kratzte mit seinen Fingern über das Pflaster, griff in einen Krumen Erde. Zerbröselte ihn zwischen seinen Fingern, hob den Kopf, um zu sehen, was er da festhielt. Die Sandkörner fühlten sich riesengroß an. Sein Kopf wurde sanft heruntergedrückt. Also war doch jemand da. Er bemerkte nicht mehr, wie der Krankenwagen kam und ihn mitnahm, wie er hochgehoben wurde, wie Infusionen und Beatmungsschlauch gelegt wurden. Wie das Blut aus seiner Lunge gesaugt wurde. Spürte nicht mehr, wie sie ihn betäubten, weil er das Bewußtsein schon vorher verloren hatte.

Ende

Die Operation dauerte drei Stunden. Zwei Tage später war Tilman Klinner außer Lebensgefahr. Schuß durch den rechten Lungenflügel.

Der Polizist hatte sich schon dreimal nach seinem Befinden erkundigt. Er konnte nicht genug betonen, wie leid es ihm tat. Er hatte Klinner nicht treffen wollen. Er hatte überhaupt nicht schießen wollen. Noch dazu auf den Falschen. Der Mann war völlig fertig mit den Nerven.

Klinner wußte nichts von diesem Mann, hatte ihn nicht gesehen und auch niemand anderen. Er befand sich in traumlosem Tiefschlaf. Sedativa und Schmerzmittel flossen durch einen zentralen Zugang in seine Halsvene und reduzierten seine Gehirntätigkeit auf die Grundfunktionen des vegetativen Nervensystems. Daneben tropften in gezielten, genau kalkulierten Intervallen Antibiotika und Blutverdünner in ihn hinein. Drainagen waren in seinen rechten Lungenflügel gelegt worden und fingen Blut und Wundsekrete auf. Andere Schläuche, Thoraxdrainagen, saugten aus seinem Brustkorb Luft ab, bauten ein Vakuum auf, damit die Lunge nicht zusammenfiel. Seine Lunge bildete mit dem pumpenden Automaten einen geschlossenen Kreislauf. Katheter fingen Ausscheidungen auf, von denen er gar nicht wußte, daß sie aus ihm herausliefen. Schläuche und Automaten drangen in ihn ein, verletzten seine Außengrenzen.

Der Pfleger in grünem Kittel befahl dem Computer, die Geschwindigkeit zu reduzieren, mit der eine der betäubenden Substanzen in Klinners Venen floß. Er wechselte hinüber in einen sanften Dämmerzustand, der seinem bleichen Körper erste Regungen erlaubte. Er wand sich in minimalen Bewegungen unter den Geräten, die seine Körperaktivitäten mißtrauisch überwachten, seinen Organismus um Automatenkreisläufe erweiterten. Die Beatmungsmaschine organisierte in einem regelmäßigen, langsamen Marschtakt seine Sauerstoffversorgung. Baute Überdruck auf, ließ ihn wieder absinken, baute ihn auf, ließ ihn absinken. Es klang so, als ob jemand unablässig versuchen würde, einen Luftballon aufzublasen, die Luft nach jedem Atemstoß aber zischend wieder entweichen ließ. Seine Lunge fühlte sich an wie ein Kolben, in den ein kalter Wind eindrang, unbarmherzig getrieben von einer harten

Kraft. Sobald er genügend Kräfte gesammelt hatte, stemmte er sich instinktiv gegen die kalte Wucht des Automaten und löste damit regelmäßig einen nervös piependen Alarm aus. Der Pfleger verabreichte ihm ein Medikament, das den bleiernen Schlaf zurückkehren ließ.

Der Kommissar registrierte innen in seinem Glied ein stacheliges Gefühl, das sich manchmal zu einem drängenden Schmerz steigerte. Er war zu schwach, seinen Arm zu heben und zu fühlen, was dort unten los war. Dann hörte er Stimmengewirr auf den Fluren, Geräusche, die er für Insektensummen hielt. Er hatte etwas Dringendes zu erledigen, nur wußte er nicht, was. Wann würde jemand kommen, um die schwärmenden Viecher zu verscheuchen? Er träumte, sie krabbelten in ihm herum.

Der Pfleger sprach mit ihm, wenn er ihn zur Seite drehte, um sein Bett zu beziehen, wenn er kam, um sein Hemd zu wechseln oder Schläuche zu erneuern. Die freundliche Stimme war Klinner unbekannt, doch sie beunruhigte ihn nicht. Werner Blochner kam zu Besuch und erzählte ihm Dienstliches. Erzählte, wer im Urlaub war, daß ein Kollege schon wieder einen Unfall gebaut hatte. „Viel zu tun, Verbrechen gibts immer, du weißt ja.“ Er wußte sich nicht anders zu helfen angesichts des elenden Zustandes seines Kollegen. Immerhin war er so feinfühlig, die aktuelle Lage in dem Mordfall Peter Kracht nicht zu erwähnen. Seine Frau hatte ihm dazu geraten. Frauen wußten in solchen Situationen am besten, wie man sich zu benehmen hatte.

Der Klang von Blochners Stimme machte Klinner so nervös, daß er die zulässigen Grenzwerte seiner Körperfunktionen überschritt. Ein Pfleger kam. Werner Blochner wurde von den Alarmgeräuschen vertrieben und verließ verunsichert den Raum. Er kam am nächsten Tag wieder, hielt seinem Kollegen schweigend die Hand und weinte verschämt.

Klinner wurde in einen anderen Raum gefahren, wo sie einen großen Arm aus Metall über ihm schwenkten und ihm schwere Platten auf die Beine legten. Erst nach Tagen begriff er, daß er geröntgt worden war.

Der Arzt kam und versuchte ihm zu erklären, was mit ihm los war. Klinner öffnete die Augen und blickte durch einen langen Tunnel. An dessen Ende redete eine schiefe Figur mit seltsamen Worten. Ein untersetzter, unendlich weit entfernter Mann, dessen Stimme wie durch eine Blechschüssel zu ihm drang. Er redete von Körperteilen und Flüssigkeiten, von Substanzen und Zuständen. Klinner verstand nicht, wollte in Ruhe gelassen werden. Er bemühte sich, nicht hinzuhören, versuchte, den Kopf wegzudrehen von diesem blechernen Gerede. Später kam der Pfleger und machte sein Bett. Seine Berührungen waren behutsam und seine Stimme besänftigend. Klinner sah seine Mutter vor sich und die Tierbilder, die in seinem Kinderzimmer an der Wand hingen. Sie wikkelte ihn mit ihren Händen in seine Decke und sang ihn in den Schlaf. Ihre dunkelgeränderten Augen sah er und den blauen Kittel aus Plastik. Wie sie ihm übers Haar strich und mild lächelte. Er erinnerte sich an den Geruch von Nivea Creme und heißem Fett. Der Pflegerkittel war grün, aber das störte ihn nicht.

Die Maschine, die seinen Atem beherrschte, wurde umgestellt. Sie zwang ihm keinen Rhythmus mehr auf, sondern paßte sich an, unterstützte seinen eigenen Atemtakt. Keinen harten, kalten Kolben mehr spürte er in seinem Körper, das tat gut.

Der Pfleger bat ihn, einmal zu blinzeln, wenn er Besuch haben wollte und zweimal, wenn nicht. Es sei eine Frau gekommen, die ihn sehen wollte. Er nannte ihren Namen, und Klinner konnte sich nicht erinnern, ihn schon einmal gehört zu haben. Also blinzelte er zweimal. In der Nacht hob er den Kopf, um aus dem Fenster zu sehen, war so schwach, daß er gleich wieder aufs Bett zurückfiel, spürte einen stechenden Schmerz im Rücken. Draußen waren viele Monde aufgegangen, voll und gelb schwebten sie vor dem Fenster. Wie viele gibt es davon inzwischen, fragte er sich. Der Pfleger kam. Er blinzelte wie verrückt. Wollte den Namen der Frau noch mal hören. Aber es war ein anderer Pfleger. Schichtwechsel, er verstand nicht, was Klinner wollte.

Er glaubte, sie wollten ihn reinlegen, spielten ein Spiel mit ihm. Wollten ihn ablenken von seiner Erinnerung. Er mußte sie zurückgewinnen. Solange er vollgepumpt wurde mit diesem Zeug, das seinen Mund trocken machte und seinen Kopf aufblähte, produzierte sein Gehirn nur Brei. Es hing mit Dunker zusammen. Mit seinen Augen. Sein Blick hatte sich am Ende verändert. Und Klinner war der einzige, der es wußte. Während der Entführung hatten sie so viel erlebt. Nur, wie sollte er das Blochner erklären? Sie würden ihn hier nicht rauslassen. Er versuchte sich zu drehen, um aufzustehen. Die Schläuche in seinem Brustkorb schmerzten bei jeder Bewegung wie verrückt, er schaffte es nicht. Aus Wut zog er an dem Katheter, das schmerzte auch, er fiel in Schlaf.

Am nächsten Tag war sein Stammpfleger wieder da. „Gleich passiert etwas, das sehr schmerzhaft sein wird, aber danach sind Sie schon fast wieder gesund.“ Jemand kam, sah ihn kurz mitleidig an und riß ihm die Luftröhre raus, hielt sie ihm vors Gesicht und sagte: „Jetzt können Sie wieder allein atmen.“ Kein Blut schoß aus seinem Mund, dabei fühlte es sich an, als ob sein Hals eine einzige Wunde wäre. Er lag da. Kein Atem, Stille. Er bekam keine Luft mehr, nichts geschah. Panisch blickte er umher. Der Pfleger sah ihn erwartungsvoll an. Klinner riß den Mund auf und röchelte. Schnappte nach Luft. Kotzte Speichel aus. Begann wieder, selbst zu atmen. Sie hatten den Beatmungsschlauch aus seinem Hals gezogen. Als der Schmerz abklang, lächelte er.

Eine Frau sei dagewesen, Helen Reiners. Ob er sie sehen wolle, falls sie wiederkäme. Er schüttelte den Kopf. Nein. Lieber nicht.

Klinner öffnete den Mund. Röchelte. Krächzte: „Nicole ist nicht dagewesen?“

„Nein, leider nicht.“

Aufstehen durfte er noch immer nicht. Seine Rückenlehne konnte hochgefahren werden, bis er halb aufgerichtet dalag. Mehr Bewegung war nicht drin. Vorerst. Er sah vor dem Fenster bauchige Straßenlaternen stehen. Von wegen Monde. Eine Schußverletzung. Ein Stück Metall war durch seine Lunge geflogen und hinten wieder raus. Ob er das Loch sehen dürfe? Das sei schon zu. Nur die Narbe könne er sehen, beim nächsten Verbandswechsel.

Er schlief 14 Stunden am Tag. Noch einmal sechs Stunden befand er sich in nebligen Zwischenwelten. Blieben vier Stunden, in denen er sich Gedanken machen konnte, vom Rauschen der Geräte begleitet. Spät bemerkte er, daß er nicht allein war. Da stand ein zweites Bett hinter einem Vorhang. Das war ihm peinlich. „Hallo? Wie geht es Ihnen? Sagen Sie, habe ich herumphantasiert?“ Keine Antwort. Er wäre lieber allein gewesen.

„Hier nebenan, da ist doch jemand. Was hat der?“

„Liegt im Koma.“

Eines Nachts kam Pierre Dunker ihn besuchen. Er stand in der Tür und blickte auf ihn herab.

„Was wollen Sie hier?“ Klinner versuchte sich aufzurichten, schaffte nur mit Mühe, den Kopf zu heben. Weiter ging nicht. Er war zu schwach. Wo kam Dunker auf einmal her? Wie ein Gespenst stand er in der Tür, blaß und steif. Klinner traute seinen Sinnen nicht. Er wiederholte die Frage, danach ließ er den Kopf erschöpft auf die Kissen fallen. Schnaufend sah er zur Decke hoch. Er konnte sich kaum rühren, so schwach war er immer noch.

Dunkers Kopf erschien. Größer, als er erwartet hätte.

„Wie kommen Sie hierher? Was wollen Sie?"

Klinner lag da, hilflos, wie ein Käfer auf dem Rücken. Dunker sah in Ruhe an ihm herunter. Hatte alle Macht.

„Wissen Sie jetzt, wie Mörder gemacht werden?"

„Was?"

„Wovor haben Sie Angst, Klinner?" fragte Dunker.

„Wovor ich Angst habe?"

„Ja. Bei Ihnen fängt die Angst doch schon an, bevor Sie etwas tun. Woher kommt das? Was hindert Sie?"

„Aber Sie haben doch auch Angst. Das habe ich genau gesehen, als Sie sich umbringen wollten. In Ihren Augen."

„Sie lähmt mich nicht. Das ist der Unterschied. Ich kann tun, was ich will."

Dunkers Kopf verschwand aus seinem Gesichtskreis. Klinner hörte seinen Atem, er übertönte das Rauschen der Maschinen. Wollte er ihm etwas antun? War es das, was er ihm zu verstehen gab? Als er aufwachte, war er allein. Er sah sich im Zimmer um, es waren keine Spuren von Dunkers Besuch geblieben. Er war unversehrt. „Ausgerechnet der kommt her, aber sonst häng ich hier allein rum. Nicole hat doch gesagt, sie will mich baden und einwickeln, die soll kommen!"

„Kann ich Ihnen helfen?" fragte eine Pflegerin. „Wer ist die Frau, von der Sie reden? Soll ich Sie anrufen? Dann müssen Sie mir ihren vollen Namen sagen, und die Adresse, wenns geht."

„Lassen Sie hier jeden rein? Heute nacht war ein Mann hier, der schon mal versucht hat, mich umzubringen."

„Heute nacht war niemand hier."

„Der hat mit mir geredet."

Als Blochner ihn das dritte Mal besuchte, schlief Klinner. Blochner hob einen Stuhl zum Bett und setzte sich leise hin. Er fand, Klinner sah etwas besser aus. Er hatte nicht mehr diese blaßblaue Gesichtsfarbe. Die hervortretenden Adern in den Augen waren weg. Beim ersten Besuch war ihm schlecht geworden von den Schläuchen in Mund und Nase, den Nadeln, die im Arm steckten, ekelhaft. Jetzt war es besser auszuhalten, auch wenn der Krankenhausgeruch derselbe war. Versonnen nahm er Klinners Hand und sagte: „Gut, daß du es geschafft hast, Alter. Du siehst wieder besser aus." Klinner schlug die Augen auf und drehte Blochner den Kopf zu und versuchte, seine Gedanken zu ordnen, er kramte in seinem Kopf nach den Schnipseln, die er brauchte. „Meine Erinnerungen. Alles wirbelt durcheinander. Du mußt mir helfen."

„Okay, worum gehts?"

„Als ich angeschossen wurde, warst du dabei?"

„Nee, ich war noch in der Nebenstraße. Wir hatten uns aufgeteilt. Ich kam dazu, als du schon auf dem Boden lagst."

„Weißt du, Pierre Dunker, der ..." Klinner fand die Worte nicht. „Warte, geh nicht weg."

„Ich bin doch hier, Tilman. Keine Angst."

„Ich war so lange mit dem zusammen. Anfangs hab ich nichts verstanden, der war wie eine Mauer. Ganz am Ende standen wir uns gegenüber, bevor der Schuß fiel, da hat er mit mir geredet. Zum erstenmal richtig geredet."

„Was hat er gesagt?"

„Es ging nicht um das, was er gesagt hat. Er hat den Mord gestanden, das war vorher schon klar. Da war noch was anderes."

Blochner wartete darauf, daß Klinner weitersprach. Aber es kam nichts mehr. „Was meinst du damit?"

„Heute nacht war er hier und hat mich gefragt, wovor ich Angst habe. Ich weiß es nicht genau. Aber er hat recht, ich habe Angst."

„Heute nacht? Tilman, du spinnst. Pierre Dunker ist in U-Haft."

„Er war hier."

Blochner ließ seine Hand los. „Der kann nicht hier gewesen sein. Vielleicht hast du das geträumt."

„Er war da. Und jetzt begreif ich endlich. Er hat mich nach meiner Angst gefragt. Verstehst du? Meine Angst. Ich habe immer seine Angst zu finden versucht. Heute nacht ist mir klar geworden, daß es dabei nicht um ihn ging. Es ging um mich. Ich habe das in ihm gesehen, worauf ich immer warte. Auf den Zusammenbruch im Angesicht der Bestrafung. Ich will, daß sie so sind wie ich. Klein beigeben aus Angst. Verstehst du?"

„Kein bißchen. Ich glaube, du bist ein bißchen durcheinander."

„Ich bewundere seine Freiheit, seinen Mut, gewalttätig zu sein. Gleichzeitig fürchte ich ihn."

Klinner hätte noch lange weiterreden können, er hatte aber vergessen, womit er begonnen hatte. Deshalb schwieg er. Blochner war erleichtert.

„Sieh bloß zu, daß du wieder gesund wirst. Dann gehen wir ins Connection und besaufen uns. Da ist alles so wie immer. Musik von Grateful Dead, 10 CC und Bier zu ehrlichen Preisen. Da kannst du mir meinetwegen deine Erkenntnisse übers Töten und Bestrafen erklären. Pierre Dunker hat gestanden und ist in Haft. Dort wird er auch bleiben."

Klinner schloß die Augen. Die bequeme Art, jemanden loszuwerden, wenn man ernstlich krank ist.

***

Eines Morgens wachte er auf und erhob sich. Ein stechender Schmerz fuhr durch seine Brust, ließ ihn aufstöhnen. Trotzdem, er konnte den Geruch der Sterilität nicht mehr ertragen. Die Infusionsnadel in seinem Handgelenk bemerkte er erst auf dem Weg zum Schrank, als die Zuleitung spannte. Er riß das Leukoplast ab und zog die Nadel aus dem Handrücken. Ein runder Blutstropfen wuchs auf seiner Haut. Um keine Flecken zu machen, leckte er ihn ab. Im Schrank waren saubere Kleider, die Blochner ihm gebracht hatte. Steif und unbeholfen zwängte er sich hinein, betrachtete seine kränkelnde Gestalt im Spiegel und verließ das Zimmer.

Er konnte in Ruhe und unbeobachtet die Station verlassen, es war früh am Morgen und das Pflegepersonal beschäftigt. Stehen und Gehen hatte er in den letzten Tagen geübt, weh tat es nur beim Einatmen und wenn er den Rücken beugte. Im Treppenhaus nahm er jede Stufe einzeln, mit der Schulter an die Wand gelehnt. Der Weg nach draußen war eine endlose Reise, ein Kampf gegen den Sturm. Als er im Freien war, ging es besser. Die Luft tat ihm gut, der Himmel, die Morgendämmerung. Nach kurzem Zögern wählte er den Weg an den Fluß. Er war überrascht, daß noch keine Blumen sprossen, kam ihm die Zeit, die er im Krankenhaus verbracht hatte, doch unendlich lang vor. Es schien

Winter zu sein, kalt war es und klar und nicht mehr so schmutzig und feucht wie vor seiner Verletzung.

Der Fluß wälzte sich träge durch sein vorgegebenes Bett, leckte gelangweilt an den grünlichen Steinen und gab keinen Ton von sich. Er ließ Schwaden aufsteigen, die den beginnenden Tag trübten.

Klinner wandte sich flußabwärts, die träge Bewegung des fließenden Wassers zog ihn mit und erleichterte seinen müden Schritt. Er kramte in seinen Taschen nach ein paar Münzen und gab sie dem Fährmann, der in seine wettergegerbten Hände blies.

„Einmal rüber bitte!"

„Wird auch Zeit, daß du kommst", sagte der Fährmann und steuerte sein kleines Schiff über den Strom. Das Wasser war undurchsichtig graugrün, schlickig und schwer. Klinner ließ den Kopf hängen. Bemerkte fast nicht, wie sie anlegten.

„Wir sind da", sagte der Mann und deutete aufs Ufer.

„Danke."

Er ging an den Strand, zu dem hatte er die ganze Zeit hingewollt, ohne es recht zu wissen. Er setzte sich, spürte die Kälte des gefrorenen Bodens nicht.

In diesem Moment beneidete er den Fährmann, dessen Aufgabe es war, Menschen von einem Ufer zum anderen zu bringen. Klinner hingegen mußte sich neu erfinden. Sein Verhältnis zu den Dingen stimmte nicht mehr. „Je länger man sich mit einer Sache beschäftigt, desto weniger versteht man sie", murmelte er vor sich hin. Vielleicht sollte er es so machen wie Willi Hauckner und sich verrücken.

Klang gar nicht so schlecht. Guten Tag, mein Name ist Tilman Klinner, ich habe mein Leben verrückt, nach hinten, da ist man geschützter.

Dank

Mein Dank gilt in erster Linie denen, die mir damals im Kontakt- und Beratungszentrum Bauernstraße und später bei der Straßenarbeit Einblick in ihre Art zu leben gewährt haben. Einiges ist in diesem Buch auf die Spitze getrieben, ich habe mich bemüht, dies nicht in diffamierender Weise zu tun.
Viele derer, die ich damals kennengelernt habe, sind inzwischen gestorben.

Ich will auch denen danken, die meinen Text geduldig gelesen und mit mir diskutiert haben. Denen ich immer wieder mit Ideen, Zweifeln und Wünschen kommen durfte.